奈落

強請屋《ゆすりや》稼業

南 英男

祥伝社文庫

目次

強請屋稼業《ゆすりやかぎょう》シリーズのおもな登場人物

見城《けんじょう》　豪《すぐる》……………渋谷《しぶや》に事務所を構える私立探偵。6年前まで警視庁赤坂《あかさか》警察署の刑事で、刑事課と防犯（現・生活安全）課に所属していた。36歳。

帆足里沙《ほあしりさ》……………パーティー・コンパニオン。見城の恋人。25歳。

百面鬼竜一《どうめきりゅういち》……………警視庁新宿《しんじゅく》警察署刑事課強行犯係の刑事。見城の友人。40歳。

松丸勇介《まつまるゆうすけ》……………フリーの盗聴防止コンサルタント。見城の友人。28歳。

唐津《からつ》　誠《まこと》……………毎朝日報《まいちょうにっぽう》社会部記者。見城とは刑事時代から知り合い。元エリート記者だが、離婚を機に遊軍を志願。41歳。

プロローグ

迷いが消えた。

いつしか罪の意識は萎《しぼ》んでいた。胸底には、憤《いきどお》りだけが残った。

男は爪《つめ》で、喫《す》いさしの煙草《たばこ》を弾《はじ》いた。

セブンスターだった。火の点《つ》いた煙草は弧《こ》を描《えが》いて飛び、目の前の車道に落ちた。

火の粉《こ》が四方に散る。線香花火にも似た儚《はかな》いきらめきだった。

新宿通《しんじゅく》りである。四谷《よつや》二丁目だった。

男は舗道《ほどう》の端にたたずんでいた。

あたりに人の姿は見当たらない。煙草は、ほどなく冷凍トラックの太いタイヤに踏み潰《つぶ》された。なぜだか、男は胸を締《し》めつけられた。

小さな火の粉が自分の存在と重なったのかもしれない。ひとりでに溜息《ためいき》が出る。

一九九五年三月上旬のある夜だ。

春とはいえ、まだ夜気《やき》は棘々《とげとげ》しい。街路樹も凍《こご》えて震えていた。裸木《はだかぎ》もあった。

男は灰色のスーツの上に、白っぽい薄手のコートを羽織《はお》っている。

手ぶらではなかった。右手に黒いアタッシェケースを提《さ》げていた。その中には、勤務先の内部資料が入っている。どれも極秘マークの捺《お》された書類だった。

男は、大手土木建設会社の営業部に籍を置いている。三十七歳だった。間《ま》もなく、入社して十五年になる。

男は中堅私大の出身だった。学閥《がくばつ》からは外れていたが、これまでは同期入社の者たちに後《おく》れはとっていない。しかし、数日前に思いがけない辞令が下《くだ》った。来月一日から、北海《ほっかい》道《どう》の根室《ねむろ》営業所に転勤せよというのである。

明らかに左遷《させん》だろう。ショックは大きかった。その晩は一睡《いっすい》もできなかった。惨《みじ》めで、腹立たしかった。

振り返ってみても、これといったミスをした覚えはない。

現に、営業成績は落ちていなかった。仕事に対する意欲も充分にあった。

それだけに、遣《や》りきれない気持ちだった。怒りの捨て所《どころ》がない。そのことが、男を二重に苦しめた。

入社以来、それこそ身を粉《こ》にして働いてきた。

八年前に結婚した妻には、〝仕事中毒《ワーカホリック》〟と厭味《いやみ》を言われつづけてきた。五歳のひとり娘も、どことなくよそよそしい。

それは無理もなかった。

平日は連夜のように銀座《ぎんざ》や赤坂《あかさか》の高級クラブで得意先の官僚や役員たちを接待し、休日もゴルフコンペに駆《か》り出されていた。家族旅行は一度したきりだ。

それほど会社に尽《つ》くしてきた自分が、納得できない転勤を迫られた。腸《はらわた》が煮《に》えくり返る思いだった。宮仕《みやづか》えの身が哀《かな》しかった。

自分は会社に裏切られた。いや、棄《す》てられたようなものだろう。何も罪悪感など持つことはない。

男は自分に言い聞かせ、大股《おおまた》で歩きだした。

百数十メートル先に、通い馴《な》れた雑居ビルがそびえている。その七階に、カジノバー『ラッキーセブン』があった。

男は店の常連客だった。

店は風俗営業適正化法に基《もと》づく許可をきちんと受けている。しかし、その実態は違法カジノとなんら変わらなかった。客に賭《か》け金を貸し、月単位で精算していた。

一カ月以内に返済すれば、無利子だ。しかし、その後《あと》は毎月、金利がアップしていく。

会員制のカジノバーだった。言うまでもなく、違法営業である。

男は先月、バカラで大負けしていた。

バカラはトランプ遊びの一種で、勝負のつくのが速《はや》い。ディーラーの配る手札《てふだ》の合計点数の下一桁《しもひとけた》の大小を競《きそ》うゲームだ。

男は、店に三百二十六万円の借金があった。

金策の当てはなかった。やむなく男は、使いようによっては大きな価値のある内部資料を盗み出したのだ。

男は目的のビルに入った。

深呼吸して、エレベーターに乗り込む。七階までノンストップだった。

馴染《なじ》みのカジノバーは、二重扉《とびら》になっていた。監視カメラも設置されている。警察の手入れを警戒しているのだ。

男は店内に足を踏み入れた。

たった一週間あまり顔を出さなかっただけだが、妙に懐《なつか》しさを覚えた。店には熱気が充満している。客は十人前後だった。どの顔にも見覚えがあった。

目で客たちと挨拶《あいさつ》を交わしながら、男は奥に進んだ。楕円形《だえんけい》のカードテーブルと円形のルーレット台が、それぞれ三卓ずつ置かれている。

黒のタキシード姿のディーラーは、二十代後半の男ばかりだった。いずれもマスクが整い、背が高い。数人のバニーガールが客に酒を運んでいた。目の粗《あら》い黒の網《あみ》タイツが悩ましい。

店の右側には、L字形のカウンターがある。各種の洋酒が揃《そろ》っていた。カクテルも作ってくれる。

客種《だね》は悪くなかった。一流商社マン、医者、実業家などが多い。

店内には、バート・バカラックの軽快なナンバーが控え目に流れている。ラブバラードだった。ヒット曲だ。

男はルーレット台に目をやった。

三十八に区分された黒と赤の擂鉢型《すりばちがた》の円盤が高速回転している。ディーラーの投げ入れた小さな球《たま》が勢いよく撥《は》ねていた。まるで煎《い》られた豆のようだ。

客たちは、思い思いの目にチップを張っていた。どの顔も真剣そのものだ。

若いディーラーが男の視線に気づき、硬い表情で首を横に振った。

男は心中を見透《す》かされ、苦く笑った。ディーラーに泣きついて、五万円分のチップを信用貸ししてもらおうと考えていたのだ。しかし、前月の負け金を払わない者は、その特典を受けられないことになっている。

奥から四十年配の店長が現われた。

仕立てのよさそうなベージュの背広で身を包んでいるが、素《す》っ堅気《かたぎ》には見えない。何度も修羅場《しゅらば》を潜《くぐ》り抜けてきた男特有の凄《すご》みを全身に漂《ただよ》わせている。頬《ほお》がこけ、唇が極端に薄い。細い目も鋭かった。

アタッシェケースを携《たずさ》えた男は卑屈《ひくつ》な笑みを浮かべ、店長に歩み寄った。店長は唇を歪《ゆが》めただけだった。

二人は向き合った。

鷲《わし》のような面相《めんそう》の店長が、先に口を開いた。

「先月分の清算にいらしたんですね？」

「それが都合《つごう》がつかなくて……」

「こちらは、いっこうにかまいませんよ。遅れた分だけ、高い金利を払っていただけるわけですので」

「実は頼みがあるんだ」

男は声をひそめた。

「なんでしょう？」

「高速道路や大型橋梁《きょうりょう》の入札を巡《めぐ》る談合に関する書類を持ってるんだよ」

「ほう」

「この書類が東京地検特捜部の手に渡ったら、大手・準大手の土木建設会社が四十社以上、談合罪で摘発されるだろうな」

「どうしろとおっしゃるんです？」

店長のナイフのような目が一瞬、強い光を放った。獲物を見つけた狩人のような顔つきだった。

「会社の内部資料をそっくり渡すから、借金をチャラにして三百万の小遣《こづか》いを貰《もら》いたいんだ」

「背任行為ですね。悪い方だな」

「おれは会社にひどい仕打ちをされたんだ。その仕返しさ。で、どうだろう？」

「わたしは臆病《おくびょう》な人間ですから、危ない橋は渡らない主義なんですよ」

「あんたはともかく、オーナーか誰かなら、この種の内部資料には興味があるんじゃないのか？」

「さあ、どうなんでしょうね」

「誰かに当たってみてくれないかな。人助けと思ってさ」

男は粘《ねば》った。

店長は少し考えてから、男に待つように指示した。期待してもよさそうだ。

男は相好《そうごう》をくずした。店長が何もなかったような足取りで、奥の事務室に歩《ほ》を進める。

借金を抱えた男は、いくらも待たされなかった。

店長が数分で引き返してきて、低く告《つ》げた。

「ある人物が内部資料を見たいと言っています。これから、その方の所に案内しましょう」

「こっち関係の人間じゃないんだろうね」

男は人差し指で自分の頰を斜めに撫《な》で、不安顔で訊《き》いた。

「いいえ、やくざではありません。堅気の女性ですよ」

「女性とは意外だな。実業家か何かなの？」

「まあ、そんなところです。その方の自宅にご案内しますが、わたしの車に乗ったら、これをつけてください」

店長がそう言い、小さく折り畳んだ物を差し出した。黒っぽい安眠マスクだった。

男は幾分、訝《いぶか》しく思った。しかし、何も言わなかった。内部資料の買い手に逃げられては困る。男は黙って安眠マスクを受け取った。

「では、行きましょう」

店長が先に歩きだした。男はアタッシェケースを胸に抱《かか》え、無言で従《したが》った。

二人はエレベーターで地下駐車場に降りた。

店長の車は濃紺のアウディだった。まだ新車に近い。男は助手席に坐《すわ》り、安眠マスクで両眼を覆《おお》った。

店長がアウディを発進させた。車は十数分走り、マンションらしい建物の地下駐車場に潜《もぐ》り込んだ。

エンジンが切られた。だが、男は安眠マスクを外すことを許されなかった。

店長が先に車を降りた。男は店長に片腕を取られながら、ゆっくりとドイツ車から出た。そのまま、エレベーターの函《ケージ》に乗せられた。

周《まわ》りには誰もいないようだった。やがて、ケージが停止した。当然のことながら、階数はわからない。

男は妙に不安になった。

だが、いまさら後には退《ひ》けない。肚《はら》を括《くく》る。

「こちらです」

店長に導《みちび》かれ、男はある部屋に入った。

ハーブの香りがする。男は深々としたソファに坐らされた。感触で、革《かわ》のソファだとわかった。店長が部屋を出ていく気配が伝わってきた。

男は、またもや心細くなった。そんな自分の小心さを胸の奥で罵倒《ばとう》する。

「マスクをお取りになっても結構よ」

女のしっとりとした声が響いた。

男は安眠マスクを外した。大理石《だいりせき》のコーヒーテーブルの向こうに、目の醒《さ》めるような美人がいた。二十七、八歳だろうか。細面《ほそおもて》で、造作《ぞうさく》の一つ一つが整っている。ことに大きな瞳が魅惑的だった。並《なみ》の女優よりも、はるかに美しい。

男は会釈《えしやく》して、慌《あわ》ててコートを脱いだ。

女は匂《にお》うような微笑をたたえている。男は改めて相手を見た。

枯葉色《かれはいろ》のニットドレスをまとった体は、とても肉感的だった。思わず男は、目で美女の体の線をなぞってしまった。

テーブルの上には、男が書いた十数枚の借用証と帯封の掛かった札束が三つ置いてあった。どうやらカジノバーのオーナーらしい。

「談合に関する内部資料を見せてくださる？」

女がにこやかに促《うなが》した。

男は大きくうなずき、アタッシェケースを膝《ひざ》の上で開けた。書類をひとまとめにして、美女に手渡す。

そのとき、指と指が触《ふ》れ合った。男はわけもなく、どぎまぎした。

渡した内部資料には、談合組織に加盟している土木建設会社名や入札時の手の込んだ密約などが克明《こくめい》に綴《つづ》られている。談合の日時や場所も、こと細かく記《しる》してあった。

「これは貴重な資料ですね。いつか何かの役に立つかもしれませんので、譲っていただくわ」

女が書類にざっと目を通してから、穏《おだ》やかな口調で言った。

「その気になれば、その資料は打ち出の小槌《こづち》になりますよ」

「そのようね」

「わたしに度胸があれば、自分でやってもいいのだが……」

男は言葉を澱《よど》ませた。すると、女が笑顔で問いかけてきた。

「何か不満でも？」

「その書類、一千万以上の値打ちはあると思うな」

「駆け引きなさるおつもりね」

「金は三百万でいいですよ。ただ、もう一つだけ要求させてもらいたいんだ」

男は借用証と三つの札束をアタッシェケースに仕舞《しま》いながら、上目遣《づか》いに謎《なぞ》の美女を見た。

「どんな要求なのかしら？」

「はっきり言いましょう。あなたを自由にしたいんだ。急にあなたを抱いてみたくなったんですよ。一度だけでいいんだ」

「あら、困ったリクエストね」

「駄目なら、取引はなかったことにしましょう」

「身勝手で、ずいぶん強気ね」

「脈はないのかな」

「そういうことなら、寝室に行きましょうか」

女が意外にもあっさりと応じ、総革張りの象牙《ぞうげ》色のソファから優美に立ち上がった。

男は夢でも見ているような心持ちだった。釣られて腰を浮かせる。

広い居間の左手に、豪華な寝室があった。

十五畳ほどのスペースだった。ほぼ中央に、セミダブルのベッドが据《す》え置かれている。

室内は明るい。

「あなたも裸になって」

女はベッドの際《きわ》に立ち、手早く衣服を脱ぎはじめた。その表情には、媚《こび》が拡《ひろ》がっている。色っぽかった。

男は上着を脱ぎ、ネクタイを緩《ゆる》めた。

女が先に素っ裸になった。白い裸身は、ぞくりとするほど妖《あや》しい。みごとな肢体《したい》だった。乳房はたわわに実り、ウエストは蜜蜂《みつばち》のように深くくびれている。

光沢のある飾り毛は、いかにも柔らかそうだ。ほどよく肉のついた太腿《ふともも》は、神々《こうごう》しいまでに白い。

男の口に生唾《なまつば》が溜《た》まった。

下腹部が、にわかに熱を孕《はら》む。男は急いで全裸になった。欲望が一段と膨《ふく》れ上がった。昂《たか》まったペニスは、下腹を打たんばかりに反《そ》り返っている。

「逞《たくま》しいのね。頼もしいわ」

女は甘やかな声で言い、男の分身を軽く握った。

男は女を抱き寄せようとした。と、女はするりと腕の中から擦《す》り抜けた。焦《じ》らされて、男はさらに猛《たけ》った。

女がベッドカバーと羽毛蒲団《うもうぶとん》を一緒に捲《めく》り、仰向《あおむ》けになった。すぐに両膝を立てる。ルビー色に輝く秘部が露《あらわ》になった。縦筋《たてすじ》は少し歪《ゆが》んでいた。それが、なんとも煽情的《せんじょうてき》だった。

男は女にのしかかり、唇を塞《ふさ》いだ。

ルージュの味が欲情を掻《か》き立てた。舌の先を伸ばす。女の反応は情熱的だった。

舌と舌が戯《たわむ》れ合う。

男は唇を重ねながら、女のはざまを探《さぐ》った。秘めやかな場所の肉は、マシュマロのように柔らかい。まだ潤《うる》みは少なかった。

だが、男は待てない気分だった。

せっかちに体を繋《つな》ぐ。深く沈み込むと、わずかに軋《きし》むような感覚があった。女が喘《あえ》ぎ声を洩《も》らしながら、張りのある腰をくねらせはじめた。

その数秒後だった。

男は誰かに頭髪を鷲摑《わしづか》みにされた。別の者が両足首を乱暴に摑んだ。

次の瞬間、男は美しい女から引き離された。ベッドの下に投げ落とされる。

男は腰を強《したた》かに撲《う》った。

一瞬、息が詰まった。男は痛みに呻《うめ》きながらも、肘《ひじ》で上体を起こした。

ほとんど同時に、側頭部に強烈なキックを見舞われた。頭の芯《しん》が霞《かす》んだ。

すぐそばに二人の男が立っていた。

どちらも肌が浅黒く、顔の彫りが深い。パキスタン人あたりだろうか。それとも、西アジア系か。二人とも獣じみた目をしていた。殺気立っている。

「これは、どういうことなんだっ」

男は掠《かす》れ声を絞り出し、ベッドの裸女を睨《ね》めつけた。

女は薄ら笑いを浮かべたきりだった。

両側から、鋭い蹴《け》りが飛んできた。男は両腕で顔面を庇《かば》い、とっさに体を丸めた。キックの雨は止《や》まなかった。

「早いとこ、始末してちょうだい」

女が冷ややかな声で命じ、ベッドを降りた。

二人組が相前後して、深くうなずいた。男のひとりが腰の後ろから、針金の束を取り出した。


翌日の早朝、奥多摩湖《おくたまこ》で釣りを楽しんでいた老人が湖面を漂う男の水死体を発見した。

遺体はトランクスだけしか身につけていなかった。中細の針金で全身をがんじがらめに縛《しば》られていた。体じゅう、痣《あざ》だらけだった。

警察の調べで、死因は溺死《できし》と断定された。被害者は生きたまま、湖に投げ込まれたのだ。身許《みもと》が判明したのは数日後である。

被害者は、東洋《とうよう》建設工業本社営業部の桑名勉《くわなつとむ》だった。

所轄《しょかつ》の青梅《おうめ》署に捜査本部が設《もう》けられてから、早くも三週間が経過した。しかし、犯人はまだ逮捕されていない。

第一章　姿なき脅迫者

1

欲望を含まれた。

恋人の生温《なまあたた》かい舌が閃《ひらめ》きはじめた。快感が徐々に高まっていく。頭と首筋が熱い。

見城豪《けんじょうすぐる》は小さく唸《うな》った。

昂《たか》まりが一段と力を漲《みなぎ》らせた。見城はベッドに仰向《あおむ》けになっていた。自宅マンションの寝室だ。

出窓のカーテンの隙間《すきま》から、細く陽光が射《さ》し込んでいる。まだ正午過ぎだった。三月下旬のある日だ。

見城の借りている『渋谷《しぶや》レジデンス』は、渋谷区桜丘町《さくらがおかちょう》にあった。

ＪＲ渋谷駅から、それほど遠くない。徒歩で七、八分の場所だった。部屋は八〇五号室だ。

帆足里沙《ほあしりさ》の舌の動きが烈《はげ》しくなった。

どこか狂おしげな舌技だった。淫靡《いんび》な湿った音は絶《た》え間《ま》なく響いている。

里沙は、見城の股《また》の間にうずくまっていた。一糸もまとっていない。高く掲《かか》げた尻は、白桃を連想させる。まさに桃尻だった。

砲弾型の乳房は重たげに垂れている。二つの乳首は硬く痼《しこ》っていた。

見城は両腕を伸ばし、里沙のセミロングの髪をまさぐりはじめた。

里沙はキウイフルーツのように固くすぼまった部分を揉《も》みながら、もう一方の手で見城の下腹や内腿《うちもも》を撫《な》で回している。情感の籠《こも》った手つきだった。

いい女だ。見城は蕩《とろ》けるような心地《ここち》よさを味わいながら、改めて感じた。

里沙は二十五歳だ。パーティー・コンパニオンである。かつてテレビタレントだっただけあって、その容姿は人目を惹《ひ》く。

レモン型の顔全体に、そこはかとなく色気がにじんでいる。

奥二重の両眼は少しきつい印象を与えるが、やや肉厚な唇は女っぽい。高い鼻も小造りだった。

プロポーションは申し分なかった。百六十四センチで、みごとに均斉《きんせい》がとれている。脚《あし》はすんなりと長い。ファッションセンスも悪くなかった。

二人が深い関係になって、はや一年が過ぎている。知り合ったのは、南青山《みなみあおやま》にあるピアノバーだった。その夜、里沙はひとりでグラスを傾けていた。何人もの男に言い寄られ、いかにも彼女は迷惑げだった。見城は見かねて、里沙の彼氏の振りをした。それがきっかけで、親しくなったのである。

里沙は気立てがよく、頭の回転も速《はや》い。芯《しん》の強い女性だった。

見城は、里沙に熱い想《おも》いを寄せられていることを知っていた。自分自身も里沙に惚《ほ》れている。しかし、同棲《どうせい》する気はなかった。

ひとりの女に縛られるのは、やはり煩《わずら》わしい。それに、里沙に安逸《あんいつ》な暮らしを与えつづけられる自信もなかった。

三十六歳の見城は私立探偵だ。この1LDKの自宅は事務所を兼ねていた。『東京リサーチ・サービス』などという大層《たいそう》な社名を使っているが、社員はひとりも雇《やと》っていない。自分だけで、すべての調査を手がけていた。

といっても、守備範囲はそれほど広くなかった。

ごくたまに企業信用調査や身許調査の依頼があるだけで、もっぱら男女の素行調査をこなしていた。平たく言えば、浮気調査である。

見城は六年前まで、赤坂《あかさか》署の刑事だった。

刑事課、防犯（現・生活安全）課と渡り歩き、防犯課勤務時代に女性問題でしくじってしまった。ある暴力団の若い組長夫人を寝盗《と》り、女の亭主と揉めたのだ。

組長は大怪我《おおけが》をした。

しかし、筋者《すじもの》の体面を重んじ、最後まで被害事実を認めなかった。おかげで、見城は起訴を免《まぬか》れた。だが、職場には居づらくなった。警部補で依願退職した見城は、大手調査会社に再就職した。そこで二年ほど働き、三年前に独立したのである。

見城は、ただの探偵ではなかった。

調査で他人の悪事が透《す》けてくると、平気で相手を強請《ゆす》る。といっても、薄汚い小悪党ではない。権力や財力を持つ卑劣漢《ひれつかん》だけに牙《きば》を剝《む》き、巨額を脅し取っていた。間違っても、まともな市民を強請るような真似《まね》はしなかった。

別段、義賊を気取っているわけではない。行動の起爆剤《きばくざい》は、あくまでも欲得と悪人狩りの快感だった。威張《いば》り腐った権力者たちをとことん嬲《なぶ》る行為には、生理的なカタルシスがあった。下剋上《げこくじょう》の歓びを味わえる。

見城は銭金《ぜにかね》だけではなく、女にも目がなかった。

もともと甘いルックスの彼は、女たちに言い寄られることが少なくなかった。そんなことから、夫や恋人に浮気された女依頼人たちとの情事も請け負《うお》っていた。

むろん、無償のサービスではない。情事代行の報酬は一晩十万円だった。これまでに七十数人の女に深い愉悦《ゆえつ》を与えてきた。

謝礼のことで、相手に文句を言われたことは一度もない。女好きの見城は、性の技巧に長《た》けていた。

本業の調査依頼は、月に三、四件しかない。

家賃や光熱費を差っ引くと、実収入は六十万円前後だった。だが、裏稼業の強請《ゆすり》と情事代行でかなり稼いでいた。ここ数年は毎年、億単位の副収入を得ている。

危険な裏稼業をやっているうちは、どんな女とも一緒に暮らす気はない。若死にして、相手を路頭に迷わせたくなかった。

里沙が急に顔を上げた。黒々とした瞳《ひとみ》には、うっすらと紗《しゃ》のような膜《まく》がかかっていた。牝《めす》になったときの目だった。

「上にならせて」

里沙が上気した顔で言い、見城の上に跨《また》がった。

弾《はず》みで、胸の隆起がゆさゆさと揺れた。いい眺めだ。見城は、じっと動かなかった。

里沙が腰を落とす。

見城の猛《たけ》りに手を添《そ》え、自分の体内に納めた。複雑な襞《ひだ》は、しとどに濡れている。それでいて、密着感が強い。どこにも緩《ゆる》みはなかった。

見城は指の腹で、突起を揉みほぐしはじめた。

そのとたん、里沙の息が乱れた。喘《あえ》ぎ声は、じきに甘美な呻《うめ》きに変わった。

見城は別の指で、潤《うる》みに塗《まみ》れた花弁を慈《いつく》しんだ。それは肥厚《ひこう》し、火照《ほて》りに火照っていた。

里沙が舌の先で上唇を舐《な》め、腰を旋回させはじめた。

見城は陰核《クリトリス》を圧《お》し転がし、時々、二本の指で抓《つま》み上げた。揺さぶり、打ち震わせた。

里沙が切れ切れに呻く。男の欲情を煽《あお》るような声だった。

見城は指を動かしながら、断続的に下から突き上げた。

そのつど、里沙は跳《は》ねた。口からは、猥《みだ》りがわしい呻きと吐息が零《こぼ》れた。閉じた瞼《まぶた》の陰影が濃かった。

見城は腰全体を迫《せ》り上げた。

それから間《ま》もなく、里沙の肩が不意にすぼまった。鎖骨《さこつ》のくぼみに、影が生まれていた。ほっそりとした肩が縮みきった瞬間、里沙は悦《よろこ》びの声を発した。

その声は長く尾を曳《ひ》いた。ジャズのスキャットに似ていた。

見城は急激に昂《たか》まった。

「ああっ、たまらないわ」

里沙が全身を震わせながら、見城の胸にゆっくりと倒れ込んできた。

二人はしばらく動かなかった。里沙の呼吸が整うと、見城は体を反転させた。里沙を抱いたままだった。

結合は解《と》けなかった。上になった見城は、七十六キロの体重を肘《ひじ》で支えた。

身長は百七十八センチだった。筋肉質の体軀《たいく》で、贅肉《ぜいにく》は少しも付いていない。

着瘦《や》せするタイプのせいか、優男《やさおとこ》に見られがちだった。

見城は実際、男臭い顔立ちではない。切れ長の目は涼しげで、鼻筋が通っている。一見、歌舞伎《かぶき》役者のような容貌《ようぼう》だった。

だが、見城は並の男よりも腕力があった。実戦《フルコンタクト》空手三段、剣道二段だった。柔道の心得もあった。刑事時代は、射撃術も常に上級の腕前だった。

里沙が裸身をくねらせはじめた。

見城は六、七度浅く突き、一気に深く分け入った。強いブロウを送ると、里沙はきまって絶《た》え入りそうな声を洩《も》らした。

見城は二つの乳房を交互に愛撫《あいぶ》しながら、抽送《ちゅうそう》を繰り返しつづけた。湿った摩擦音が淫猥《いんわい》だった。

少し経《た》つと、またもや里沙は高波に呑《の》まれた。深く達したようだ。

里沙は堰《せき》を切ったように憚《はばか》りのない声を轟《とどろ》かせ、全身で悦《よろこ》びを表した。痙攣《けいれん》しながら、縋《すが》るようにしがみついてくる。裸身の震えはリズミカルだった。里沙は顔を左右に打ち振りながら、むっちりとした腿《もも》で見城の胴を挟《はさ》みつけた。

見城はダイナミックに腰を躍動させはじめた。

その直後だった。部屋のインターフォンが鳴った。

見城は気にかけなかった。強弱をつけながら、突きまくった。里沙の柔肌はクッションのように弾んだ。

ふたたび、インターフォンが鳴り響いた。今度は二度だった。

誰だか知らないが、野暮ではないか。

見城は動きを止めなかった。

ゴールはすぐ先だった。このままラストスパートをかけて、そのまま果てたかった。三たび、部屋のインターフォンが鳴らされた。

見城はさすがに気が散った。無意識に行為を中断させていた。里沙も瞼《まぶた》を開けた。

「誰かしら？」

「どうせ車のセールスか何かだろう。放《ほ》っとこう」

「でも、調査の依頼かもしれないわよ」

「それでも、かまわないさ。無視しよう」

「一応、インターフォンの受話器を取ってみたら？　どうせ気が散っちゃったことだし」

「そうするか」

見城は忌々《いまいま》しかったが、埋《う》めた分身を引き抜いた。

硬度は保《たも》っていたが、巨根ではない。成人男性の平均サイズだった。

見城はベッドから離れた。裸のままで、寝室を出る。

インターフォンの受話器は、リビングの壁に取りつけられていた。

ＬＤＫは十五畳の広さだった。居間のスペースに、応接セット、スチール製のデスク、キャビネット、パソコン、資料棚などが並んでいる。

ダイニングキッチンとの間は、オフホワイトのアコーディオン・カーテンで仕切れるようになっていた。依頼人が訪れたときは、それでダイニングキッチンを隠している。

見城はインターフォンの受話器を外し、ぶっきらぼうに問いかけた。

「どなた？」

「こちらは、『東京リサーチ・サービス』さんですよね？」

中年女性の声が確かめた。

「ええ、そうです。調査のご依頼でしょうか？」

「はい。夫のことで、ちょっと調べていただきたいことがありまして……」

「わかりました。少々、お待ちください」

見城は受話器をフックに掛けた。

無粋《ぶすい》な依頼人を追い払うこともできなくはなかった。しかし、相手の声はひどく深刻そうだった。そのせいで、素《そ》っ気《け》ない態度をとれなくなったのだ。

いつの間にか、性器は萎《な》えていた。寝室に戻ると、里沙が言った。

「やっぱり、仕事の依頼みたいね」

「手短《てみじか》に話を聞くから、ベッドで休んでてくれ。続きは、後《あと》でやろう」

見城はトランクスを穿《は》き、大急ぎで身繕《みづくろ》いをした。

素肌にベージュのタートルネック・セーターを着て、黒いコーデュロイジーンズを穿く。見城は寝室のドアを閉《し》め、洗面所に走った。ざっと石鹸《せっけん》で手と口許を洗う。

見城は乱れた長めの頭髪を手で整え、玄関に急いだ。

ドアを開けると、二人の女が立っていた。ひとりは四十四、五歳で、連れは二十一、二歳と思われる。目と唇が似ている。母娘《おやこ》だろう。

四十代半《なか》ばの女が口を開いた。

「所長さんでしょうか？」

「ええ、そうです。あいにく調査員が出払っていましてね」

見城は、もっともらしく言った。よく使うはったりだった。

「電話帳の広告を見て伺《うかが》ったのですけど、相談に乗っていただけますでしょうか？」

「大歓迎ですよ。帝国《ていこく》データバンクさんや東京商工《とうきょうしょうこう》リサーチさんといった大手と違って、うちは固定客は多くありませんのでね。どうぞお入りください」

「それでは失礼します」

二人の女がコートを脱《ぬ》ぎ、玄関に入った。どちらもスーツ姿だった。

全国には、約三千五百社の調査会社がある。

都内だけでも、五百数十社にのぼる。しかし、数百人の調査員を抱える大手は十社にも満たない。同業者の約六割が見城と同様に固定客には恵まれていなかった。

このタイプの業者は職業別電話帳に派手な広告を載《の》せ、飛び込み客を待つということになる。こうした零細規模の調査機関は、業界で〝一本釣り探偵社〟と呼ばれていた。

見城は二人を応接ソファに坐らせ、母親らしい女に名刺を渡した。

「わたし、浅利伸子《あさりのぶこ》と申します。娘の未希《みき》を連れてまいりました」

「お嬢さんは、どこかにお勤めなのかな？」

「いいえ、まだ聖和《せいわ》女子大の三年生です」

母親が答えた。

見城は大判のビジネスノートを持って、二人の前に坐った。

「所員がいませんので、お茶も差し上げられませんが……」

「どうかおかまいなく」

「それじゃ、さっそく本題に入らせてもらいます。調査対象はご主人ですね？」

「はい、そうです。夫の名は浅利博久《ひろひさ》といいます。五十一歳のサラリーマンです」

「ご主人、浮気でもされてるのかな？」

「いいえ、そうではないんです」

伸子が小さく首を振った。

「失礼なことを言ってしまったな。ご容赦《ようしゃ》ください」

「お気になさらないでください。夫は半月あまり前から、何かに怯《おび》えているみたいなんですよ」

「怯えてる？」

見城は問い返し、ロングピースに火を点《つ》けた。

ヘビースモーカーだった。一日に、七、八十本は灰にしている。

「ええ、そうなんです。誰かに尾行されているようなんですよ。それから、真夜中に何度か無言電話がかかってきたことがありました」

「ご主人に思い当たるようなことは？」

「何もないと申しています。でも、それは家族を気遣《きづか》っての言葉だと思います」

「そうなのかもしれませんね。それで、小社に尾行者の正体を突き止めろとおっしゃるわけですね」

「ええ、そうしていただきたいのです。わたし、夫に警察に相談するよう勧《すす》めたのですけど、それはできないと……」

浅利伸子が下を向いた。

「失礼ですが、ご主人には何か他人《ひと》に知られたくない秘密でもあるのではありませんか」

「個人的な秘密は何もないと思います。真面目《まじめ》な性格ですので、女性関係や金銭上のトラブルを引き起こしたとも考えられません。お酒もたしなむ程度で、ギャンブルはまったくやらないんですよ」

「そうですか。ご主人は、どこにお勤めなんです？」

見城は煙草の灰を落とし、矢継ぎ早《やつぎばや》に訊《き》いた。

「東洋建設工業の総務部長をしています」

「一流企業ですね。そういえば、ご主人の会社の営業マンが三週間ほど前に殺されたんじゃなかったかな」

「はい、その通りです。殺されたのは本社営業部の桑名勉という方です。全身を針金でぐるぐるに縛られて、奥多摩湖に投げ落とされて亡《な》くなられたんです」

伸子が同情に満ちた顔になった。

「ええ、そうみたいですね」

「まだ犯人が捕《つか》まらないなんて、お気の毒だわ」

「ご主人と桑名氏のつき合いは？」

見城は煙草の火を消し、脚を組んだ。

「桑名さんのことは存じ上げていると申していましたが、仕事上のつき合いは何もなかったそうです」

「個人的なつき合いは、どうだったんでしょう？」

「それもなかったようです。年齢的に少し開きがありましたし、営業部と総務部ではあまり接触する機会がなかったんではないでしょうか」

「そうでしょうね。それに社員が七千人近くいる大会社だから、社員同士のつき合いも限られてるんでしょう」

　伸子が言った。

「ええ、多分」

「ご主人が個人的な恨《うら》みを買う方じゃないとしたら、仕事のことで何かあったのかもしれないな」

　見城は呟《つぶや》いた。すると、黙って話を聞いていた未希が初めて言葉を発した。

「最近、企業テロが頻発《ひんぱつ》してますよね？」

「去年は富士《ふじ》フイルムの専務が刺殺され、住友《すみとも》（現・三井《みつい》住友）銀行の名古屋《なごや》支店長が射殺されたな」

「ええ。その前には、確か阪和《はんわ》銀行の副頭取が凶弾に倒れました」

「そうでしたね。平成不況に入ってから、すでに四十数件の企業テロが起こってる」

「はい」

「そうか、きみはお父さんが企業テロの標的《ターゲット》にされたのではないかと考えてるわけだ？」

「ええ、もしかしたらって……」

「それは考えられるかもしれないな。お父さんが総務部長なら、総会屋やブラックジャーナリストたちと仕事で接してるだろうからね」

見城は言った。

「これまでの企業テロの犠牲者は重役クラスの人が多いようですから、父が最終的な標的になることはないと思うんです。でも、テロリストが見せしめに部長クラスの人間を脅《おび》やかすということも考えられるかもしれませんでしょ？」

「なかなか鋭いね。探偵も顔負けだ」

「そんな……」

未希がはにかんだ。

見城は口許を綻《ほころ》ばせ、母親に顔を向けた。

「ご主人は総会屋対策で、何か頭を悩ませていませんでした？」

「夫の会社は、とうの昔に総会屋とは縁を切ったと言っていましたけど」

「それは表向きの話でしょう。商法が改正になったときに大企業の大半が総会屋ときれいに手を切ったと公言しましたが、実際には縁切りなどできなかったはずです」

「そうなんですか」

「警察庁が把握してるだけでも、いまも全国に約千百人の総会屋がいます。その予備軍を含めれば、二千人はいるでしょうね」

「そんなにたくさん⁉」

　伸子が目を丸くした。

「今後は、もっと増えると思います。現に暴力団新法と長引く不況のダブルパンチで、資金源を失った広域暴力団が次々に直系の総会屋事務所を設立しています」

「怕《こわ》い話だわ」

「そもそも総会屋というのは、暴力団と表裏一体のごろつき連中なんですよ。甘い汁を吸える大企業から離れるわけありません」

「それでは、夫の会社は未《いま》だに総会屋と腐れ縁を……」

「そう考えるべきでしょうね。多くの企業が総会屋とうまくつき合っていることは、もはや公然たる秘密です」

　見城は言い切った。根拠のある話だった。

「わたし、そういうことには疎《うと》いものですから、いまのいままで知りませんでした。いい年齢《とし》して、恥ずかしいわ」

「一般の主婦は似たり寄ったりでしょう。それはともかく、企業が総会屋をひとり残らず締め出してしまったら、どこも株主総会すらスムーズに進行できません。企業にとって、総会屋は必要悪なんですよ」

「そうなんですか」

「ついでに、お教えしておきましょう。ひと口に総会屋といっても、ふた通りのタイプがあるんですよ。企業の用心棒的な存在の与党派、それとは反対に株主総会で経営陣を扱《こ》き下ろす野党派に分かれてるんです」

「それも知りませんでした」

伸子が、きまり悪げに笑った。笑うと、目尻の皺《しわ》が目立った。しかし、顔立ちそのものは悪くなかった。

「もっとも与党派と野党派は裏で手を結び合っていて、マッチ・ポンプの狎《な》れ合い騒動を起こす場合が多いんです。与党派は野党派を金で抑《おさ》えるからと、企業からまとまったものを引き出すわけです。その金は、両派が山分けするというシナリオが予《あらかじ》めでき上がってたんですよ」

「狡猾《こうかつ》で汚い人たちだわ」

「ええ、確かにね。しかし、連中は小悪党です。彼らを巧《たく》みに利用して、社内の不正や弱みを握り潰《つぶ》してる企業側のほうが悪《あく》どいんじゃないかな」

見城は、つい本音を洩らしてしまった。伸子は鼻白んだ顔で押し黙っていた。

「おそらく総会屋かブラックジャーナリストが、ご主人につきまとってるんでしょう」

「そうなんでしょうか」

「少し調べてみますよ」

見城は引き受ける気になった。何か大きなスキャンダルの臭《にお》いが漂ってきたからだ。うまくしたら、強請《ゆすり》の材料が転がり込んでくるかもしれない。見城は密《ひそ》かに舌嘗《したなめず》りした。

「お引き受けいただいて、ありがとうございます」

「ご主人の顔写真は？」

「はい、持ってまいりました。ただ、勝手なお願いですが、会社の方たちにはできるだけ接触しないでいただきたいんです。夫には内緒で、ここに伺《うかが》ったものですから」

「その点は、ご心配なく。学生時代のご友人とか行きつけの飲み屋さんから、うまく探《さぐ》り出しますよ」

「そうですか」

仲子が夫の交友関係や馴染《なじ》みの店の名を挙《あ》げはじめた。

見城は必要なことをメモした。予備知識を得ると、浅利博久の写真を受け取った。

スナップ写真だった。見るからに、実直そうな五十男だ。丸顔で、半白の髪をきちんと七三に分けている。

「一応、着手金として十五万円をお支払いいただけますか?」

「はい。おおよそで結構なんですが、調査費用はどのくらいになりますでしょう?」

「三十万円前後で片がつくと思います」

「わかりました」

伸子がハンドバッグの口金を外した。

見城は着手金を受け取り、その場で領収証を切った。母娘が同時に腰を上げた。

二人を送り出すと、見城は寝室に足を向けた。

2

気《け》だるかった。

全身に虚脱感が拡《ひろ》がっている。濃厚な情事の名残《なごり》だった。

見城は事務机に向かって、紫煙《しえん》をくゆらせていた。

午後三時半過ぎだ。部屋にいるのは自分だけだった。

里沙は五分ほど前に、参宮橋《さんぐうばし》にある自宅マンションに帰っていった。彼女も疲れた様子だった。今夜は、コンパニオンの仕事をこなせないかもしれない。

来客で交わりが中断されたことによって、見城はいつもより燃え上がった。若い獣のように、里沙の肉体を貪《むさぼ》り尽《つ》くした。

二人は、ほぼ同時に果てた。

見城は煙草の火を消し、ビジネスノートを開いた。それには、浅利博久の友人の連絡先が記《しる》してある。四人だった。三人はサラリーマンで、残りのひとりは自営業者だ。

見城は机上《きじょう》の電話機を引き寄せた。

親機だった。子機は寝室にある。見城は四人に電話をかけた。

しかし、徒労に終わった。浅利は、どの友人にも自分の悩みを打ち明けていなかった。

もともと秘密主義者なのか。それとも、悩みを他人に話せない事情があるのだろうか。どうも後者臭い。

見城は、浅利の行きつけのスタンドバーや小料理屋にも電話をしてみた。時刻が早いせいか、どちらも受話器は外れなかった。こうなったら、浅利博久を尾行したほうが早そうだ。

見城は回転椅子《いす》から立ち上がった。

ちょうどそのとき、部屋のインターフォンが鳴った。来訪者は百面《どうめ》鬼竜一《きりゅういち》だった。親しい悪友である。

「百《どう》さん、ドアは開いてるよ。入ってくれないか」

見城はインターフォンの受話器をフックに戻し、応接ソファに腰かけた。

待つほどもなく剃髪頭《スキンヘッド》の百面鬼が姿を見せた。焦茶《こげちゃ》のレザーブルゾンに、砂色のスラックスという身なりだった。トレードマークの薄茶のサングラスをかけている。

見城は先に話しかけた。

「きょうは非番らしいね」

「そうなんだ。あんまり退屈なんで、見城ちゃんの面《つら》を拝《おが》みに来たってわけよ」

百面鬼がそう言いながら、向かい合う位置にどっかと腰かけた。

上半身の筋肉が発達し、肩と胸が厚い。背丈《せたけ》は、ちょうど百七十センチだった。

百面鬼は四十歳だ。新宿署刑事課強行犯係の刑事である。職階は警部補だが、主任でもない。ただの平刑事だった。

出世できない理由《わけ》があった。百面鬼は、やくざ顔負けの悪党だった。並外れた好色漢で、金銭欲も強い。

寺の跡継《あとつ》ぎ息子でありながら、仏心も道徳心もまるっきりなかった。悪事を愉《たの》しんでいる気配さえうかがえた。

百面鬼は防犯（現・生活安全）課勤務のころ、暴力団の組長や風俗店の経営者を平然と脅し、金や女をたっぷり貢《みつ》がせていた。押収した銃刀や麻薬は、そっくり地方の暴力団に売り捌《さば》いていた。

刑事課に移ったのは二年前だが、ろくに仕事もしていない。

好き放題に振る舞えるのは、百面鬼が警察官僚《キャリア》や署長の不正の事実を握っているからだ。法の番人である警察にも、さまざまな不正がはびこっている。政治家や財界の大物に泣きつかれて、捜査に手心《てごころ》を加えることもある。交通違反の揉み消しなどは日常茶飯事だった。

そんな事情があるから、不正警官・職員の内偵調査をしている警視庁警務部人事一課監察も百面鬼には手を出せなかった。警察庁の首席監察官も同じだった。

鼻抓《はなつま》みの無頼派刑事は、署内で完全に孤立していた。彼とペアを組みたがる同僚は、ひとりもいなかった。個性が強すぎるからか、友人らしい友人もいない。

しかし、なぜだか百面鬼は見城には気を許している。

もう八年以上の腐れ縁だ。たまたま二人は、射撃でオリンピック出場選手の候補に選ばれた。どちらも予選で落ちてしまったが、それが縁で親しくなったのである。

「見城ちゃん、なんか疲れた感じだな」

百面鬼が言って、茶色の葉煙草《シガリロ》をくわえた。

「ああ、ちょっと疲れてるんだ」

「昨夜《ゆうべ》はラブホテルの前かどこかで、徹夜の張り込みだったんじゃねえの？」

「そうじゃないんだ。さっき、ちょっと真昼の情事ってやつを……」

「好きだな、見城ちゃんも」

「百《どう》さんほどじゃないがね」

見城は雑《ま》ぜ返した。

百面鬼が口許をだらしなく緩めた。悪党刑事の女好きは、かなり病的だった。毎日、女体を欲しがった。その上、奇妙な性癖があった。

百面鬼はパートナーの素肌に喪服《もふく》を着せないと、性的に昂《たか》まらない。しかも着物の裾《すそ》を跳《は》ね上げて後背位で貫《つらぬ》かなければ、決して射精しないそうだ。

一種の変態だろう。百面鬼には離婚歴があった。新妻にアブノーマルな営《いとな》みを強《し》いて、たったの数カ月で実家に戻られてしまったのだ。もう十年以上も前の話である。

それ以来、百面鬼は練馬《ねりま》の生家で年老《としお》いた両親と暮らしている。もっとも外泊する日が多く、親許にはめったに帰らない。

百面鬼の五つ違いの弟は地方裁判所の判事だった。兄とは対照的な堅物だ。

しかし、寺に生まれながら、熱心なクリスチャンになってしまった。そうした面を見ると、兄と同様に変わり者なのかもしれない。

「百《どう》さん、昨夜《ゆうべ》も練馬の未亡人の家に泊まったんでしょ？」

見城は訊いた。

「いや、外《はず》れだ。あの女とは、もう別れた」

「いつ？」

「先週だったかな」

「いつものように、セックスがワンパターンだって嫌われちゃったわけか」

「そうじゃねえんだ。あの女、再婚するんだってよ」

「そう。相手は？」

「中学校の先公《せんこう》だってさ。そいつもバツイチらしいんだが、おれと違って人間的に魅力があるんだとよ。言ってくれるよな」

百面鬼が淋《さび》しげに笑った。

「それで、すんなり引き下がったの？」

「惚《ほ》れてた女が幸せになりたいってんだから、仕方ないじゃねえか」

「百《どう》さんのダンディズムか。案外、俠気《おとこぎ》があるからな」

「そんなカッコいいもんじゃねえって。気持ちの離れた女を追い回すのは、なんかみっともないじゃねえか。ただ、それだけのことよ」

「早く元気になってほしいね」

「どうってことねえさ。女なんか、掃《は》いて捨てるほどいらあ。そのうち、男を蕩《とろ》かすような女をめっけるよ」

「相変わらず、負け惜《お》しみが強いね。それじゃ、気分転換に百《どう》さんに少し仕事を手伝ってもらうか」

見城は呟いた。すると、剃髪頭《スキンヘッド》の悪党刑事が身を乗り出してきた。

「何か強請《ゆすり》の材料《ネタ》を摑みやがったな。どうだい、図星《ずぼし》だろうが？」

「外れだよ。本業のほうの手助けをしてもらいたいんだ」

「なんでえ、日当仕事かよ。ま、いいか。ちったあ、退屈しのぎになるだろうからな。それで、どんな下請け仕事なんだ？」

「東洋建設工業の総務部長が誰かに脅迫されてるようなんだよ」

見城は詳《くわ》しい話をした。

「面白《おもしれ》え話じゃねえか。三週間ぐらい前に、営業部の社員が殺《や》られてるぜ」

「ああ、知ってるよ。おれは派手な企業テロの前触《ぶ》れと考えてるんだが、百《どう》さんはどう思う？」

「浅利って奴《やつ》は総務部長だという話だから、その線が強いな」

百面鬼が答え、武骨《ぶこつ》な指で葉煙草《シガリロ》の火を消した。

「東洋建設工業の本社は西新宿にあるんだ」

「わかってらあ。でっけえビルだよ、ちょっと洒落《しやれ》たな」

「新宿署の暴力団係《マルボウ》は、管内の大手企業に寄生してる総会屋やブラックジャーナリストをおおむね把握してるよね？」

「ああ、もちろん」

「百《どう》さんには、東洋建設工業と関わりのある総会屋グループと恐喝屋まがいの経済誌記者を調べてもらいたいんだ」

「あいよ。で、報酬は？」

「これで、どう？」

見城は片手を宙に浮かせ、五本の指をいっぱいに拡《ひろ》げた。

「五十万なら、文句ねえな」

「百《どう》さん、冗談きついって。五万だよ」

「たったの五万だって⁉　おれを小僧っ子扱いする気かよ。まいったな」

「いやなら、いいんだ。たいして手間のかかる調査じゃないから、知り合いの若い刑事に煙草銭《たばこせん》をやって、資料を回してもらうことにする」

「待てよ、見城ちゃん！　わかった、五万で手を打ってやらあ」

「やっと協力してくれる気になったか」

「その代わりさ、ひとつ頼みがあるんだ」

「どんな？」

「東洋建設工業の弱みを摑んだら、おれに情報を流してくれねえか。見城ちゃん、どうせ会社を揺さぶる気なんだろ？」

百面鬼がサングラスのフレームに手を添え、探るような眼差《まなざ》しを向けてきた。

「あれっ、知らなかった？　最近、おれは心を入れ替えたんだよ。本業の稼ぎだけで、まともに暮らそうと思ってるんだ」

「また、予防線を張りやがって。見城ちゃん、それはないぜ。なにもおれは、そっちが唾《つば》をつけた獲物をそっくり横奪《よこど》りしようなんて考えてるわけじゃねえ。おれは、いつもの小判鮫《ざめ》でいいんだよ」

「いつもはハイエナじゃないか」

見城は茶化した。

「ほんの二、三千万、寄せたいだけなんだよ。そんなに警戒することはねえだろうが」

「軽く二、三千万って言うけど、かなりの大金だぜ」

「わかってらあ。おれは見城ちゃんと違って、厳《いか》つい顔してるから、銭《ぜに》を持ってねえと、いい女が寄ってこねえんだ」

やくざ刑事が真顔《まがお》で訴えた。

「あんまり多くを期待しないでもらいたいな。東洋建設工業を揺さぶれるかどうか、まだわからないんだから」

「なあに、何かあるさ。頼まれたこと、さっそく調べてみらあ。とりあえず、日当を貰《もら》っておこうか」

「相変わらず、抜け目がないね」

見城はソファから立ち上がり、事務机に歩み寄った。引き出しから五枚の一万円札を取り出し、百面鬼に渡す。

「どうもな。見城ちゃん、きょうはずっと家《ヤサ》にいるのか？」

「夕方になったら、東洋建設工業の本社ビルに行くつもりなんだ」

「なら、後で電話すらあ」

百面鬼が言って、勢いよく立ち上がった。

見城は見送らなかった。ダイニングキッチンに行き、冷凍グラタンを電子レンジで温める。朝から、まだ何も食べていなかった。見城は缶ビールを飲みながら、グラタンとフランスパンを胃袋に送り込んだ。ビールはバドワイザーだった。

腹ごしらえをすると、見城は長椅子に寝そべった。

出かけるには、少しばかり早すぎる。天井をぼんやり眺めていると、スチール製のデスクの上で固定電話機が爆《は》ぜた。

見城は起き上がって、手早く受話器を摑み上げた。

「おれっす」

電話の向こうで、松丸勇介《まつまるゆうすけ》の明るい声がした。

「おう、松ちゃん！」

「いま、忙しいっすか？　おれ、仕事で近くまで来たんすよ」

「それなら、寄ってくれ」

「いいんすか。それじゃ、これから行きます」

「待ってる」

見城は先に電話を切った。

松丸は飲み友達だった。まだ二十八歳で、独身だ。南青山三丁目にある『沙羅《さら》』という酒場の常連客だった。週に一、二度、その店で顔を合わせている。松丸は百面鬼とも親しい。悪徳刑事も『沙羅』の常連だ。

松丸は、フリーの盗聴防止コンサルタントである。早い話が、盗聴器探知のプロだ。

私立の電機大を中退した松丸は電圧テスターや広域電波受信機を使って、仕掛けられた盗聴器を造作《ぞうさ》なく見つけ出す。

新商売ながら、だいぶ繁昌《はんじょう》している様子だ。それだけ、街に不気味な盗聴器が氾濫《はんらん》しているのだろう。料金は一件に付き、三万円から十万円までと開きがあるらしい。出張先までの距離や盗聴器の種類によって、請求額を決めているという話だった。

見城はこれまでに十回近く、松丸の手を借りている。そういう意味では、助手のような存在だった。

もっとも松丸は、強請《ゆすり》には関わっていない。金にも女にも、あまり執着心はなかった。ただ、裏ビデオ集めには熱心だった。

松丸はあけすけな映像を観《み》すぎたせいか、女性には不信感を抱いている。嫌悪もしているようだ。ふだんはドライに構えているが、根は律義《りちぎ》な好青年である。

松丸は細身で、荒っぽいことは好きではなかった。事実、腕力もない。

見城は長椅子に腰かけ、ロングピースに火を点けた。

一服し終えて間《ま》もなく、松丸が訪《おとず》れた。太編みのざっくりとしたデザインセーターの上に、格子柄のCPOジャケットを着込んでいた。下は、リーのジーンズだった。

「さっきまで、ここに百《どう》さんがいたんだよ」

見城は言った。

「そうっすか。鉢合《はちあ》わせしなくて、よかったな。あの極悪刑事、なんの根拠もないのに、おれをゲイ扱いするんすから」

「百《どう》さんには無類の女好き以外、どの男もゲイに見えるんだろう。気にすることはないさ」

「でも、知らない人が聞いたら、本気にするかもしれないじゃないっすか」

「人の目なんか気にしてたら、人生、つまらないぞ」

「それもそうっすね」

松丸はにっこり笑って、正面のソファに腰を沈めた。

「仕事で、この近くまで来たって言ってたな」

「ええ、青葉台《あおばだい》までね。でも、なんか気が重くなっちゃったすよ」

「姑《しゅうとめ》が嫁か孫の部屋に盗聴器を仕掛けてたんだろう?」

「そうじゃないんっす。嫁に行った娘が、実家の兄夫婦の寝室に高性能な盗聴器を仕掛けてたんすよ。前々から兄妹《きょうだい》の仲は悪かったらしいんすけど、二人の母親が末期癌《がん》で余命《よめい》いくばくもないそうなんす」

「親の遺産を兄貴が独《ひと》り占めにするんじゃないかと疑心暗鬼《ぎしんあんき》に陥って、妹がこっそり盗聴器を仕掛けたわけか」

「そうなんすよ。なんか浅ましくて哀《かな》しいっすよね」

「そうだな」

見城は相槌《あいづち》を打って、煙草をくわえた。

「仕事で人間の醜《みにく》い面ばかり見せつけられてるから、おれ、ますます人間が信じられなくなりそうっすよ」

「だろうな」

「それはそうと、本業のほうはどうっすか？」

松丸が話題を変えた。

「きょう、新しい調査の依頼があったよ」

「そうっすか。それで、一時間ぐらいならと……」

「そうなんだ」

「何か手伝えることがあったら、いつでも声をかけてください」

「サンキュ！」

見城は笑顔を返した。

雑談を交わしているうちに、小一《こ》時間が流れ去った。松丸が帰ると、見城は慌《あわ》ただしく外出の仕度《したく》に取りかかった。

といっても、薄手の黒いタートルネック・セーターの上に、グレイの上着を羽織《はお》ったにすぎない。下は、オフホワイトのチノクロスパンツだった。

見城は戸締りをして、すぐに部屋を出た。

エレベーターで地下駐車場に降り、オフブラックのローバー827ＳＬｉに乗り込む。右ハンドルの四速オートマチックだ。

自分で購入した車ではない。

女子大生やＯＬを弄《もてあそ》んでいた変態気味の若い歯科医から、一年以上も前に脅し取った英国車だった。見城は被害者のひとりに歯科医の素行調査を頼まれ、相手の悪事を知ったのだ。

エンジンは快調だった。新車なら、四百万円以上はする。

マンションを出ると、見城は車を明治《めいじ》通りに走らせた。

時刻は午後四時半だった。陽《ひ》は大きく西に傾いていた。

東洋建設工業の本社ビルは、西新宿七丁目にある。青梅街道の近くに建つタワー風のビルだ。

明治通りは、いくらか渋滞気味だった。

見城は気を揉みはじめた。総務部長の浅利が定時の五時に退社することは少ないだろうが、運悪く帰られてしまうかもしれない。

自動車電話《カーフォン》が鳴ったのは、代々木《よよぎ》に差しかかったときだった。

見城は片腕をステアリングから離し、コンソールボックスに伸ばした。使っているカーフォンは特殊な盗聴防止装置付きだった。

一般の自動車電話や携帯電話は、たやすく傍受《ぼうじゅ》されてしまう。しかし、アメリカ製の最新のスクランブル装置を付ければ、絶対に話を盗み聴きされることはない。

見城は、盗聴には神経質になっていた。脅迫や強請の声を捜査関係者にキャッチされてしまったら、言い逃れができなくなるからだ。

電話をかけてきたのは百面鬼だった。

「頼んだこと、もう調べてくれたの⁉」

「ああ。五万の謝礼じゃ、時間はかけられねえからな」

「厭味《いやみ》に聞こえるよ」

「いいから、メモしてくれや」

「ちょっと待ってくれないか」

見城はローバーを路肩《ろかた》に寄せた。

車を駐《と》め、ハザードランプを灯《とも》す。見城は上着の内ポケットから手帳を引っ張り出し、百面鬼の言葉を待った。

「東洋建設工業の番犬総会屋は、『近代ビジネス研究所』だったよ。代表者は塩見祐三《しおみゆうぞう》、六十二歳だ。事務所の所在地は日本橋《にほんばし》一丁目×番地になってる」

「百《どう》さん、若い衆の数は？」

「四、五人使ってるらしいよ。東洋建設工業とのつき合いは、およそ十年だな。会社はいろんな名目《めいもく》で、塩見に年に二千万円前後払ってる」

百面鬼の語尾に、見城は言葉を被《かぶ》せた。

「株主総会の仕切り料は別払いなんでしょ？」

「だと思うが、そこまでは把握してねえってさ。しかし、一部上場企業の株主総会の仕切り料は五百万円が相場だと言ってたな」

「塩見のバックは？」

「関東やくざの米山会《よねやまかい》の理事と何人か親しくつき合ってるようだが、別に塩見は上納金を払ってるわけじゃねえそうだ」

「それなら、米山会直系の総会屋グループじゃないんだろう」

「ああ、おそらくな。塩見のほかに、新興の総会屋や一匹狼《いっぴきおおかみ》のトリ屋が時々、会社にたかってるようだが、そいつらはたいした力は持ってねえって話だったぜ」

百面鬼が言った。

トリ屋というのは、広告料を目当てに薄っぺらな経済情報誌を発行している連中のことだ。大半の記事は一流経済誌や経営誌から無断転載したもので、残りは根も葉もないような噂《うわさ》で埋め尽くされているケースが多い。

「塩見と会社の関係は、いま現在もうまくいってるの？」

「一応、いまも蜜月《みつげつ》関係にあるみてえだぞ。ただ、去年の六月に開かれた株主総会がちょっと荒れたらしいんだよ」

「塩見がどこかの戦闘的な総会屋と結託《けったく》して、会社から〝臨時収入〟をせしめようとしたんだろうか」

見城は呟いた。

「どうもそうじゃねえみてえなんだ。最初はマッチ・ポンプやらかしたと見てたらしいんだが、その裏付《ウラ》けは取れなかったんだってよ」

「ということは、荒っぽい総会屋が力ずくで塩見を蹴ちらして、新たな番犬になることを企《たくら》んでたのかもしれないね」

「そうなんだろうよ」

「百《どう》さん、株主総会で暴《あば》れた奴の名前、わかる？」

「ああ、わかるよ。安川武志《やすかわたけし》、五十六歳だ。『誠友会《せいゆうかい》』って看板を掲《かか》げて、東証一部上場の化学会社や食品会社に喰《く》い込んでるらしいぜ」

百面鬼が答えた。

「その安川って奴は、何人か人を使ってるの？」

「手下が十人ぐらいいるらしいよ。安川のオフィスは、港区麻布台《みなとあざぶだい》三丁目十×番地にあるそうだ」

「安川と暴力団の結びつきは？」

「義友会《ぎゆうかい》、極心会《きよくしんかい》、関東桜仁会《おうじんかい》なんかと義理づき合いしてるようだが、それほど深い繋がりじゃねえってさ」

「そうすると、暴力団直系の総会屋はどこも東洋建設工業を狙《ねら》ってないんだね？」

「ああ、いまんところはな」

「となると、『誠友会』の安川あたりが何か爆弾をちらつかせて、東洋建設工業に脅しをかけた可能性が高いね」

「しかし、会社は脅しを無視した。それで頭にきて、浅利って総務部長をビビらせはじめたってわけか」

「おおかた、そんなところだろう。とにかく、少し浅利の動きを追ってみるよ」

見城は自動車電話をコンソールボックスに戻し、ふたたび車を走らせはじめた。

3

たっぷり待たされた。

少し焦《じ》れはじめたころ、調査対象者が勤務先のビルから現われた。午後八時過ぎだった。

見城は、東洋建設工業本社ビル前の暗がりに立っていた。ビル風《かぜ》が強い。前髪が乱れ、うるさく額《ひたい》にまとわりつく。見城は前髪を掻《か》き上げながら、浅利博久を目で追った。

総務部長は紺系のスリーピースで身を固めていた。炭色《すみいろ》のビジネスバッグを小脇《こわき》に抱えている。

急ぎ足だった。これから誰かと会う約束でもあるのか。浅利は本社ビル前の車道まで一直線に歩き、目でタクシーを探しはじめた。

素振《そぶ》りが落ち着かない。空車を待ちながらも、あたりを気忙《きぜわ》しく見回している。尾行者の有無《うむ》を確かめているようだ。

見城は、ごく自然な足取りで浅利から遠ざかった。

ローバーは、六、七十メートル先の車道に駐《と》めてあった。さりげなく車に乗り込み、後方を振り返る。

浅利が黄色っぽいタクシーに乗り込んだ。

見城は、タクシーの周《まわ》りに視線を投げた。怪しげな車は見当たらない。不審な人影も目に留《と》まらなかった。

浅利を乗せたタクシーが発進した。

見城はエンジンを始動させた。ほどなくタクシーが、かたわらを走り抜けていった。追《つい》尾《び》する車は目に留まらない。

見城はローバーを走らせはじめた。

一定の距離を保《たも》ちながら、タクシーを尾《つ》けていく。尾行中も絶えずルームミラーとドアミラーに目を向けた。依然として、気になる車は現われない。

タクシーは青梅街道に出ると、靖国《やすくに》通り方向に進んだ。

浅利の自宅は大田区《おおた》の東雪谷《ひがしゆきがや》にある。やはり、人と会うことになっているらしい。見城は追走しつづけた。

やがて、タクシーは飯田橋《いいだばし》駅近くにある中級のシティホテルの玄関に横づけされた。見城はホテルの前の路上にローバーを駐め、速足《はやあし》でエントランスに向かった。

車寄せには、客待ちのタクシーが列をなしていた。

浅利は、広いロビーの一隅にあるティールームに入っていった。総ガラス張りの店だった。店内の様子がよくわかる。

見城はロビーのソファに腰かけ、浅利の動きを見守った。

総務部長は奥のテーブル席に歩み寄った。その席には、六十年配の小太りの男がいた。額が禿《は》げ上がり、布袋《ほてい》のように頰《ほお》の肉がたるんでいる。渋い色の背広を着込んでいるが、どことなく荒《すさ》んだ印象を与えた。

まともな勤め人ではなさそうだ。『近代ビジネス研究所』の塩見祐三だろうか。浅利が、小太りの男と向かい合った。

見城は腰を浮かせ、ティールームに足を向けた。

店内に入り、視線を巡《めぐ》らせる。人と待ち合わせをしているように見せかけたのだ。

幸運にも、浅利たちのいる席の手前のテーブルが空《あ》いていた。

見城は、その席に坐った。浅利とは背中を合わせる恰好《かっこう》だった。

ウェイターにコーヒーを注文する。見城はロングピースをくわえた。煙草を吹かしながら、浅利たちの会話に耳を傾ける。

「それは穏《おだ》やかな話じゃありませんな」

六十絡《がら》みの男の声だ。

「ノイローゼになりそうですよ」

「いったい、誰がそんな卑劣《ひれつ》なことを……」

「塩見さん、まさかあなたが若い人を使って、わたしを尾けさせてるんではないでしょうね？」

浅利は冗談めかした口調だったが、その声はいくらか硬かった。

やはり、小太りの男は与党総会屋の塩見祐三だったか。

「部長！　なんてことを言うんですっ。わたしは、おたくの会社とは親戚《しんせき》づき合いをしてる男じゃないですか！」

「しかし、状況を考えると……」

「言いがかりも甚《はなはだ》しいな。だいたい何を根拠に、わたしを疑うんです？」

塩見が気色《けしき》ばんだ。

「去年の夏から、あなたのところに回す協賛金が少なくなったでしょ？　トータルで二百万円ほどダウンしましたよね」

「ええ、確かに。しかし、そのことで逆恨《さかうら》みなんかしてませんよ。わたしは恩義のある会社に牙《きば》を剝《む》くような人間じゃない。見損《みそこな》ってもらっちゃ、困るねっ」

「ちょっと、塩見さん！　声が大きいですよ」

　浅利が咎《とが》めた。

「あんたが妙なことを言いだしたんで、つい感情的になってしまったんだ。いや、申し訳なかった」

「冷静になりましょうよ、お互いに」

「わかりました。でもね、これだけははっきり言っておきます。収入が減ったことで、おたくの会社を恨んだりはしてませんよ」

「その言葉を信じましょう」

「去年の株主総会を完璧《かんぺき》に仕切れなかったことで、それなりに責任を感じてたんでね。だから、金のことでは文句ひとつ言わなかった。そうだったでしょ？」

「ええ、確かにね」

　二人は気まずく黙り込んだ。

浅利がコーヒーを啜《すす》る音がした。塩見は長嘆息《ちょうたんそく》し、水で喉《のど》を潤《うるお》した。見城は短くなった煙草の火を揉み消し、左手首のコルムを覗《のぞ》いた。いかにも人を待っているように装ったわけだ。

コーヒーが運ばれてきた。

見城はブラックで飲んだ。コーヒーカップを口に運びながら、浅利たちの話が再開されるのを待つ。

「浅利部長、姿なき敵はどんな材料《ネタ》を持ち込んだんです?」

塩見が囁《ささや》き声で訊いた。

「具体的なことは、ちょっと差し障《さわ》りがあるので勘弁してください」

「水臭いことをおっしゃらないで、こっそり教えてくださいよ。場合によっては、わたしの力で収拾がつくかもしれないでしょ?」

「いや、それは無理でしょう。なにしろ、先方に致命的な資料を押さえられてますんでね」

「例の国会議員に回してやった裏金のことですか?」

「塩見さん、場所を弁《わきま》えてください。こんな所で、軽々しくそんなことを口にしたら……」

「おっと、そうでしたね。それはそうと、わたしが少し探ってみましょう。おたくの会社には、いろいろ世話になってるからな」

「いいえ、そこまでしていただかなくても結構ですよ。下手《へた》に動かれると、傷口が大きくなりかねませんので」

浅利が沈痛な声で応じた。

「しかし、ただ傍観《ぼうかん》してるわけにもいきません。細心の注意を払いながら、こっそり調べてみますよ」

「お気持ちは嬉《うれ》しいが、あなた方の世界は案外、狭いから……」

「横の連絡は密《みつ》ですが、それでも誰もが心得なきゃいけないことはちゃんと心得てますから、噂がぱっと広まるようなことはありませんよ」

「それじゃ、くれぐれも慎重に」

「わかっています。ところで、その後、『誠友会』の連中は何か言ってきました？」

「一度、難民救援のバザーにつき合えと言ってきただけですよ」

「バザーとは笑わせるな。それで、どのくらい毟《むし》られたんです？」

「百万だけ出しました」

「部長、あの連中に甘い顔を見せないほうがいいなあ」

塩見が言葉に節《ふし》をつけて言った。

「しかし、あまり素っ気ない態度をとると、後《あと》が怕《こわ》いですからね。安川氏は裏社会の人間と繋がりが深いようだから」

「甘いところを見せたら、骨までしゃぶられますぜ」

「それは、わかってるんですが……」

「なんなら、わたしが安川武志にお灸《きゅう》をすえてやりましょう」

「塩見さん、それは困ります。事を荒立てたりしたら、後が面倒です」

「もしかしたら、おたくの会社は安川の野郎に何か弱みを握られてるんじゃないの？」

「そんなことはありません。絶対に、そういうことはありませんよ」

浅利が強く否定した。不自然なほど声に力が込められていた。

東洋建設工業は、『誠友会』の安川に何か痛いところを押さえられているようだ。見城はそう直感し、またコーヒーを飲んだ。

「そういえば、営業の桑名さんの事件はどうなりました？」

塩見が浅利に問いかけた。

「捜査は難航してるそうです」

「そうですか。桑名さんは役員だったわけじゃないから、会社とは関わりのないことで殺《や》られたんでしょう」

「ええ、おそらくね。それにしても、惨《むご》い殺され方をしたもんです。個人的なつき合いはなかったんですが、同僚たちには好《す》かれてたようです」

「そうだったんですか。新聞やテレビの報道によると、桑名さんの足取りは四谷のカジノバーでふっつりと……」

「確かに彼がなんとかいうカジノバーにいたという目撃者の証言が新聞に載《の》ってましたね。しかし、その証言者は誰かと人違いをしてるんじゃないだろうか。彼はギャンブル好きには見えませんでしたから」

「案外、真面目な人間が賭《か》けごとに熱くなるんですよ。ビギナーズラックで最初に思いがけない大金が入ったりすると、もう病みつきになったりしてね」

「しかし、桑名君はそういうタイプではありませんでした」

浅利は、あくまでも否定的だった。

「なんだか話が脱線してしまったな」

「そうですね」

「部長、しばらく民間のガードマンに身辺を護《まも》らせたほうがいいんじゃないですか。荒っぽい総会屋は企業が友好的じゃなかったりすると、見せしめに管理職をはつったりしますからね」

塩見が言った。

「はつる？」

「関西の極道たちの隠語で、剃刀《かみそり》や小刀で顔面や首筋を傷つけることですよ」

「塩見さん、威《おど》かさないでくださいよ」

「実際、そういう事件が起こってるんです。だから、身辺をガードするぐらいのことは……」

「ガードマンを雇えるような身分ではありませんよ」

「どなたか上役の方に、ご相談なさってみたら？　あなたがそれほど恐ろしい思いをしてると知ったら、多分、会社の経費でガードマンを雇ってくれるでしょう」

「わたしなんかに、会社がそこまでやってくれるもんですか」

「そうだろうか」

「総務部長なんて、みんなが敬遠したがる仕事を押しつけられてるだけで、それほど重要視されてないんですよ」

浅利が悔《くや》しそうに言った。積年の恨みが籠ったような口調だった。

「なんか耳の痛くなるような話だな」

「別に塩見さんのことを言ったんではありませんよ。妙な言いがかりをつけて、車代をせびろうとする輩《やから》のことです。塩見さんは、わが社を護ってくれてる方じゃないですか」

「そんなふうに言ってもらえると、なんか嬉しくなっちゃうな。これからも身を挺《てい》して、あなたの会社を護り抜きますすよ」

「よろしくお願いします。きょうは、お呼び立てして申し訳ありませんでした。わずかですが、これはお車代です」

「なんか悪いなあ。今夜はいただいておきますが、今後はこういうお気遣《きづか》いはなさらないよう……」

塩見が上機嫌に言い、意味のない笑い声を響かせた。浅利が伝票を摑《つか》んで立ち上がる気配がした。

二人は出入口に向かった。

見城は少し時間を遣《や》り過ごしてから、伝票を掬《すく》い上げた。ティールームを出ると、浅利たち二人は早くも玄関口に達していた。

見城は足を速《はや》めた。

外に出ると、浅利はタクシーを待っていた。塩見はホテルのアプローチをゆっくりと歩いている。

見城は浅利の横を擦《す》り抜け、車を駐めた場所まで急いだ。

運転席に入り、すぐに車をホテルの正面に移動させる。車寄せを見通せる位置だった。

数分待つと、浅利の乗った緑色のタクシーが石畳を滑り降りてきた。見城はタクシーが遠のいてから、ローバーを走らせはじめた。

マークしたタクシーは外堀通《そとぼりどお》りに入り、赤坂見附《あかさかみつけ》方面に向かった。溜池《ためいけ》の少し先で右に折れ、谷町《たにまち》ＪＣＴの方向に進んだ。

浅利は『誠友会』の事務所に行くのかもしれない。見城はステアリングを操《あやつ》りながら、そう思った。

予想は正しかった。やがて、緑色のタクシーは麻布台にある六階建ての細長いビルの前に停《と》まった。浅利が車を降りる。

タクシーが走り去った。路上に人気《ひとけ》はなかった。それでも浅利は神経質に左右に目を配ってから、肌色の細長いビルの中に入っていった。

見城はビルの少し手前に車を駐め、素早くグローブボックスを開けた。吸盤型の盗聴マイクとＦＭ受信機を摑み出し、すぐさま車から出る。

見城は歩きながら、イヤフォン付きの受信機を上着の内ポケットに滑り込ませた。高性能の超小型マイクは掌《てのひら》に握り込んだ。

ビルに走り入る。

浅利はエレベーターホールに立っていた。見城は集合郵便受けの陰に身を潜《ひそ》めた。テナントプレートを見ると、四階に『誠友会』の名が出ていた。

ほどなく浅利がエレベーターの中に消えた。

見城はホールまで一気に駆け、階数表示盤を見上げた。ランプは四階で静止した。

十秒ほど間《ま》を置いてから、見城は上昇ボタンを押した。

いくらも待たないうちに、エレベーターの函《ケージ》が降りてきた。見城は四階まで上がった。

安川武志の事務所は、エレベーターホールの左側の奥にあった。幸いにも、人の姿は見当たらなかった。

見城は『誠友会』のスチール・ドアに磁石式の盗聴マイクを密着させ、階段の踊り場まで歩いた。そこは、通路からは死角になっていた。誰かに見られる心配はなかった。

見城は左耳にイヤフォンを嵌《は》め、右手を上着の内ポケットに滑り込ませた。盗聴マイクは、厚さ五メートルのコンクリートの向こうの会話まで鮮明に拾ってくれる優《すぐ》れた製品だった。

見城は受信機のチューナーを回しはじめた。

周波数八十八メガヘルツから百八メガヘルツ帯のどこかで、音声をキャッチできるはずだ。少し経つと、人の話し声がイヤフォンから洩れてきた。

若い男たちの話し声だった。浅利の声は聴こえなかった。

見城は音量を高めた。

すると、ざわめきの向こうから別の会話が流れてきた。男同士の遣《や》り取りだった。片方は紛《まぎ》れもなく浅利の声だ。相手の声は野太《のぶと》かった。

見城は耳に神経を集めた。

若い男たちのゴルフの自慢話が耳障《みみざわ》りだったが、我慢するほかない。耳を澄ますと、浅利の声もはっきりと聴こえるようになった。

「本当に、これっきりにしてくださいね」

「わかってますって。二重奪《ど》りするほどの悪党じゃありませんよ」

相手の男がそう言い、下卑《げび》た笑い方をした。安川武志だろう。

「一応、領収証を切ってください」

「いいですよ。但《ただ》し書きは、どうしましょう？」

「図書資料代ということで結構です」

「わかりました。浅利さん、あなたも大変ですなあ」

「何がです？」

「東洋建設工業さんは大手も大手だから、金喰《かねく》い虫が次から次に現われるんじゃありませんか？」

「ええ、まあ」

　浅利の声は小さかった。

「チンピラまがいの雑魚《ざこ》どもに甘い顔を見せることはありませんよ。小物ほど、はったり、かますもんです。さも致命的な弱みを握ってるようなことを言ったり、バックに大物の右翼がいるとかね」

「………」

「塩見のおっさんだって、そんな連中と五十歩百歩ですぜ」

「何をおっしゃりたいんです、安川さん？」

「塩見なんかを〝お抱《かか》え〟にしてたら、また株主総会が荒れるかもしれないってことですよ」

「やっぱり、去年の総会荒らしは……」

「そいつは誤解だ。おれは、いや、わたしは塩見のおっさんは好きじゃないが、同業者を力ずくで追い落とそうなんてことはしませんよ。わたしらの世界にも、紳士協定ってやつがあるんでね」

安川が言った。

浅利は沈黙したままだった。若い男たちは、いつしか猥談《わいだん》に熱中していた。

「紳士協定があっても、やっぱり弱肉強食の世界だよね。力の強い者だけが生き残る」

安川の声だ。ややあって、浅利が問いかけた。

「塩見氏は、いずれ消えるということですか？」

「それは時間の問題だろうね」

「安川さん、塩見氏をバックアップしてもらうわけにはいきませんか？」

「そいつは無理な相談だ。奴に、ある製薬会社の仕事を横奪《ど》りされたことがあるんですよ。もうだいぶ前の話だがね」

「そんなことがあったんですか」

「ええ。だから、塩見にいつか一矢《いっし》を報《むく》いたいと思ってたんです」

安川が唸るように言った。

「あなたの狙いは、塩見氏の追い落としなんでしょ？」

「わたしはね、個人的な恨みだけで奴の悪口を言ってるわけじゃないんですよ。塩見に仕切らせるのは、おたくの会社のためにならないと思ってるんだ」

「しかし、塩見氏とは長いつき合いですからねえ」

「そういう考え方は、もう時代遅れなんじゃありませんか。わたしは、そう思うな。どうです、ここらで思い切って新旧交替を図ってみたら？」

「うむ」

浅利は返事をぼかした。

「わたしに仕切らせてくれたら、どんな総会屋やトリ屋だって、決して寄せつけませんよ。もちろん、組《くみ》関係の奴らもね」

「安川さんにお願いした場合の条件は？」

「年に四千万も出していただければ、きっちり仕切ってみせます」

「四千万円ですか」

「別に高くはないでしょ？　一度、専務に相談してみてくださいよ。馬場《ばば》専務が総会屋対策の最高責任者なんでしょ？」

安川が確かめた。

「ええ、まあ。しかし、四千万円となると、塩見氏の二倍の謝礼になりますからねえ。専務がすんなりオーケーするかどうか」

「とにかく、一度、口添えしてくれませんか。お願いします」

「そうおっしゃられても、ちょっと……」

「別に脅すわけじゃないが、東洋建設工業さんの弱みはあと一、二、押さえてるんだよね」

「えっ」

浅利の狼狽《ろうばい》が伝わってきた。

「重役たちの女性関係なんですがね。しかし、できれば下ネタ関係では営業したくないんですよ。もっとも場合によっては、使わなきゃならないこともありますがね」

「安川さん、さっきの話、専務に相談してみましょう」

「どうか前向きにご検討ください。それはそうと、浅利さん、これから銀座に繰《く》り出しませんか。面白いクラブができたんですよ」

「はあ、そうですか」

「勘定《かんじょう》のほうはお任《まか》せください。こちらの営業に協力してくださったんですから、わたしが奢《おご》りますよ。なんだったら、肉蒲団《にくぶとん》のほうもご用意しましょう」

「肉蒲団と言いますと？」

「いやだな、おとぼけになっちゃって。女ですよ、裸の女！」

安川が高く笑った。浅利が小声で何か言ったが、聴き取れなかった。

どうやら安川は何かで東洋建設工業を強請《ゆす》って、少しまとまった金をせしめたようだ。

その上、塩見の後釜《あとがま》に納まりたいらしい。

「行きましょうよ、銀座に」

「せっかくですけど、今夜は遠慮しておきます」

「それは残念だな。それじゃ、次はぜひ一緒に」

　安川は、ほっとしたような口ぶりだった。銀座のクラブに誘ったのは、単なる社交辞令だったにちがいない。

「安川さん、妙なことを訊きますが、ここ一週間ぐらいの間に、わたしの自宅に電話をされました？」

「いいえ、一度も電話はかけてません。何かあったんですか？」

「いいえ、別に何も」

「ひょっとしたら、深夜に厭《いや》がらせの電話でもあったんじゃないんですか」

「なぜ、安川さんがご存じなんです⁉」

「そんなおっかない顔をしないでくださいよ。わたしは断じて妙な電話なんかしてない。しかし、ちょっと用心したほうがいいかもしれないな」

「なぜです？」

「暴力団新法と長引く不況で喰《く》い詰めたチンピラやくざどもが、大企業から銭を引き出そうと躍起《やっき》になりはじめてますんで」

「ご忠告、ありがとうございます。それじゃ、わたしはそろそろ失礼します」

「ご苦労さまでした。お送りしましょう」

二人の話が途絶《とだ》えた。

見城はイヤフォンを外し、『誠友会』の事務所に抜き足で近づいた。盗聴マイクを剝《は》がし、ただちに元の場所に戻った。

一分も過ぎないうちに、ドアが開けられた。

赤ら顔の男が浅利の肩を叩《たた》きながら、何か語りかけていた。五十五、六歳だった。牛のような目をしている。眉《まゆ》が毛虫のように太くて濃い。安川武志だろう。中肉中背だが、どことなく威圧感があった。

浅利がエレベーターに乗った。

「それじゃ、安川さん……」

「どうぞお気をつけて」

安川が軽く頭を下げた。

エレベーターのケージが下降しはじめた。安川は、すぐに自分のオフィスに戻った。

見城は短く迷ったが、浅利の尾行を打ち切ることにした。今度は安川をマークするつもりだ。

見城は壁に凭《もた》れかかった。

4

車が動きはじめた。

銀灰色《ぎんかいしょく》のメルセデス・ベンツ450ＳＬＣだった。安川は後部座席で、ふんぞり返っている。

見城はエンジンを始動させた。

細長いビルの前の路上だった。ベンツが次第に遠のいていく。

ハンドルを捌《さば》いているのは、二十六、七歳の痩《や》せた男だった。『誠友会』の下っ端社員だろう。

見城はローバーで尾行しはじめた。

あと数分で、午後十時になる。少し走ると、自動車電話《カーフォン》が軽《かろ》やかな着信音を響かせはじめた。見城は、素早くカーフォンを摑み上げた。

「浅利伸子です」

「何かあったんですね？」

「は、はい。主人がついさっき、家の近くの路上で原付きバイクに乗った若い男に剃刀《かみそり》で肩と首を切られたんです」

伸子の声は震えていた。見城は相手を落ち着かせるため、努《つと》めて平静に訊いた。

「それで、傷の深さは？」

「首筋を数ミリ切られ、コートの肩口が裂けた程度です」

「それは、不幸中の幸いでしたね。ご主人は原チャリの男に何か言われたんでしょうか？」

「いいえ、相手は無言だったそうです。いきなり襲いかかってきて、そのまま原付きバイクで逃走したというんです」

「そうですか。当然、そいつはヘルメットを被《かぶ》ってたんですね？」

「ええ。犯人は、黒いフルフェイスのヘルメットを被っていたそうです。ですので、顔はよく見えなかったらしいの。ただ、体つきは若かったという話でした」

依頼人は、だいぶ冷静さを取り戻していた。

「いま、ご主人は？」

「ベッドで横になっています。わたし、夫に警察に届けようと申したのですけど、その必要はないと……」

「怪我《けが》が軽かったんなら、もう少し様子を見たほうがいいでしょう」

「ですけど、厭《いや》な目に遭《あ》ったのは夫だけじゃないんですよ。昼間、猫の死骸《しがい》が庭先に投げ込まれたんです」

「やり方が陰湿だな。驚かれたでしょう?」

見城は同情を込めて問いかけた。

「ええ、とっても。全身が竦《すく》んでしまいました。それからですね、娘の未希も不愉快な思いをしたんです」

「お嬢さん、何をされたんです?」

「七時半ごろ、娘は帰宅途中に二人の柄の悪い男に公園の暗がりに引きずり込まれて、おかしなことをされたんです」

伸子は話しているうちに、激《げき》していた。怒りが、ぶり返したのだろう。

「体を穢《けが》されたんですか?」

「いいえ、それは大丈夫だったんです。ただ、洋服に赤いスプレーを噴《ふ》きつけられ、口の周りに妙な体液を塗りたくられたんですよ」

「体液というのは?」

見城は訊き返した。

「あのう、男性の……」

「精液ですね？」

「ええ、そうです」

「お嬢さんは口を穢《けが》されたんですね？　つまり、フェラチオを強《し》いられたのかという意味ですが」

「いいえ、それはなかったらしいの。男のひとりが小壜《こびん》に入っているザーメンを掌《てのひら》に受けて、未希の口許に塗り拡《ひろ》げただけだったそうです」

仲子の語尾が怒りに震えた。

「変態じみた行為だな。次はレイプするぞという警告なのかもしれない」

「わたしも、そう思いました。そんなことがあったので、娘はショックのあまり熱を出してしまったんです」

「お嬢さんは、その二人組の顔をはっきり見てるんですね？」

見城は確かめた。

「ええ。顔を見れば、どちらもすぐにわかると言っています」

「男たちは娘さんに何か言ったんでしょうか？」

「男のひとりが、文句あるなら、いつでも『誠友会』に来いと捨て台詞《ぜりふ》を吐いたそうです」

「その『誠友会』というのは、総会屋グループですよ。去年の六月に、ご主人の会社の株主総会でひと暴《あば》れした連中です」

「それじゃ、主人はその人たちに脅されていたのでしょうか?」

伸子が言った。

「その可能性はありますね。しかし、こちらの調査によると、東洋建設工業さんと『誠友会』は一応、手打ちになったようなんですよ」

「それなのに、なぜ……」

「『誠友会』の安川武志という親玉が、東洋建設工業さんの挨拶《あいさつ》の仕方に不満を抱いてるのかもしれませんね」

「そうなんでしょうか」

「実はいま、その安川という総会屋を尾行中なんですよ。もう少し調査を進めれば、脅迫者の正体がはっきりすると思います」

「一日も早く脅迫者の正体を摑んでください」

「もちろん、そのつもりです。ところで、猫の死骸のことや娘さんのことをご主人には話されましたか？」

見城は問いかけた。

「はい、傷の手当てをしているときに話しました。夫は腹立たしそうでしたが、やはり警察には通報しないほうがいいと申しまして」

「ご主人は、会社の不都合なことが明るみに出ることを恐れてるようだな」

「わたしも、そう感じました。会社よりも、家族のほうが大切なのに」

依頼人が不満を洩らした。

仕事一途《いちず》な夫に常々、そういう感情を抱いていたのだろう。多くのサラリーマンの妻たちが、似たような思いを持っているのではないだろうか。

「家の戸締りは厳重にしたほうがいいですね。万が一、ご家族の身に危険が迫ったら、迷わずに一一〇番したほうがいいな」

「ええ、そうします」

「何かあったら、いつでも連絡してください」

見城は通話を打ち切り、自動車電話をコンソールボックスに戻した。

メルセデス・ベンツは青山一丁目の交差点を通過していた。見城は追いつづけた。

安川の車は四谷二丁目で停まった。

車を降りたのは安川だけだった。すぐにベンツは走り去った。

安川は馴染《なじ》みの酒場で飲む気なのか。

見城はローバーを路上に駐《と》め、安川の後を追った。赤ら顔の総会屋は七、八十メートル歩き、とあるビルに吸い込まれた。九階建ての雑居ビルだった。

見城は歩幅を大きくした。

雑居ビルの表玄関に達すると、ちょうど右側のエレベーターの扉が閉まったところだった。エレベーターは二基あった。ホールには誰もいない。

見城はホールに急いだ。

左側のエレベーターを呼びながら、右側の階数表示ランプを目で追う。ランプは七階で消えた。

見城は左手の函《ケージ》に飛び乗った。七階に着くまで、やけに時間が長く感じられた。

ホールに降りる。安川の姿は掻《か》き消えていた。

尾行を覚《さと》られたのか。一瞬、不安が胸をよぎった。しかし、気づかれた気配はうかがえなかった。安川は、この階のどこに消えたのか。

見城は通路を進んだ。

小さな会社の事務所が並んでいる。弁理士や公認会計士のオフィスもあった。しかし、どこも無人のようだった。ひっそりと静まり返っている。

奥まで歩くと、カジノバー『ラッキーセブン』というプレートが目に留《と》まった。

店名に聞き覚えがあった。見城は記憶の糸を手繰《たぐ》った。すぐに記憶が蘇《よみがえ》った。

三週間ほど前に何者かに殺害された東洋建設工業の桑名勉という男が、ここで足跡を絶《た》ったはずだ。何かが臭《にお》ってきた。安川は、このカジノバーに入ったと思われる。

見城は青いスチールのドアを開けた。

すぐ目の前に、黒服を着た若い男が立っていた。二十三、四歳だろうか。逆三角形に近い顔で、顎《あご》が尖《とが》っている。髪はハードムースで固められていた。

男の背後に、重厚な木製の扉があった。天井の隅には、防犯カメラが設置されている。

「いらっしゃいませ。失礼ですが、会員証をお見せいただけますでしょうか？」

男が丁重《ていちょう》に言った。

「会員じゃないんだよ。しかし、ビジターとして、一度だけ遊びに来たことがあるんだ」

「そのときのお連れさまは、どなたでしたでしょう？」

「桑名勉だよ」

見城は危険を承知で、際《きわ》どい賭けを打った。

「東洋建設工業に勤務されていた桑名さまですね？」

「そう」

「あの方はお亡くなりになられましたので、もう会員資格がございません」

「そう堅いことを言わずに、ちょっと遊ばせてくれよ」

「しかし、ビジターの方は会員とご同伴でないと……」

黒服の男が言った。

見城は男の靴を見た。見るからに安物だった。靴の先が、やや反っている。見城はコーデュロイ・ジーンズのポケットに手を入れた。札入れは持たない主義だった。

ポケットには、二つ折りにした札束が入っている。

見城は指先を幾度か動かした。小さく折り畳んだ一万円札を引き抜き、素早く男の手に握らせる。

「こ、困ります」

男がうろたえた。

「気にするほどの額じゃないさ」

「でも、こういうことはまずいですよ」

「誰かのビジターってことにしといてくれ」

「弱っちゃったな」

「あんまり堅いこと言ってると、出世しないよ。ビッグになった男たちは誰もが清濁併《せいだくあわ》せ呑んで、出世のチャンスを摑んだようだ」

「しかし……」

「きみも将来は大物になると思うよ。入るからね」

見城は男の骨張った肩を軽く叩き、二つめのドアを勝手に開けた。後ろで、男が溜息《ためいき》をついた。

店内は、思いのほか広かった。

左手にチップ交換所があり、ほぼ中央にカードテーブルとルーレット台が三卓ずつ置かれている。右手にL字形のカウンターがあり、酒棚《さかだな》には各種の洋酒が埋まっていた。

マライア・キャリーのヒット曲が低く流れていた。『エンドレス・ラヴ』だったか。情念を絞り出すような歌声だった。スピーカーは天井に埋め込まれていた。

煙草の煙で澱《よど》んでいる。客は三十人近くいた。
四、五人のバニーガールが、客にカクテルやウイスキーの水割りを運んでいる。いずれも美しく、スタイルがいい。
とうの昔に廃《すた》れたバニーガールが最近、復活の兆《きざ》しを見せている。すべての流行は十年か二十年周期で繰り返されるという説は、どうやら間違っていないようだ。

ほとんどの客は、カードやルーレットに熱中していた。四、五十代の男が圧倒的に多い。

止まり木でグラスを傾け、一息入れている客も幾人かいた。

安川は奥のカードテーブルで、バカラに興《きょう》じていた。チップは、まだだいぶ残っている。どのテーブルのディーラーも若くてハンサムだった。どこかのホストクラブから引き抜いたのかもしれない。

見城はチップ売り場に足を向けた。

チップは三万円、五万円、十万円単位で買うシステムになっていた。見城は五万円分のチップを買い、近くのルーレット台に歩み寄った。

赤と黒に塗り分けられたルーレットは、勢いよく回転中だった。客たちは固唾《かたず》を飲んで、撥《は》ねる球《たま》の行方を見守っていた。チップの乏《とぼ》しくなった男は、目を血走らせている。かなり負けが込んでいるらしい。

バニーガールが音もなく近寄ってきた。

胸の大きな女性だった。谷間が深い。成金なら、思わずチップを胸許《むなもと》に捩《ねじ》入れたくなるだろう。二十歳《はたち》ぐらいか。

「お客さま、お飲みものは何をお持ちしましょう？」

「バーボンの水割りをもらおう。ウイスキーはブッカーズがいいな」

「かしこまりました。少々、お待ちくださいませ」

バニーガールが腰を折った。弾みで、頭に被《かぶ》った兎《うさぎ》の耳が跳《は》ねた。

彼女は踊るようにターンし、カウンターの方に歩きだした。ヒップが外国人のように高く張っていた。見城はバニーガールのヒップを眺めながら、淫《みだ》らな思いに耽《ふけ》った。

「お客さま、どうぞチップをお張りください」

ディーラーの声がした。

見城は微苦笑し、ルーレット台の前に立った。数人の客とともに、三カ所にチップを置いた。

すぐにゲームが開始された。ルーレットが静止すると、右端の男が歓声をあげた。

球は、悪くない目に留《とど》まっていた。払い戻しは六倍だった。

残りの客は、すべてチップをディーラーに回収されてしまった。見城は負けても、少しも表情を変えなかった。

バニーガールがバーボンの水割りを運んできた。見城は礼を言って、グラスを受け取った。バニーガールが微笑した。

「なんて名前?」

「彩《あや》です」

「おれの童貞を奪った女と同じ名前だな」

見城は軽口を返した。彩が目で笑い、ゆっくりと遠ざかっていった。

ＢＧＭはビリー・ジョエルに変わっていた。ニューヨーク暮らしの青年の孤独感を淡々と語るバラードだった。

見城はバーボンの水割りを飲みながら、ゲームをつづけた。何度か勝ったが、瞬《また》く間に三万円分のチップを失ってしまった。どうやらツキがないらしい。

見城はカードテーブルに移った。

バカラのテーブルではなく、ブラックジャックの卓だ。ブラックジャックには、いくらか自信があった。

このカードゲームは、俗にドボンと呼ばれている。ディーラーが客に二枚のトランプカードを配る。追加札《ついかふだ》は貰えるが、手札《てふだ》の合計数が22以上になったら、その時点で失格だ。

エースは、１もしくは11と数える。ほかの絵札はどれも10だ。

手札の合計数が21になれば、最強となる。次《つ》いで20、19、18の順である。

ディーラーが客たちに、裏返しにしたカードを二枚ずつ配った。

見城は手札を捲《めく》った。

クローバーの6とダイヤの4だった。これでは、勝負にならない。見城は追加札を求めた。ディーラーが鮮やかな手つきで、カードを滑らせる。それは、なんとスペードのエースだった。11と数えれば、合計数は21だ。

見城は最初のゲームで、張った分の数倍のチップを得ることができた。

それを皮切りに、順調に勝ちつづけた。ほぼ連勝だった。

見城はブラックジャックを楽しみながらも、安川の様子をうかがいつづけた。

安川はバカラで大負けしていた。そのせいか、ひどく不機嫌だった。ささいなことで、バニーガールを叱《しか》り飛ばしたりしている。

安川は、この店の常連客のようだ。ひょっとしたら、桑名勉の殺害事件に関与してるということも考えられる。

見城はそう考えながら、ゲームを続行した。

いったん負けると、たてつづけに数度チップを取られてしまった。それでもルーレットで負けた分は、充分に回収していた。

ひと休みすることにした。

見城は頃合《ころあい》を計《はか》って、カウンターのスツールに落ち着いた。

バニーガールの彩は目が合うと、愛くるしい笑みを浮かべた。調査が思い通りに捗《はかど》らなかったら、彼女に協力してもらう手もある。

見城は煙草に火を点けた。

斜め前で、三十歳前後のバーテンダーが銀色のシェーカーを振っている。見城はバーボンの水割りのお代わりを頼んでから、バーテンダーに改めて語りかけた。

「安川さん、だいぶ熱くなってるな」

「そうですか。お客さまは、確か初めてでいらっしゃいますよね。安川さまのお連れの方でしょうか？」

「そうじゃないんだ。だいぶ前に東洋建設工業の人と一緒にビジターで一度来たことがあるんだよ」

「そうでしたか。どなたとご一緒だったんでしょう？」

バーテンダーが水割りをこしらえながら、何気ない口調で問いかけてきた。

探りを入れてきたにちがいない。見城は、逆に相手の反応を探る気になった。

「桑名さんだよ」

「ああ、あの方ですか」

「桑名さんの死体が奥多摩湖で発見された日の前夜、彼はここに来たんだってね？」

「さあ、どうでしたか。よく憶《おぼ》えていません」

「桑名さんは、ちょくちょく来てたんだろう?」

「ええ、まあ」

バーテンダーは曖昧《あいまい》な答え方をした。

「彼は、誰の紹介で会員になったんだい?」

「さあ、どなたのご紹介だったんでしょう?」

「安川さんは、かなり前からのメンバーなんだろうな?」

「ええ。あの方は、うちの店長の知り合いなんですよ」

「店長って、どの人だったっけ?」

見城は、もっともらしく訊いた。

「店長、まだお客さまにご挨拶しておりませんでした?」

「挨拶された記憶はあるんだが、ちょっと顔を忘れちゃってね」

「いま、安川さんと喋《しゃべ》ってるのが店長ですよ」

バーテンダーがそう言い、新しい水割りを見城の前に置いた。

見城はスツールを半分だけ回した。

安川と親しげに話し込んでいるのは、四十一、二歳の細身の男だった。ごく地味なスーツをまとっているが、どことなく遊び人ぽかった。

頬がこけ、目つきが鋭い。唇も極端に薄く、鷲《わし》のような面相《めんそう》だ。

店長が見城の視線に気づき、軽く会釈《えしゃく》した。

口許は綻《ほころ》んでいたが、その目は笑っていなかった。明らかに警戒の色が宿《やど》っている。現職の私服警官と思われたのだろうか。

見城は前に向き直り、短くなった煙草の火を灰皿の底に捩《ねじ》りつけた。

二杯目の水割りを半分ほど空け、ふたたび後方を振り返る。

目に険《けん》のある店長は、どこにも見当たらなかった。奥にある事務室にでも引き籠ったのだろうか。

安川はルーレットを覗《のぞ》き込んでいた。

チップを張った様子はない。ただ眺めているようだ。二杯目の水割りを飲み干したとき、安川が出入口に向かった。帰るらしい。

見城はスツールを滑り降り、大急ぎで手持ちのチップを現金に換えた。

七万三千円になった。二万三千円のプラスだ。

「もうお帰りですか？」

黒服の若い男が愛想よく話しかけてきた。たった一万円を握らせただけだが、充分に効果はあったようだ。貧乏《びんぼう》は人を卑屈《ひくつ》にさせるのか。

見城は笑い返し、慌《あわ》てて店を出た。

安川はエレベーターホールにたたずんでいた。見城は安川をどこかに連れ込んで、締め上げることにした。

足を速《はや》めかけたとき、背後で男の声が響いた。

「お客さま、お待ちください」

「え？」

見城は体ごと振り向いた。店長だった。

向き合うと、鷲男が先に口を開いた。

「お客さまは、亡くなられた桑名さんのお知り合いだそうですね？」

「そうなんだ」

「わたし、店長の辻幹雄《つじみきお》です。できましたら、お名刺をいただけませんでしょうか。会員証を作らせていただきますので」

「あいにく名刺を切らしちゃってるんだ」

「それでは、せめてお名前をお教えください」

「中村太郎《なかむらたろう》だよ」

見城は、ありふれた姓名を騙《かた》った。

「少しお待ちいただければ、すぐに会員証を作らせますが……」

「ちょっと急いでるんだ。それは今度にしよう」

「わかりました。お引き留めいたしまして、申し訳ございませんでした」

辻が丁寧に謝って、踵《きびす》を返した。

見城は体を反転させた。安川の姿は消えていた。エレベーターの扉が開閉する音は聞こえなかった。おおかた安川は足音を殺しながら、階段を下《くだ》っていったのだろう。

店長の辻が見城を怪しみ、安川を巧《たく》みに逃がしたにちがいない。まだ遠くには逃げていないはずだ。追う気になった。

見城はエレベーターに乗り込んだ。

一階まで一気に降りる。扉が左右に割れると、不意にパンチパーマをかけた男が躍《おど》り込んできた。二十八、九歳だった。ワインカラーのダブルの背広を着ていた。ボタンはすべて外されている。

「なんの真似だっ」

見城は切れ長の両眼に凄《すご》みを溜《た》め、男を突き返した。

男がエレベーターの上昇ボタンを押し、懐《ふところ》を探る。

エレベーターの扉が閉まった。ほとんど同時に、白っぽい光が揺曳《ようえい》した。

男は短刀を握っていた。いわゆる匕首《あいくち》だ。刃渡りは二十五センチ前後だった。波形の刃《は》文《もん》が鮮やかだ。刀身は、いくぶん蒼《あお》みがかっている。

「てめえ、なんだっておやっさんを尾《つ》けてやがるんだっ。あん！」

「安川んとこのチンピラか」

見城は、せせら笑った。

恐怖は、みじんも感じていない。この種の暴漢の扱いには馴《な》れていた。

「でけえ口をたたきやがると、てめえの口を匕首《ドス》で耳の下まで裂《さ》いちまうぞ」

「できるなら、やってみな」

「なめやがって！」

男がいきり立ち、刃物を斜めに薙《な》いだ。

刃風《はかぜ》は重かった。だが、切っ先は見城から一メートルも離れていた。ただの威嚇《いかく》だったにちがいない。

匕首《あいくち》が引き戻された。

「人を刺す度胸がないんだったら、そんな物は持ち歩かないことだな」

見城は言いざま、右の足を飛ばした。

空気が縺《もつ》れる。前蹴りは、男の金的《きんてき》を直撃した。股間《こかん》だ。

パーマで髪を縮らせた男が喉を軋《きし》ませ、体をくの字に折った。両手で急所を押さえている。

すかさず見城は膝頭《ひざがしら》で、相手の顎《あご》を蹴り上げた。

的《まと》は外さなかった。男が短く呻いて、大きくのけ反った。短刀が壁面にぶつかり、無機質な音をたてた。男は壁の角に腰を打ちつけ、その場に頽《くずお》れた。

見城は身を屈《かが》め、男の右手から刃物を捥《も》ぎ取った。

そのとき、エレベーターの函《ケージ》が停止した。両開きの扉が割れた。九階だった。ホールには、人の姿はなかった。

見城は下降ボタンを押した。一階のボタンだった。ケージが動きはじめた。

「安川は、どこにいる？」

「知らねえよ」

「そうかい」

見城は床に片膝を落とし、男の後ろ襟《えり》を左手で摑んだ。短刀の刃先を鼻柱に押し当てる。

「な、なにする気なんでえ」

「素直に喋らねえと、おまえの不恰好《ぶかっこう》な鼻を削《そ》ぐぞ」

「………」

男は口を噤《つぐ》んだままだった。

エレベーターが一階に着いた。見城は素早く九階のボタンを押した。エレベーターが上昇しはじめる。

見城は匕首《あいくち》の刃を男の左の頬に移し、斜めに軽く引いた。

男が悲鳴を放った。頬には、血の粒《つぶ》が線状に噴《ふ》き出していた。粒は次々に弾け、赤い条《すじ》が顔面を這《は》いはじめた。

「もう一度訊く。安川はどこだ？」

「勘弁してくれ。おれが悪かったよ」

「それじゃ、答えになってない。鼻より耳のほうが削ぎ落としやすいだろうな」

見城はうそぶいて、男の右耳を抓《つま》んだ。

男が目を剝《む》き、叫ぶように言った。

「おやっさんは、情婦《おんな》のマンションにいるよ。この近くだ」

「それじゃ、そこに案内してくれ。安川に訊きたいことがあるんでな」

「そいつは勘弁してくれよ。頼むから、もう赦《ゆる》してくれーっ」

「世の中、そう甘くはねえんだよ」

「おれ、おやっさんに後《あと》で何されるか……」

「おまえ、なんて名なんだ？」

「柿沼《かきぬま》、柿沼謙次《けんじ》だよ。おやっさんの下で働いてんだ」

「立て！」

見城は柿沼を掴み起こした。

柿沼が立ち上がったとき、エレベーターが一階に着いた。ホールには誰もいなかった。

柿沼が痛みに呻きながら、頬にハンカチを当てる。見城は柿沼の肩に左腕を回し、匕首《あいくち》の切っ先を脇腹に押し当てた。刀身は、柿沼の上着の裾に隠れていた。

たとえ往《ゆ》き交《か》う人々に見られても、怪しまれることはないだろう。刃物を捨てなかったのは、柿沼が通行人に救いを求めることを懸念《けねん》したからだ。

「さあ、行こうか」

見城は促《うなが》した。

柿沼が駄々っ子のように、両足を踏んばった。見城は切っ先を無造作に肉に喰《く》い込ませた。柿沼が泣き出しそうな顔で、渋々、歩きだした。

見城は歩度《ほど》を速めた。

第二章　謎の企業テロ

1

柿沼が立ち止まった。

五〇五号室の前だった。案内された八階建てのマンションは、四谷消防署の裏手にあった。カジノバーから、十分も歩かなかった。周囲はビルとマンションばかりだった。

「安川の愛人《レコ》は、どんな女なんだ？」

見城は低く訊《き》いた。

「ダンスクラブの専属ダンサーだった娘《こ》さ。いまは働いてない。二十二歳だったかな」

「名前は？」

「佐《さ》野《の》香《か》織《おり》だよ。表札、出てねえな」

柿沼が呟《つぶや》いた。左の頬に当てた格子柄のハンカチは、斑《まだら》に赤く染まっている。

「インターフォンを鳴らせ！」

「ここに押し入る気なのかよ⁉　外で、おやっさんと話をしてもいいじゃねえか」

「早くボタンを押すんだっ」

「わかったよ」

「妙な考えを起こしたら、おまえの土手っ腹に風穴が開くぞ」

見城は凄《すご》んで、壁に背を預けた。これで、ドア・スコープに自分の姿は映らないはずだ。

柿沼が渋々、インターフォンを響かせた。

応答はなかった。だが、室内は明るい。部屋に人がいることは間違いないだろう。元刑事の勘だった。見城は諦《あきら》めなかった。柿沼に何度もインターフォンを鳴らさせた。

五度目で、やっと安川の声がスピーカーから流れてきた。

「誰なんだ？」

「おやっさん、おれです」

「その声は柿沼だな。妙な野郎の正体がわかったのか？」

「ええ、まあ」

「いま、おっぱじめたところなんだが、一、二分なら……」

「すみません」

柿沼が詫《わ》びた。

スピーカーが沈黙した。ややあって、ドア・チェーンとシリンダー錠が外された。

ドアが開けられた瞬間、見城は行動を起こした。

柿沼を楯《たて》にして、玄関に押し入った。ガウン姿の安川が息を呑《の》み、本能的に後ずさった。ガウンは紺とクリーム色の縦縞《たてじま》だった。ステッチは紺色だ。

「騒ぐと、あんたとこの若い者が早死にすることになるぞ」

見城は総会屋《もん》に言い、匕首《あいくち》の刃を柿沼の首筋に寄り添わせた。柿沼の体が小刻みに震えはじめた。

「てめえ、何者なんだっ」

安川が声を張った。すぐに柿沼が訴えた。

「おやっさん、逆《さか》らわないでください。この男、本気みたいなんですよ」

「ちっ、しくじりやがって」

安川が舌打ちした。

見城は柿沼の背を押し、玄関ホールに上がった。土足のままだった。

安川は一歩ずつ退《さ》がっていく。赤ら顔は屈辱《くつじょく》で、鬼のように引き攣《つ》っていた。

間取りは1LDKだった。LDKの右手に、寝室があった。寝室に近づくと、かすかなモーター音が響いてきた。

見城は刃物をちらつかせながら、安川と柿沼を寝室に押し入れた。

ダブルベッドの上には、全裸の若い女が仰向《あおむ》けになっていた。女は瞼《まぶた》を閉じ、やや反《そ》り身になっている。肌の色は小麦色に近かった。

女の性器には、半透明のバイブレーターが深々と埋まっていた。陰核《クリトリス》、膣《ちつ》、肛門《こうもん》の三カ所を同時に刺激する性具だった。

女は忘我《ぼうが》の境地に入っている様子だ。

見城たちの存在に気づいていない。高く低く呻《うめ》きながら、切なげに裸身をくねらせている。のけ反った顎《あご》が妖《あや》しかった。

「香織、スイッチを切れ！」

安川が怒鳴った。

香織と呼ばれた女が反射的に目を開けた。とろんとした目つきだった。一拍置いてから、性具のスイッチを切った。

香織はシリコンゴム製の人工ペニスを引き抜いた。それは愛液に塗《まみ》れ、濡《ぬ》れ濡れと光っていた。

「早くそいつを片づけろ」

安川が苛立《いらだ》たしげに声を高めた。

香織は照れ笑いをして、バイブレーターを寝具の中に潜《もぐ》り込ませた。

「なんの騒ぎなのよ」

香織が口を尖《とが》らせ、花柄のダブル毛布で裸身を包んだ。体は熟《う》れていた。

安川の若い愛人は、あまり怯《おび》えていない。十代のころから、開き直った生き方をしてきたのだろう。女暴走族《レディース》だったのか。

「運が悪かったと諦《あきら》めてくれ」

見城は香織に言った。

「あんた、誰なの？」

「名乗るほどの者じゃない。ちょっと安川に訊きたいことがあってな」

「ふうん」

「おとなしくしてりゃ、そっちに危害は加えないよ」

「わかったわ。早く話を済ませて」

香織はあっけらかんと言い、横になった。背を見せる恰好《かっこう》だった。

見城は柿沼を床に正座させ、ベッドに浅く腰かけた。安川は立たせたままだった。

「きさまは何者なんだ？」

「質問するのは、このおれだ」

見城は安川を睨《にら》みつけた。

「何が知りたい？」

「なんだって、おれの正体が気になったんだ？」

「それは、そっちがカジノバーでおれのことを探《さぐ》ってるようだったからだよ」

安川が答えた。

「そいつはおかしいな。あんたは、おれに気づいてやしなかった」

「うむ」

「辻って店長が、おれがあんたをマークしてるってことを教えてくれたんだろう？　そうだなっ」

「ああ。辻がそう言うんで、あいつにこっそり電話で柿沼を呼び寄せてもらったんだ」

「辻は素っ堅気じゃないな？」

見城は確かめた。

「昔は男稼業張《は》ってたらしいが、いまはもう足を洗ってるはずだ。奴とは七、八年のつき合いだが、個人的なことはよく知らねえんだよ」

「奴は、どこに足《ゲソ》つけてたんだ？」

「神戸《こうべ》連合会系の三次団体だよ」

安川が言った。

神戸連合会は全国で最大の勢力を誇る広域暴力団だ。準構成員まで含めれば、組員は一万数千人にのぼる。総本部は神戸市内にあった。

「組の名は？」

「確か笠井《かさい》組だったかな」

「あのカジノバーは、神戸連合会の企業舎弟《フロント》の一つなのか？」

「そこまでは知らねえよ」

「まあ、いいさ。ところで、東洋建設工業から、いくらせしめた？」

「なんの話をしてんだ？」

「とぼける気か。手間をかけさせやがる」

見城は毛布をはぐって、片手で香織の足首をむんずと摑《つか》んだ。セクシーな踝《くるぶし》だった。

香織が声をあげ、体の向きを変えた。

「何よ、話が違うじゃないのっ」

「気が変わったんだよ。そっちのパトロンが協力的じゃないんでな」

「そんなあ！　冗談じゃないわ」

「静かにしろ。大声出すと、痛い目に遭《あ》うぞ」

「やめてよ、荒っぽいことは」

「だったら、おとなしくしてるんだな」

見城は香織に言い、安川を見据えた。

「いったい何が気に入らねえんだっ。訊かれたことに、ちゃんと答えてるじゃねえか」

「おれは、東洋建設工業の浅利総務部長があんたの事務所に入ったのを見てるんだよ」

「えっ」

安川が絶句した。

「銭《ぜに》を脅し取ったなっ」

「そんなことはしちゃいねえ。浅利さんは、今度の株主総会のことで相談に見えたんだ」

「しぶといな。ガウンを脱《ぬ》いでもらおう」

「きさま、何を考えてるんだ⁉」

「言われた通りにしたほうが賢明だと思うがな」

見城は口の端をたわめ、香織を引き寄せた。

すぐに匕首《あいくち》の切っ先を脇腹に宛《あて》がう。安川の赤ら顔が、さらに紅潮した。だが、何も抗議はしなかった。

「パパ、なんとかしてよ」

香織が詰《なじ》るように言った。

安川が観念し、ガウンを脱ぎ捨てた。下は素っ裸だった。黒光りしているペニスは、だらりと垂れ下がっている。腿《もも》の肉はたるんでいた。

「おまえ、ボスに恩義がありそうだな」

見城は柿沼に顔を向けた。

「おやっさんには、いろいろ世話になったよ。だから？」

「恩返しさせてやろう」

「ど、どういう意味なんだよ？」

柿沼が首を傾《かし》げた。

いつの間にか、ハンカチを頰《ほお》から外していた。赤い斜線が生々しい。血は止まっていた。

「おまえのボスはインポ気味らしいな。だから、愛人《レコ》がもどかしがって、性具を使ってたんだろう」

「そんなことは……」

「くわえてやれよ、安川のシンボルを」

「正気かよ⁉　おれはゲイじゃねえぞ」

「やらなきゃ、この娘《こ》が血みどろになるぞ」

見城は威《おど》した。

香織の眼球は、いまにも零《こぼ》れそうだった。全身を強張《こわば》らせている。目顔《めがお》でパトロンに救いを求めた。

「金なら、いくらか……」

安川が苦り切った表情で、弱々しく言った。

見城は取り合わなかった。左目を眇《すが》めただけで、柿沼に鋭く命じた。

「おい、早くやれ！」

「できねえよ、そんなこと」

柿沼が言った。伏し目だった。

「おまえに下剋上《げこくじょう》の歓《よろこ》びってやつを味わわせてやるか」

「どういうことなんだよ⁉」

「ボスの女を抱くんだ」

見城は命じた。

柿沼が蒼《あお》ざめ、苦渋《くじゅう》に満ちた顔になった。安川が柿沼に何か言いかけ、急に口を閉ざした。見城に射竦《いすく》められたからだ。

「おやっさん、堪《こら》えてください」

柿沼が立ち上がって、ダブルブレストの上着を脱ぎ捨てた。ビブロスの背広だった。

また、安川が口を開きかけた。だが、何も言葉は発しなかった。

柿沼がスラックスを足許に落とし、ベッドに這い上がる。トランクスはペイズリー模様だった。

「いやーっ！　パパ、なんで黙ってるのよ」

香織がもがきながら、高く叫んだ。

見城は無言で、匕首《あいくち》の刃先を香織の乳房に突きつけた。香織は、すぐにおとなしくなった。

「香織ちゃん、ごめんよ」

柿沼が詫《わ》びながら、安川の愛人の股の間に尻《しり》を落とした。

片手で陰毛を搔《か》き上げ、指で秘部を弄《もてあそ》びはじめる。女の扱いには馴《な》れている手つきだった。香織は、たちまち息を弾ませはじめた。

柿沼の息遣《いきづか》いも荒くなった。性器がトランクスを押し上げている。

「くそったれどもが！」

安川が固めた拳《こぶし》をぶるぶると震わせはじめた。しかし、柿沼に制止の声はかけなかった。

「パパがいけないんだからね」

香織が恨《うら》めかしげに言って、腰を迫《せ》り上げた。

「二人とも、やめろ！」

安川が大声で喚《わめ》いた。柿沼が気圧《けお》され、慌《あわ》てて香織から離れる。香織の顔に、失望の色が拡《ひろ》がった。

柿沼がトランクスの前を整《ととの》え、ベッドを降りた。ばつ悪げだった。

「おれの負けだ。正直に喋るよ」

安川が見城に言って、床のガウンを拾い上げた。

見城はほくそ笑《え》んで、刃物を香織の体から浮かせた。香織は不貞腐《ふてくさ》れた表情で毛布にくるまった。

「東洋建設工業から五百万貰《もら》ったよ」

安川がガウンのベルトを結びながら、憮然《ぶぜん》とした顔で言った。柿沼は寝室の隅《すみ》で、スラックスを穿《は》いていた。

「恐喝《カツアゲ》の材料《ネタ》は何だったんだ？」

「今度の都知事選で、東洋建設工業は最有力候補者のヤミ献金集めの音頭を取ってたんだよ。土木業界の各社に呼びかけて公共工事の受注実績に応じ、二千万円から五千万円の献金をするようにってな」

「総額で、いくら集まった？」

見城は畳みかけた。

「約五億円だよ。おれは、その一パーセントを口止め料として……」

「その情報の入手先は？」

「知り合いの情報屋が教えてくれたんだよ。その男は太陽《たいよう》土木の社長秘書を誑《たら》し込んで、その話を探り出したと言ってた」

「いずれ、ヤミ献金した土木建設会社を全社、脅す気だったんだなっ」

「そのつもりだったんだが、もう回れなくなっちまったよ。てめえに喋ってしまったからな」

安川が長く息を吐いた。

「去年の六月の株主総会で、あんたは塩見祐三の手を焼かせたんだろう？」

「塩見の回し者だったのか、てめえはっ」

「勘違いするな。おれは、総会屋の下働きをするほど落ちぶれちゃいない」

「なら、誰に頼まれて……」

「余計なことは考えるな」

「けっ、偉そうに」

「そっちは塩見を追い落として、東洋建設工業の与党総会屋になろうと画策してるな。浅利に、四千万円で仕切ってみせると豪語してたじゃないか」

「てめえ、浅利にＩＣレコーダーを持たせてやがったのか⁉」

「浅利は無関係だ。壁に耳あり、さ」

「てめえは何を企《たくら》んでるんだ⁉」

　安川は薄気味悪そうだった。

「そっちの真の狙《ねら》いこそ、何なんだ？　そっちは東洋建設工業と手打ちをした振りして、裏で浅利を威《おど》してる」

「そいつは言いがかりってもんだ。おれは塩見の後釜《あとがま》になりたいとは思ってるが、スポンサーの急所を嚙《か》むようなことはしてねえ。生かさず殺さず――それが大事なんだ」

「シラを切る気なら、おれがこの娘《こ》を犯すぞ」

見城は毛布の上から、香織の尻を撫《な》で回した。香織は見城の手を払いのけなかった。それどころか、鼻にかかった声を洩《も》らした。

「ばっくれてるわけじゃねえっ」

安川が語気を強めた。

「浅利はあんたと別れた後、自宅近くで原チャリの男に剃刀《かみそり》で首んところを切られてるんだ。その前に自宅の庭に猫の死骸《しがい》が投げ込まれ、女子大生の娘が帰宅途中に二人組の男に厭《いや》がらせをされてる」

「ほんとなのか、その話は⁉」

「ああ」

見城はうなずいた。

「いったい誰が、そんなことを……」

「指図《さしず》したのはあんただろうが！　二人組は、『誠友会』の者だと明かしてるんだ。それでも、空とぼける気なのかっ」

「濡衣《ぬれぎぬ》だ。おれは、そんなことはさせちゃいない」

安川が大きく手を振った。

見城は立ち上がり、無言で中段回し蹴《げ》りを浴びせた。風が巻き起こった。

安川が壁まで吹っ飛び、その反動で撥《は》ね返された。

見城は踏み込んで、安川の鳩尾《みぞおち》に靴の先をめり込ませた。空手道では、水月《すいげつ》と呼ばれている急所だった。

安川が前屈《まえかが》みになり、横倒しに転がった。四肢《しし》を縮め、長く唸《うな》る。

背後の空気が揺れた。

見城は小さく振り向いた。両手で革のベルトを水平に張った柿沼が、すぐ背後に迫っている。後ろから、ベルトで喉笛《のどぶえ》を潰《つぶ》す気だったらしい。

見城は靴の踵《かかと》で柿沼の向こう臑《ずね》を蹴り、振り向きざまに肘当《ひじあ》てを喰《く》らわせた。

振り猿臂《えんぴ》打ちは霞《かすみ》にヒットした。こめかみだ。寸止《すんど》め空手と違って、フルコンタクト系の空手はパワーを抜かない。

柿沼が大きく泳ぎ、ダブルベッドの向こう側に落下した。

唸り声をあげたきりで、起き上がる気配はない。腰を撲《う》ったのだろう。

「手荒なことはやめてくれ」

床に転がった安川が、喘《あえ》ぎ喘ぎに言った。赤ら顔はすっかり血の気を失っている。

「浅利を誰かに尾《つ》けさせたり、深夜にたびたび無言電話をかけさせたことは認めるな！」

「おれじゃない。そんなこと、絶対にさせちゃいねえよ」

「信じてくれ。おれは天地神明《てんちしんめい》に誓って、浅利部長におかしなことはしていないんだ。きっと誰かが、このおれを嵌《は》めようとしてるにちがいない」

「誰かって、誰のことなんだ？」

見城は問いかけた。

「疑わしいのは塩見の野郎だな。奴は、おれに追い落とされたくねえのさ。だから、おれの仕業《しわざ》に見せかけて浅利部長に揺さぶりをかけてるんだろう」

「うまい言い逃《のが》れを考えたな」

「言い逃れなんかじゃねえ！」

安川が苛立《いらだ》たしげに吼《ほ》え、肘《ひじ》で上体を起こした。牛のような両眼には、憤《いきどお》りの色がにじんでいる。

どうやら嘘をついているわけではなさそうだ。よく考えてみれば、二人組がわざわざ『誠友会』の名を口にしたのは作為的《さくいてき》な気がする。

見城は、そう思い直した。だとすれば、浅利一家を脅やかしているのは何者なのか。安川が言うように、『近代ビジネス研究所』の塩見所長なのだろうか。

「もう何もかも喋ったんだ。早く帰ってくれ！」

「粘るな、あんたも」

「まだ訊きたいことがある」

「何を知りたいんだ?」

安川が、うっとうしそうに顔をしかめた。

「あんた、三週間ほど前に殺された東洋建設工業の桑名勉とは面識があったな?」

「知ってたことは知ってたよ。辻の店で、何度か顔を合わせてたからな」

「桑名に連れは?」

見城は問いかけた。

「いつもひとりだったよ」

「派手な遊び方をしてたのか?」

「サラリーマンとしちゃ、派手だったな。先月は負けが込んで、店に三百数十万円の借金があったらしいから」

「その話は、店長の辻から聞いたのか?」

「ああ、そうだよ」

「その借金は、どうなったんだ?」

「そこまでは知らねえよ」

「取り立て《キリトリ》は厳《きび》しいのか?」

「さあ、どうなんだか。サラ金と同じような高利を取ってるようだから、荒っぽい取り立てをやってるのかもしれねえな」

安川が言いながら、のろのろと立ち上がった。ガウンの前がはだけ、萎《しぼ》みきった陰茎が覗《のぞ》いていた。

「あのカジノバーの経営者は誰なんだ？」

「それが、どうもはっきりしねえんだよ」

「辻はどう言ってる？」

「あいつはいつも言葉を濁して、曖昧《あいまい》なことしか言わねえんだ。店にちょくちょく顔を出してるのは、二十七、八歳の飛びきりの美人だよ」

「その女が、辻にあれこれ指図してるのか？」

見城は問いかけた。

「そうだ。しかし、あの女はオーナーじゃねえと思うよ。若い女が秘密カジノの経営なんかできるわけないからな。多分、彼女はオーナーの愛人《レコ》なんだろう」

「その女の名前は？」

「わからねえよ」

安川が首を横に振った。

「桑名が消された事件で何か思い当たるか？」

「まるで思い当たらねえな。まさか三百数十万円の焦《こ》げつきで、店が客を殺《や》るとは考えられないしなあ」

「桑名が殺される前の晩に、『ラッキーセブン』に寄ったことは知ってるな？」

見城は畳みかけた。

「ああ、テレビのニュースを観《み》たからな」

「あんた、その晩はどこにいた？」

「お、おれを疑ってるのか⁉　おれは、ここで香織と酒飲んでたよ。なあ、香織？」

安川が、ベッドの若い愛人に同意を求めた。

香織が面倒臭そうな表情で、それを認めた。

「桑名は『ラッキーセブン』を出てから、通りすがりの誰かと喧嘩《けんか》でもしたんだろう。最近のガキどもは、ギャングもやらねえような悪さを平気でやりやがるからな」

「辻の家《ヤサ》を教えてくれ」

見城は言った。

「昔は三田《みた》に住んでたんだが、どこかに引っ越したらしい。奴とプライベートなつき合いはしてねえんだよ」

「そうかい。おれの預金残高が淋《さび》しくなったら、あんたの事務所を訪ねよう」

「え？　言ってることがよくわからねえな」

「あんたが東洋建設工業から脅し取った五百万円の半分は、おれがいただく。そのうち集金に行くよ。それじゃ、またな！」

見城はハイキックで安川を転倒させ、悠然《ゆうぜん》と寝室を出た。

柿沼と香織は同じ姿勢のまま、一言も発しなかった。見城は匕首《あいくち》をリビングソファの上に投げ落とし、玄関に急いだ。

2

沈黙が落ちた。

見城はサッシ戸越しに、手入れの行き届いた庭に視線を放った。

浅利博久の自宅だ。見城は応接間で、浅利の妻と向かい合っていた。きのうの報告を兼ね、忌《いま》わしい出来事のことを訊きに来たのである。

浅利は出勤して、もういなかった。

時刻は午前十一時過ぎだった。見城は緑茶を啜《すす》り、煙草をくわえた。

簡易ライターで火を点《つ》けたとき、伸子が口を開いた。

「悪質な厭《いや》がらせが今後もつづくようなら、わたし、夫を説得して、配置換えの申し出をしてもらいます」

「お気持ちはわかりますが、ご主人が別のセクションに移られても、問題の本質は何も変わらないでしょう。新たに総務部長になる方が、おそらく同じような目に……」

「エゴイスティックな考えであることは承知しています。けれど、毎日、こんな不安な気持ちで暮らしていたら、家族全員の精神がおかしくなってしまいます」

「奥さん、ご主人も必死に闘ってるんだと思いますよ。ご家族の方が浅利さんを支《ささ》えてやらなければ、ご主人だって、そのうち自分を支えられなくなるでしょう」

見城は言いながら、ひどく落ち着かない気分だった。

他人《ひと》に説教じみたことを言うのは本来、性《しよう》に合わなかった。自分が偽善者になったようで、恥ずかしかった。しかし、いったん口にしてしまった言葉は消しようがない。なんとも間《ま》が悪かった。

「わたし、どうかしてました。確かに、見城さんのおっしゃる通りですね。浅利は会社や家族を懸命に護《まも》ろうとしているのに」

「なるべく早く片《かた》をつけるつもりです」

「さっきのお話ですと、『近代ビジネス研究所』の塩見祐三という所長が『誠友会』の仕《し》業《わざ》に見せかけて、一連の厭《いや》がらせをしたという可能性もあるとか？」

「ええ、確かに可能性はあるんですが……」

「そうではないんですか？」

伸子が膝を乗り出した。プリント柄の長袖《ながそで》ブラウスに、モスグリーンの春物のカーディガンを羽織っていた。

「もしかしたら、犯人側が塩見に罪をなすりつけようとしてるんじゃないかという気もしてきたんですよ」

「そうだったとしたら、やっぱり犯人は総会屋関係の人物なんでしょうね」

「そう考えてもいいでしょう。安川武志と塩見祐三が反目《はんもく》し合ってたことを知ってたわけですんで」

「ええ」

「とにかく、塩見を揺さぶってみます。それはそうと、お嬢さんにもお会いしたいんですよ」

「二階の自分の部屋にいますので、いま、呼んできます」

「手間は取らせませんから、ご協力を……」

見城は軽く頭を下げ、喫《す》いさしの煙草の火を揉《も》み消した。

仲子がソファから腰を浮かせ、応接間から出ていった。

見城は壁の油彩画《ゆさいが》を見上げた。風景画だった。フランスあたりの港町が荒々しいタッチで描かれていた。三十号ほどの大きさだった。

家具や調度品の類《たぐい》は安物ではなかった。浅利が親から譲り受けた邸《やしき》だという話だった。家屋も割に大きく、敷地は二百坪近くあった。

見城は狐《きつね》色のスエードジャケットの内ポケットから、仕事用の手帳を取り出した。ちょうどそのとき、依頼人の母娘が応接間に入ってきた。未希はパッチワークのセーター姿だった。下は白っぽいスパッツだ。

顔色がすぐれない。きのうのショックから、まだ立ち直れないのだろう。見城は胸に疼《うず》きを覚えた。

未希が母親と並んで腰かけた。

「きみに辛《つら》いことを思い出させることになるが、調査に協力してもらいたいんだ」

見城は未希に言った。

未希は黙って顎《あご》を引いた。表情が、にわかに引き締まった。

「熱は下がった？」

「はい」

「きみを襲った二人組の年恰好《としかっこう》は？」

「二人とも二十代の半《なか》ばに見えました。どちらも、普通の男性には……」

「やくざっぽかったんだね？」

「ええ。片方の男は小指が短かったし、もうひとりはゴールドのブレスレットをしてました」

未希が言って、すぐにうつむいた。

「そいつらは、いきなり公園にきみを連れ込んだの？」

「わたしの名前を確かめると、すぐに二人は両側から腕を摑んで公園に引きずり込みました。わたし、救いを求めようとしたんです。だけど、恐ろしくて声が出せませんでした」

「そうだろうね」

「公園の中でされたことは、具体的に喋らなくてもいいんでしょ？　わたし、思い出したくないんです」

「そのことは、無理に話さなくてもいいんだ。二人組のことで、強く印象に残ってることは？」

見城は質問を重ねた。

「ブレスレットをしてた男には関西訛《なまり》がありました。大阪《おおさか》弁なのか京都《きょうと》弁なのかは、よくわかりませんけど」

「小指の先がない奴は標準語だった？」

「ええ。でも、東京育ちじゃないと思います。ちょっとイントネーションがおかしかったの。北関東の出身なのかもしれません」

「ほかに何か？」

「関西訛のある男は、ちょっと顎《あご》がしゃくれていました。もうひとりの男は、ずんぐりとした体型でした」

未希が口を結んだ。これ以上の手がかりは得られないだろう。

見城は母娘に礼を述《の》べ、腰を上げた。二人に見送られて玄関を出る。ローバーは、大谷《おおや》石《いし》の塀《へい》の際《きわ》に駐《と》めてあった。

見城は門を出ると、さりげなく左右を見た。

気になる人影は見当たらなかった。車に乗り込み、すぐに発進させる。

ローバーは閑静《かんせい》な住宅街を走り抜け、環七通りに出た。京浜《けいひん》急行の平和島《へいわじま》駅の少し先で、第一京浜国道に入る。

行き先は、日本橋一丁目にある塩見祐三の事務所だった。

国道は思いのほか空いていた。目的の場所に着いたのは正午前だった。

『近代ビジネス研究所』は古びたビルの三階にあった。五階建てだったが、エレベーターはなかった。

見城は塩見のオフィスに入り、居合わせた中年の女子事務員に模造警察手帳を短く呈示《ていじ》した。

「警視庁捜査四課（現・組織犯罪対策部第四課）の者です。塩見所長は？」

「奥の所長室におります。いま、呼んでまいります」

「いや、こっちが行こう」

「ええ、でも……」

女子事務員が口ごもった。

「急に踏み込まれちゃ、何かまずいことでもあるのかな」

「そんなことはないと思いますけど」

「なら、お邪魔させてもらうよ」

見城は奥に向かった。

とっつきの部屋には事務机が四卓あったが、所員の姿はなかった。女子事務員は少しも怪しまなかった。

見城は歩きながら、にんまりした。

さきほど見せた模造警察手帳は、新宿のポリスグッズの店で買った物だった。精巧な造りで、一般の市民はまず疑うことはなかった。警察関係者や裏社会の人間でも、遠目には偽造された物とは見抜けないだろう。

しかし、相手が手帳を手に取ったら、看破《かんぱ》される恐れもあった。刑事に化けるときは、いつも模造警察手帳をちらりと見せるだけだった。

見城はノックをせずに、所長室のドアのノブを引いた。

正面の両袖机に向かっていた塩見祐三が弾《はじ》かれたように立ち上がった。机の上には、アメリカ製の古い自動小銃M16と旧ソ連軍の突撃銃ＡＫＳ74が重ねてあった。銃身や銃床の光沢から見て、どちらも本物のようだった。

「警視庁捜四の者だ」

見城は、ふたたび模造警察手帳をちらつかせた。布袋《ほてい》そっくりの塩見が驚きの声をあげ、ブルドッグのように首を振った。

「違うんだ。こいつは本物の自動小銃と突撃銃だが、もう実射はできないんだよ。だから、銃刀法違反にはならない」

「二挺《ちょう》とも〝無可動実銃〟だって言うのか？」

「ああ、そうだよ。おれは銃マニアなんだ」

「なるほど……」

見城は机に歩み寄った。〝無可動実銃〟というのは本物の銃器を加工し、実弾を発射できないようにした物だ。

日本の法律では、作動可能な銃器を所持することも携帯することも禁じられている。しかし、マニア向けの各種の〝無可動実銃〟は装飾品として持つことが認められていた。

ただし、銃身を金属で詰め、さらに下部に五カ所以上の穴を開けることが義務付けられている。ガンマニアが購入後に手を加えて、作動可能にした場合は銃刀法に触《ふ》れることになる。

この〝無可動実銃〟を売るガンショップは、都内だけでも数十軒はある。拳銃《けんじゅう》なら十万円前後、自動小銃や狙撃《そげき》銃でも二、三十万円で手に入る。品薄の機関銃となると、五十万円前後の高値になる。

「目障《めざわ》りでしょうから、机の上を片づけちゃいます」

塩見がAKS74に手を伸ばした。

見城はその前に、旧ソ連軍の突撃銃を摑《つか》み上げた。銃身の中の金属はそっくり抜かれ、銃身下部の穴はどれも溶接で埋められていた。ベトナム戦争でアメリカ軍が使ったM16

も、実射可能な状態に戻されていた。

塩見が肩を落とした。

見城は、机の上に置かれた分厚い『会社四季報』と紳士録をM16の銃身の先でずらした。そこには、手製らしいライフル弾の実包が五つほど並んでいた。

「旦那《だんな》、見逃してくださいよ」

塩見が両手を合わせた。

「これで、〝無可動実銃〟だと？　警察もなめられたもんだな」

「元通りにしたことは悪いと思ってますよ。本物には、不思議な魅力があるんだよね。だから、つい弾《たま》までこさえてしまって。でも、悪用するつもりはなかったんですよ」

「どうかな？」

「旦那、今回だけ勘弁してください。二挺とも、きょう中に銃身を塞《ふさ》ぎますから」

「捜査に協力してくれるんなら、目をつぶってやらないこともないが……」

見城は駆け引きをした。塩見が昔の商人《あきんど》のように大仰《おおぎょう》に揉み手をしながら、おもねるように言った。

「全面的に協力させてもらいます」

「そうか」

見城は机の向こう側に回り、塩見の肘《ひじ》掛け椅子《いす》に勝手に腰かけた。

塩見は直立不動の姿勢になった。緊張のためか、たるんだ頬がひくついていた。

「あんた、『誠友会』の安川武志のことをどう思ってる？」

「どうって？」

「安川があんたを追い落として、東洋建設工業の番犬になりたがってるという情報が入ってるんだよ」

見城は言いながら、M16の弾倉《マガジン》に手製のライフル弾を詰めはじめた。

「旦那、何を考えてるんです⁉」

「いいから、早く質問に答えろっ」

「は、はい。安川には仕事の邪魔をされましたんで、正直なところ、いい感情は持ってませんよ」

「それで、安川を陥《おとしい》れる気になったわけか」

「えっ、なんのことなんです⁉」

塩見が素《す》っ頓狂《とんきょう》な声をあげた。

「あんた、きのう、二人組のチンピラに小遣いやっただろう？」

「チンピラって？」

「ひとりは顎のしゃくれた奴だ。そいつはゴールドのブレスレットをして、言葉に関西訛がある。もうひとりは、小指《エンコ》を飛ばしてる野郎だ。栃木《とちぎ》県のあたりで育った野郎だよ」

「そんな奴らは知りませんね」

「粘っても意味ないのに……」

見城はM16の安全装置《セーフティー・ロック》を外し、セレクターを半自動《セミオート》に入れた。自動小銃の銃口を向けると、小太りの塩見が跳《と》びすさった。

「脅かさないでくださいよ」

「こいつは、百人以上のベトコン（南ベトナム解放民族戦線）兵士を殺したんだろうな」

「旦那！」

「あんた、安川を東洋建設工業から遠ざけたくて、何か絵図《えず》を画《か》いたんじゃないのかっ」

「そんなことはしてませんよ」

「安川の仕業《しわざ》に見せかけて、浅利総務部長の家族に何か厭《いや》がらせをしなかったか？　たとえば、部長宅の庭に猫の死骸を投げ込ませたり、娘に悪質ないたずらをさせたりとかな」

「旦那、妙なことを言わないでください。こう見えてもね、わたしは業界では正義派と呼ばれてるんです。卑劣《ひれつ》な手段で、金儲《かねもう》けや勢力保持をするような男じゃありません」

「ダニが善人ぶるんじゃねえ！　おれは偽善者と蛇が大嫌いなんだっ」

「別に善人ぶったわけじゃないんだが……」

「このM16、銃身の詰め物が剝《は》がされてる。暴発するかもしれないな」

見城は旧型の自動小銃の照準《サイト》を塩見の額に合わせた。塩見が全身を竦《すく》ませ、子供のように首を烈《はげ》しく振った。

「もうたっぷり生きただろう？　ここらで、年貢《ねんぐ》を納めるか。え？」

「いやだ、やめてくれ。おれは、まだ死にたくない」

「だったら、正直に答えるんだな。あんた、本当に二人のチンピラを雇ってないのか？」

「おれは何もさせちゃいない。後生《ごしょう》だから、撃たないでくれ」

「嘘《うそ》じゃないなっ」

見城は念を押した。

「ああ、嘘じゃない。おれは浅利部長はもちろん、部長の家族にも何もさせちゃいないよ」

「本当だなっ」

「どうか信じてくれないか」

塩見が床にひざまずき、哀願口調で叫んだ。涙声だった。芝居をうっているようには見えない。

見城は銃口を下げ、穏《おだ》やかに問いかけた。

「浅利が何者かに脅《おび》やかされてることは知ってるな？」

「ああ。きのう、部長の口から聞いたよ。しかし、おれは本当に何も……」

「そのことは、もういい。それより、脅迫者に思い当たる奴は？」

「安川のほかには、ちょっと思い浮かびませんね」

塩見が即座に答えた。

「そうか。ところで、あんた、三週間あまり前に殺された桑名勉のことで、総会屋仲間から何か情報を得てないか？」

「昨夜《ゆうべ》遅く、ちょっとした噂《うわさ》を聞きましたよ。桑名って男は、どうも会社の内部資料を持ち出してたようなんです」

「内部資料の内容は？」

見城は早口で訊いた。

「真偽はわかりませんが、高速道路や大型橋梁《きょうりょう》の入札に関する談合の資料らしいという話でした」

「談合の件でゼネコンが世間の非難を浴びたばかりなのに、懲《こ》りない奴らだ」

「土木を含めて建設業界そのものの体質が旧《ふる》いからね。警察や地検がいくら摘発しても、談合の根っこは絶《た》やせないでしょう」

「だろうな」

「桑名の殺害事件と浅利部長が誰かに脅されてる件に、何か繋がりがあるんですか？」

塩見が言いながら、緩慢《かんまん》な動作で立ち上がった。

「それは、どうかな」

「桜田門《さくらだもん》の方たちは、どう考えてるんです？」

「おれが質問に答えなきゃならない義務はない」

「それは、そうですけどね。旦那、参考までにお名前をお聞かせください」

「中村太郎だ」

見城は、よく使っている平凡な偽名を教えた。

「捜査四課に転属されたのは、ごく最近なんでしょ？　四課の旦那方は、だいたい存じ上げてますんでね」

「いつも危《ヤバ》いことをしてるんで、警察の動きが気になるらしいな」

「これをご縁に、ひとつよろしくお願いします。警察の方とは、できるだけ仲よくしておきませんとね」

塩見が目尻《めじり》を下げて、愛想《あいそ》笑いをした。

「警察の人間に、だいぶ鼻薬をきかせてるようだな」

「たまに何人かの方と割り勘で安酒を酌《く》み交わしてるだけですよ」

「そういうことにしといてやろう。話は違うが、安川が四谷二丁目の『ラッキーセブン』というカジノバーによく出入りしてることは知ってるか？」

見城は訊いた。塩見が、すぐに応じた。

「ええ、まあ」

「あの店の陰のオーナーは誰なんだ？」

「さあ、わたしは知りません」

「暴力団系の総会屋が経営に参加してるって情報もキャッチしてるんだがな」

見城は鎌《かま》をかけた。

「その話は初めて聞きました。桑名勉が内部資料を持ち出したことを考えますと、あり得る話かもしれませんね」

「捜一の話だと、桑名は殺害される前に『ラッキーセブン』で足跡を絶ってる」

「ええ。新聞やテレビのニュースでも、そう報じられてました」

塩見が言った。

「あんた、あの店の辻って店長のことは知ってる？」

「いいえ、まったく知りません」

「そうか。なら、いいんだ」

見城は弾倉から、五発の実包を抜いた。塩見が安堵《あんど》した顔つきになった。

「この二挺に新たに詰め物をしておけよ」

「は、はい。一両日中には必ず……」

「この手製のライフル弾は押収するからな」

見城は五発の実包をジャケットのポケットに落とし込み、すっくと立ち上がった。ドアに向かいかけると、塩見が慌《あわ》てて声をかけてきた。

「旦那、ちょっとお待ちを」

「なんだ？」

見城は足を止めた。塩見が上着の内ポケットから黒革の札入れを摑み出し、万札の束を引き抜いた。

「お目こぼし、ありがとうございました。これは、ほんのお礼のしるしです」

「おれを汚職刑事に仕立てて、本庁に密告《チンコロ》する気か。そうなんだろうが！」

「そんな気はありませんよ。わたし、うっかり忘れていました」

「何を？」

「わたし、あなたにお金を借りてましたでしょ？」

「そういえば、そうだったな」

見城は、にっと笑った。

塩見が札束を見城のスエードジャケットのアウトポケットに捩込《ねじこ》んだ。三十万円はありそうだった。

「貸した金、確かに返してもらったよ」

見城は言って、澄ました顔でドアに向かった。

3

街《まち》全体が赤っぽい。

夕陽《ゆうひ》のせいだ。東洋建設工業本社ビルの外壁は緋色《ひいろ》に輝いている。

見城は、本社ビル前の植え込みの陰に潜《ひそ》んでいた。午後五時過ぎだ。

ビルの玄関口から、定時退社の社員たちがぞろぞろと出てくる。男も女も、ひどく個性に乏《とぼ》しい。

似たような服装で、髪型までそっくりだ。喋り方や笑い方まで酷似《こくじ》している。

組織の中で生きるには、それなりの協調性が必要なのだろう。それにしても、哀《かな》しいほどに没個性だ。寒気さえする。

自分は彼らのようには生きられない。見城は煙草に火を点けた。

ここに立ったのは四時前だった。それまで見城は、三鷹《みたか》市内にある桑名勉の家の前にいた。桑名の自宅は、依頼人の伸子に社員名簿で調べてもらったのだ。

見城はこれまでの調査で、浅利が何かに怯《おび》えていることと桑名の死がどこかで繋がっている感触を得た。

その確信を深めたくて、桑名の未亡人に会ってみる気になった。

だが、訪れた桑名のマンションには誰もいなかった。車の中で数時間待ってみたが、ついに未亡人は帰宅しなかった。

こうして見城は、きのうと同じように浅利の身辺を探る気になったわけである。浅利に近づく不審な影があれば、何かが摑めるだろう。

ロングピースを半分ほど喫《す》ったとき、見城は背後に人の気配を感じた。

敵か。緊張で、首筋が熱くなった。見城は素早く振り返った。同時に、張りつめていた気分がほぐれた。

目の前にいるのは、毎朝日報《まいちょうにっぽう》社会部の唐津誠《からつまこと》だった。刑事時代からの知り合いだ。

唐津誠はバンコク支局長などを務めたエリート記者だったが、離婚を機に遊軍記者を志願した変わり者である。四十一歳だ。

「唐津さん、どうも！」

「おたくが、なぜ、こんな場所にいるんだ⁉」

唐津が、どんぐり眼《まなこ》をさらに丸くした。

ツイードのジャケットに、皺《しわ》だらけのネクタイを結んでいた。スラックスの折り目も、ほとんど消えている。

「張り込みですよ」

「浮気調査か？」

「ええ。東洋建設工業の中堅社員が取引先のＯＬと不倫してるらしいんですよ」

見城は出まかせを言った。

「本当かね？　おたくは現職時代から、おとぼけがうまかったからな。いまだって、ポーカーフェイスで、おれを出し抜いてる。性格、悪いぞ」

「唐津さんは、なんか誤解してますね。たまたま何度か事件現場でぶつかっただけじゃないですか」

「それだよ、それ！　おたくは、そんなふうにいつも手の内を見せようとしない。もう現職の刑事じゃないんだから、少しは新聞記者《ブンヤ》に花を持たせろよ」

唐津が苦笑しながら、厭味《いやみ》を口にした。

「おれは、腹芸のできるような人間じゃありませんよ」

「よく言うな。おたくほど喰《く》えない男はいないだろうが！」

「まいったなあ」

見城は短くなった煙草を足許に落とし、アウトドア・シューズの底で踏み潰《つぶ》した。

「元刑事のくせに、まるで公衆道徳が欠如してるんだな」

「珍しく突っかかりますね」

「気分が苛《いら》ついてるんだ。ちょっと厄介《やっかい》な事件《ヤマ》を抱えてるんでな」

「このビルの近くにいるってことは、もしかしたら、奥多摩湖の……」

「おたく、前世は犬だったようだな。すごい嗅覚《きゅうかく》じゃないか」

唐津が言った。

「オーバーですよ。桑名とかいう男が殺《や》られたのは、ほんの三週間ほど前のことじゃないですか。誰だって、そう見当をつけるでしょうが？」

「そうだろうか」

「迷宮入り《オミヤ》しそうな事件《ヤマ》には思えないがな。これまでの報道によると、被害者《マルガイ》の足取りが消えた場所がはっきりしてるわけでしょ？」

　見城は誘い水を撒《ま》いた。

「ちょっと待ってくれ。おたく、まさか同じ事件《ヤマ》を追っかけてるんじゃないだろうな」

「違いますよ。おれが頼まれたのは、ただの浮気調査です」

「信じていいのかね」

　唐津は半信半疑の面持《おもも》ちだった。

「そんなに警戒することはないでしょう。しがない探偵に、刑事事件の調査依頼があるわけないじゃないですか」

「それは、まあ」

「仮に、その種の調査依頼があったとしても、探偵のおれがスクープ記事は書けない。あんまりガードを固くしないでくださいよ」

「しかしなあ」

「元刑事の習性で、凶悪な殺人事件にはつい興味を持っちゃうんです。単に、それだけのことなんだがな」

「わかった。手の内を晒《さら》そう。殺された桑名勉が四谷二丁目のカジノバーを出たことは確かなんだ」

「どの程度の裏付《ウラ》けを取ったんですか？」

見城は問いかけた。

「店長、従業員、客たちが口を揃《そろ》えて、被害者《マルガイ》は午後十時半ごろにバカラを切り上げ、ひとりで帰っていったと……」

「その後の足取りは？」

「まるで神隠しに遭《あ》ったように、桑名は忽然《こつぜん》と消えてしまったんだ。通行人が何人もいたはずなんだが、誰ひとりとして被害者を見かけていないんだよ」

「辺鄙《へんぴ》な場所なら話は別だが、それはおかしいな」

「おれも、そう思ってるんだがね」

唐津が長く唸った。

「店の連中と客が口裏を合わせてるんじゃないんですか？」

「おれもそれを疑って、証言者にひとりずつ会ってみたんだよ。しかし、誰からも同じ言葉しか返ってこなかった」

「そうですか。店の経営者か店長が、従業員や客たちに口裏を合わさせたとは考えられないんですか？」

見城は、さらに誘導をつづけた。

「それは考えられなくもないな。従業員や客の何人かは、おどおどしてるように見えたからね」

「それなら、きっとそうにちがいない。そのカジノバーの経営者は何者なんです？」

「役所に提出されてる書類によると、経営者は大手の洋酒メーカーの重役になっている。しかし、その人物は知り合いに頼まれて、名義を貸しただけだと言ってるんだ。つまり、ダミーの経営者だというわけさ」

「本当のオーナーの名は？」

「それは最後まで明かそうとしなかった。おそらく裏社会の人間なんだろう」

　唐津が言った。

「その可能性はあるでしょうね。堅気がカジノバーなんか開いたら、縄張り内《シマうち》の組が黙っちゃいません。たちまち店をぶっ潰《つぶ》すか、べらぼうに高い用心棒《みかじめ》料を要求するはずです」

「だろうな。真の経営者は、大物の筋者《すじもの》なのかもしれないぞ。あの店の店長も、やくざっぽい雰囲気だったからな」

「多分、唐津さんの勘は当たってますよ。ところで、きょうはどんな取材でここに？」

　見城は訊いた。

「桑名勉の同僚や上司に、もう一度話を聞かせてもらうことになってるんだ」

「そうなんですか」

「約束の時間は五時半なんだ。ぼちぼち行かないとな」

「そのうち、どこかで一杯飲《や》りましょう」

「そうだな。それじゃ、また！」

唐津が軽く片手を挙《あ》げ、足早に遠ざかっていった。

残照は、いつしか弱まっていた。見城はまたロングピースをくわえた。足許には、七、八本の吸殻が散っている。

四谷のカジノバーは、やはり怪しい。桑名は店長の辻に脅されて、会社の内部資料を盗み出したのではないだろうか。

見城は煙草を深く喫《す》いつけながら、密《ひそ》かに自問した。

これまでにわかった断片的な事実を繋ぎ合わせると、その推測は正しいように思えてきた。辻が内部資料を奪い、桑名を葬《ほうむ》ったのか。店長自身が手を汚したのではないかもしれない。実行犯は、荒っぽい世界の人間なのだろう。

もしも辻が桑名を自分で始末したとしても、彼が首謀者とは思えない。店長を陰で動かしている人物がいるのだろう。

暴力団直系の総会屋グループが談合に関する内部資料を手に入れたのか。

そして、この三週間のうちに、彼らは幾度か東洋建設工業に脅しをかけたのかもしれない。しかし、会社は恐喝を撥《は》ねのけ、毅然《きぜん》とした態度を崩さなかった。揺さぶりをかけた側は逆上し、裏取引の窓口である浅利総務部長に〝戦慄《せんりつ》〟という名のプレゼントを贈りつづけているのだろうか。

そう考えれば、桑名の殺害事件と浅利の傷害事件には接点がある。話の辻褄《つじつま》も合っている。大きな矛盾はない。

だが、残念ながら、その推測を立証する材料が少なすぎる。まごまごしていると、依頼人の夫は片腕ぐらい斬《き》り落とされかねない。

早く証拠を押さえたかった。見城は焦躁感《しょうそうかん》に胸を嚙まれた。

黄昏《たそがれ》の気配が次第に色濃くなり、やがて街は夜の色に塗り込められた。灯《あか》りの入った超高層ビル群が、闇《やみ》の底を仄《ほの》かに明るませている。

浅利が本社ビルの表玄関から現われたのは七時半ごろだった。

ひとりではなかった。両脇に二人の男を従えていた。ひとりは二十七、八歳で、もうひとりは三十二、三歳に見えた。

どちらも体格がよかった。浅利の部下らしい。男たちは直属の上司が暴漢に襲われたと聞き、ボディーガード役を買って出たのかもしれない。

見城は三人の動きを目で追った。

浅利たちはタクシーに乗った。浅利は男たちに挟まれる形だった。

見城は自分のローバーに駆け寄った。

大急ぎでエンジンを始動させる。そのとき、走りだしたタクシーは好都合にも赤信号に引っかかってくれた。

見城は焦《あせ》らずに済んだ。

ふたたびタクシーが走りはじめた。見城は本格的に尾行を開始した。浅利たちを乗せたタクシーは青梅街道に出ると、中野坂上《なかのさかうえ》の交差点を左に折れた。山手《やまて》通りだ。

浅利は、東雪谷の自宅にまっすぐ帰るのだろうか。

タクシーは山手通りをひた走りに走り、中原《なかはら》街道に入った。やはり、総務部長は帰宅するようだ。不審な尾行車は見えない。

見城は失望と安堵《あんど》を同時に覚えた。

しかし、まだ気は抜けない。襲撃者が、どこに潜《ひそ》んでいるかわからない。見城は、そのまま追走しつづけた。

タクシーは洗足池《せんぞくいけ》を通過すると、左手に拡《ひろ》がる住宅街の中に入っていった。それから間《ま》もなく、車は浅利の自宅の前に停まった。

三人とも車を降りたが、タクシーは発進しようとしない。二人の部下らしい男は浅利が邸内に入ると、すぐさまタクシーの中に戻った。

見城はタクシーが走り去っても、十分ほど車を出さなかった。あたりに目を配ってみたが、動く人影はなかった。

今夜は、もう心配ないだろう。四谷のカジノバーに行ってみることにした。

見城は消したヘッドライトを灯《とも》し、ローバーを走らせはじめた。

迂回《うかい》して、中原街道に引き返す。道なりに麻布十番まで進み、そこから青山霊園の脇を抜けて、目的の店に行くつもりだ。

港区の白金台《しろかねだい》に差しかかったころ、自動車電話《カーフォン》が鳴った。発信者は百面鬼か、松丸だろう。

勘は外れた。いくらかハスキーな女の声が響いてきた。

渥美杏子《あつみきょうこ》だった。情事代行のほうの上客である。ちょうど三十歳の杏子は、代官山《だいかんやま》でブティックを経営していた。主にミッソーニ、フェレ、バジーレなどイタリア・ファッションを扱っている。

「最初、マンションのほうに電話したのよ」

「貧乏暇なしでね」

「とかいって、出張サービスでがっぽり稼いでるんじゃない？」

「おれは良心的な仕事をしてるんで、なかなか銭が貯《た》まらなくてね」

見城は言った。

「こちらも同じよ。好景気のときは仕入れ値の五倍のプライスつけても飛ぶように売れたんだけど、いまはさっぱりだわ。閑古鳥《かんこどり》が鳴いてるわよ」

「さんざん儲けたんだから、たまには貧乏してもいいんじゃない？」

「他人事《ひとごと》だと思って」

「ああ、他人事だからね」

「うふふ。ねえ、いま、どのあたりを走ってるの？」

杏子の声が急に甘美になった。

「白金台だよ」

「あら、近くじゃないの。ね、ちょっとこっちに寄らない？　あれが近いせいか、なんか男の肌が恋しくって」

「どうするかな」

見城は気を持たせる返事をした。たとえ懐《ふところ》が淋しくても、すぐに商談に乗るような真似《まね》はしなかった。

情事代行のサイドビジネスだけは、決して安売りしないことにしていた。プロがプロでありつづけるための知恵だった。

「ギャラに色をつけるわ。二十万出すわよ」

「倍額か」

見城は左手首のコルムに目をやった。

まだ九時前だった。カジノバーの閉店時刻まで、だいぶ間《ま》がある。久しぶりに杏子を抱くのも悪くない。

「ねえ、わがまま、聞いてよ。わたしの体、ちょっと変わったの」

「まさか処女膜の再生手術を受けたんじゃないだろうな」

「ばかねえ。そんなんじゃないわ。こっちに来れば、どこが変わったのかわかるわよ。ね、来て！」

杏子が言った。

見城は同意して、通話を切り上げた。

脇道に入り、ローバーを広尾《ひろお》に向ける。六、七分走ると、モダンな造りの高級賃貸マンションが見えてきた。杏子は六階の２ＬＤＫの部屋に住んでいた。独《ひと》り暮らしだった。

見城は車をマンションの先に駐《と》め、数十メートル引き返した。

マンションの表玄関は、ヨーロッパのホテルのような造りだった。見城は集合インターフォンに歩み寄り、テンキーを押した。六〇一号室だ。

「いま、ドアのロックを解《と》くわ。部屋の玄関ドアも開けておきます」

スピーカーから、杏子の声が洩れてきた。

見城はオートドアを潜《くぐ》り、エレベーターに乗った。六階で降りる。

杏子の部屋に入ると、香《こう》の匂《にお》いが鼻腔《びこう》に滑り込んできた。奥から、シタールの音《ね》も流れてくる。ラヴィ・シャンカールの曲だった。

部屋の主はインド音楽を愛聴していた。

見城にはどの調べも物悲しく聴こえるだけだが、杏子はとても官能を煽《あお》られるという。

これまでに五、六度、彼女を抱いたが、きまってBGMはインド音楽だった。

杏子には、もう一つ風変わりな性癖があった。彼女はベッドでの行為よりも、床の上で直《じか》に交わることを好む傾向があった。そのほうが解放感を味わえるらしい。

杏子は広い居間にいた。

三畳分のムートンの敷物の上に坐《すわ》り込んでいた。女坐りだった。素肌の上に、真珠色のシルクのネグリジェを着ている。

透《す》ける裸身がなまめかしい。容貌《ようぼう》は十人並だった。

「用意が早いな」

見城は言った。

「だって、ずっと疼き通しだったんだもの」

「それじゃ、すぐにご希望に応《こた》えよう。しかし、その前にちょっとシャワーを浴びさせてくれないか」

「そのままでいいわ。わたしの体の変わったところ、早く見て」

杏子は仰向けになると、ネグリジェの裾《すそ》をたくし上げた。両膝を立て、大きく股を開く。珊瑚色《さんごいろ》の亀裂に、きらりと光る物が見えた。

見城は杏子の足許に片膝をついた。

光沢を放っているのは二つのピアスだった。黄金色のピアスは、小陰唇の外側に埋まっていた。

「妙な場所にピアッシングしたもんだな。誰にやってもらったの？」

「自分でやったのよ。嗽薬《うがいぐすり》の原液で入念に消毒してからね」

「それから？」

「薬液を薄めないで脱脂綿に浸《ひた》して、ラビアの両側を丁寧に消毒してから、殺菌済みの針《ニードル》でぶすりとね」

杏子が説明した。北陸地方にある彼女の実家は外科医院だった。

「穴開けに使ったニードルは、実家からくすねてきたのか?」

「ううん、そうじゃないの。ピアス用のニードルなんか、どこででも売ってるのよ。原液の嗽薬も簡単に手に入るわ」

「思い切ったことをやったもんだ。何か心境の変化があったわけ?」

見城は好奇心を抱いた。

「そんな大げさなことじゃないのよ。ちょっとした遊びね。飽《あ》きたら、すぐに外しちゃうつもり……」

「穴は、そのうちに塞《ふさ》がるのか?」

「ええ、一週間もあればね。ピアスを見せた男性は、あなたが最初よ」

杏子が言って、自分でネグリジェの前ボタンをせっかちに外した。

胸は小さかった。そのせいか、色素の濃い乳首が大きく見える。二つの蕾《つぼみ》は弾けんばかりに膨《ふく》らんでいた。

杏子は中肉中背だった。いくらか肌は瑞々《みずみず》しさを失っているが、その分、妖艶《ようえん》さを放つ肢体だ。叢《くさむら》の量が半分に減っていた。ぷっくりとした恥丘の上部にだけ密生している。

「ヘア、剃《そ》ったんだ?」

「そうなの。ピアッシングするときに、ちょっと邪魔な感じだったから。ちくちくするかもしれないけど、我慢してね」

「うん」

見城は立ち上がって、手早くトランクスだけになった。まだ欲望は、わずかに頭をもたげたばかりだった。

杏子が瞼《まぶた》を閉じ、赤い唇をこころもち開いた。キスを待つ唇だった。

見城は客の期待をわざと外した。

両膝をムートンに落とすなり、杏子の両脚《りょうあし》を大きく掬《すく》い上げた。V字形に浮いた脚の膕《ひかがみ》に口を寄せる。膝小僧の真裏《まうら》だ。そこは、意外に知られていない性感帯だった。見城は柔らかな肉を軽く吸い上げ、舌を滑らせた。

杏子の息が弾みだした。くちづけから情事をはじめることに馴《な》れた女には、こうした意表を衝《つ》くスタートが刺激になる。

予想通り、杏子は啜《すす》り泣くような声を洩らすようになった。

見城は両方の膕に舌技を施《ほどこ》し終えるなり、今度は片方の脹《ふく》ら脛《はぎ》を甘噛《あまが》みした。次の瞬間には踝《くるぶし》を舌の先でくすぐる。

杏子が尻をもぞもぞさせた。

そのたびに、掲《かか》げた両脚が不安定に揺れた。見城はタイミングを計って、一気に唇と舌を杏子のヒップに移した。内腿《うちもも》まで舌を幾度も往復させる。秘めやかな場所まで近づいても、意図《いと》的に舌は伸ばさない。焦《じ》らしのテクニックだった。

二本の腿が唾液《だえき》で濡れると、ようやく見城は胸を重ねた。

杏子は、せっかちに唇を求めてきた。噛みつくようなキスだった。事実、上の歯が見城の上唇に強く当たった。

見城は舌を閃《ひらめ》かせながら、上体を左右に揺らした。杏子の乳首は刺激を受け、一段と硬く張りつめた。

見城は濃厚なくちづけを中断させ、唇を散策させはじめた。

耳、項《うなじ》、鎖骨のくぼみを丹念に舌でなぞり、体を斜めにする。片方の乳首を含み、もう一方の手で向こう側の乳房全体をまさぐりはじめた。そうしながら、空いている手で腋《わき》の下や脇腹を慈《いつく》しむ。

見城はネグリジェを剝《は》ぎ取ると、杏子を俯《うつぶ》せにさせた。首筋から足の裏まで、唇と指で愛撫した。杏子は早くも息たえだえの様子だった。ここまで焦らせば、完璧《かんぺき》だろう。

見城は尖《とが》った肉の芽を震わせ、熱い合わせ目を擦《こす》りたてた。ピアスが薄い皮を隔《へだ》てて、何度も触《ふ》れ合った。

　杏子の体が昂《たか》まった。

　見城は、はざまに顔を埋めた。舌を刷毛《はけ》にして、上下に顔を動かした。陰核《クリトリス》を吸い上げ、転がし、薙《な》ぎ倒す。見城は花びらを鳥のようについばみながら、指を沈めた。

　見城は敏感な突起を舌で嬲《なぶ》りながら、上部のざらついた部分を指でこそぐった。

　Gスポットだ。見城は舌を使いながら、二本の指をスクリューのように大きく動かしはじめた。

　一分も経《た》たないうちに、杏子の体に痙攣《けいれん》が走った。

　昇りつめた瞬間、口からは動物じみた声が迸《ほとばし》った。下腹に漣《さざなみ》が伝わり、内腿も鋭く震えた。

　見城は指を引き抜き、ボクサーショーツ型のトランクスを脱いだ。二人は、正常位で体を繋いだ。

　見城は五、六度、体位を変えた。仕上げは正常位だった。見城はパートナーが深い愉悦《ゆえつ》の声を響かせた瞬間、強《したた》かに放った。ほんの一瞬だったが、脳天が鋭く痺《しび》れた。

　杏子の内奥《ないおう》は速いビートを打ちながら、見城のペニスを間歇《かんけつ》的に強く挟みつけた。見城は余韻を全身で味わいながら、杏子の両の瞼に唇を押し当てた。唇や耳朶《みみたぶ》も優しく吸った。

後戯《こうぎ》の手を抜くと、女たちは遊ばれたという被害者意識を募《つの》らせる。後戯は女に心の充足感を与える大事な行為だった。

「このまま死んでもいいわ」

杏子が満ち足りた顔で言った。

「そう言ってもらえると、励《はげ》んだ甲斐《かい》があるな」

「あなたを独り占《じ》めしたくなっちゃったわ。でも、無理よね？」

「いまはね。しかし、先のことはわからないよ。ひょっとしたら、おれがきみを独占したくなるかもしれないから」

見城はいつものリップサービスで締《し》め括《くく》り、そっと体を起こした。サイドビジネスの疲れは快かった。

4

一万円札を扇《おうぎ》の形に拡《ひろ》げる。

見城は五枚ずつ数を数えた。確かに二十万円あった。情事の割増付き報酬だ。

「どうもお疲れさまでした」

杏子がおどけて頭を垂れ、チューリップグラスにブランデーを注《つ》いだ。

見城は二つ折りにした札束を上着の内ポケットに入れ、煙草に火を点けた。

二人はリビングソファに腰かけていた。

ムートンの敷物があった場所には、コーヒーテーブルとソファが置かれている。シタール奏者のラヴィ・シャンカールのＣＤは、もう回っていなかった。

十時五分過ぎだった。

杏子はシャワーを浴び、化粧を終えていた。フェラガモのカラフルなセーターに、下は白のスパッツだった。

二人はブランデーグラスを軽く触《ふ》れ合わせ、それぞれ口に運んだ。

「いいブランデーだ。きみは贅沢《ぜいたく》してるんだな」

「お酒と男ぐらい贅沢しなかったら、なんのために働いてるのかわからないでしょ？」

「そんなもんかね」

「ねえ、カジノバーにつき合ってくれない？　四谷に面白い店があるのよ」

杏子がそう言い、ヴォーグをくわえた。細巻きの煙草だ。

「四谷のカジノバーって、『ラッキーセブン』のこと？」

「あら、知ってたの」

「一度、行ったことがあるんだ。きみは、あの店の会員だったのか」

「ええ、そうよ。店のオーナーが、わたしのブティックのお客さんなの」

「オーナーは女だったのか」

見城は煙草の灰を灰皿に落とした。

「ええ。本業は経営コンサルタントなの。といっても、まだ若い美人よ。確か二十七歳だったわね」

「ふうん」

「お店で会わなかった？」

杏子が訊いた。

「会わなかったな」

「そう。彼女を見たら、きっと口説《くど》きたくなるでしょうね。女のわたしが見ても、すごくいい女だもの」

「なんて名？」

「生田千草《いくたちぐさ》さんよ」

「いかにも美人っぽい名だな」

「頭もいいの。日本の大学を出てから、ニューヨークの名門大学で経営学の勉強をしたみたいだから」

「才色兼備ってやつか」

見城は口の端から煙を吐き出しながら、短くなったロングピースの火を揉み消した。

「ルックスと頭の両方がいい女って、得よねえ。わたしなんか、どっちにも恵まれなかったから、両親を恨みたくなっちゃうわ」

「きみは個性的な美人だよ。頭だって悪くないし、肉体《ボディー》もいい」

「ギャラを倍にしたからって、そこまでヨイショしてくれなくてもいいのよ。自分のことは、自分がいちばん知ってるんだから」

杏子が自嘲し、ヴォーグを灰皿に捻《ひね》りつけた。

話題を変えたほうがよさそうだ。見城はブランデーグラスを掌《てのひら》の中で揺らしながら、さりげなく問いかけた。

「その生田千草ってオーナーのパトロンは、おっかない職業のおっさんなんだろ？」

「パトロンなんかいないはずよ、彼女には」

「堅気の女性が違法まがいのカジノを経営するのは、いろいろと問題があると思うがな」

「そういうトラブルが起きる心配はないようよ」

杏子はそう言ってから、いくらか悔《くや》む顔つきになった。

「それは、なぜなんだい？」

「困ったなあ」

「途中まで言い出したんだから、教えてくれよ」

見城は喰《く》い下がった。

「絶対に他言しないでね。実は千草さんの父親って、関西の大親分らしいの」

「関西といっても、広いぜ。どこを縄張りにしてるんだって？」

「大阪の梅田《うめだ》あたりらしいわ。そのお父さん、あの神戸連合会の直参《じきさん》でナンバースリーなんですって」

「そりゃ、確かに大物だな」

「ただね、千草さん自身はその話を否定してるの」

杏子が言って、ブランデーを傾けた。

「きみは、その話を誰から聞いたんだ？」

「あのお店の常連客からよ」

「そう」

「ね、一緒に行かない？」

「行ってもいいが、ちょっと口裏《くちうら》を合わせておきたいことがあるんだ」

見城は言った。

「どんなこと？」

「実は昨夜《ゆうべ》、あの店で遊んだんだよ。そのときに、おれは中村太郎って偽名を使ったんだ」

「なんで偽名なんか使ったの？」

「いつ警察の手入れがあるかわからないじゃないか。それを考えて、本名を名乗らなかったのさ」

「そういうことなのね。同伴の会員《メンバー》は誰だったの？」

杏子が訊いた。

「東洋建設工業の桑名勉の名を使って、店に入れてもらったんだよ」

「見城さん、殺された桑名さんと知り合いだったの⁉」

「一年ほど前にスタンドバーで隣り合わせになって、意気投合したんだ」

見城は平然と作り話をした。

「へえ、そうだったの。世間って狭いのね」

「そうだな。そういえば、彼は殺される前の晩、『ラッキーセブン』に行ったんだってね」

「そうらしいわよ。その晩、わたしはあそこには行ってないんだけど」

「そう。桑名は無念だったろうな。あの若さで殺されてしまったんだから」

「ほんとね」

「桑名とは店で、よく話をしたのかな？」

「ううん、挨拶をする程度だったの」

「それじゃ、誰に殺されたのか、見当もつかないだろうな」

「ええ。ちょっと待ってて。わたし、大急ぎで着替えてくるから」

杏子は言うと、寝室に駆け込んだ。

見城はグラスをひと息に空《あ》け、ふたたび煙草をくわえた。

カジノバーの経営者が、やくざの大親分の娘だったとは予想もしなかった。杏子の話によると、生田千草の本業は経営コンサルタントらしい。

しかし、アメリカで経営学を修《おさ》めたといっても、まだ二十七歳の女だ。本業が、それほど繁昌しているとは思えない。千草の素顔は、ブラックジャーナリストか恐喝屋なのではないのか。あるいは、神戸連合会系の総会屋なのかもしれない。

どちらにしても、千草は桑名が会社から盗み出した内部資料に目をつけたのではないだろうか。そして、桑名を父親の組の若い者に始末させたと考えられる。

煙草の火を消したとき、杏子が居間に戻ってきた。けばけばしいデザインスーツをまとっていた。ジャンニ・ヴェルサーチだろう。

「どうもお待たせ！　お店まで、あなたの車に乗せてって」

「きみの自慢の白いジャガーは、どうしたんだ？」

「あのジャギュア、修理に出してるの」

杏子が気取って、原語ふうの発音をした。英国車をひいきにしているカーマニアは、好んでそんな言い方をする。

見城は左目を眇《すが》めた。他人《ひと》を蔑《さげす》むときの癖《くせ》だった。

「それじゃ、行きましょ」

杏子が急《せ》かした。見城は腰を上げた。

二人は部屋を出た。マンションの表玄関から外に出る。

助手席に杏子を乗せ、見城はただちに車を走らせはじめた。飲酒運転になるが、気にしなかった。もともと法律やモラルには縛られていない。

杏子の香水がきつかった。息を詰めていないと、むせそうだ。何気ない仕種《しぐさ》で、パワーウィンドーを少し下げた。

「今夜はバカラで大勝しそうな気がしてきたわ」

「いつもどのくらい賭《か》けてるんだ？」

「わたしは十万円分のチップを一回買うだけよ」

「これまでの成績は？」

「四、五十万のプラスね。わたしと千草さんの関係を知ってるんで、店長やディーラーさんがちょっと気を遣《つか》ってくれてるみたい」

「ディーラーが追加札で操作してくれてるようだな」

「多分、そうなんでしょうね」

「下のピアスを見せてやりゃ、もっといいカードを回してくれるかもしれないぜ」

見城は際《きわ》どい冗談を言った。

「いやだ、おかしな気分になってきちゃったわ」

杏子が言って、見城の股間《こかん》に手を伸ばしてきた。布地越しに、五つの爪《つめ》で亀頭の部分を引っ掻《か》くように愛撫しはじめた。

これも料金のうちか。見城は、されるままになっていた。欲望がめざめると、杏子が急に手を引っ込めた。

「このへんでやめておくわ。カーセックスしたくなっちゃったら、困るもの」

「そうだな」

見城はスピードを上げた。

十数分走ると、目的のビルが見えてきた。杏子に言われるまま、見城はローバーを地下駐車場に入れた。エレベーターホールの近くに車を駐《と》めた。七階に上がる。

二人は連れだってカジノバーに入った。昨夜の黒服の男が目を白黒させている。

「こちらは、わたしの友人の中村太郎さん。今夜はわたしのビジターなの。よろしくね」

杏子が言った。黒服の男は恭《うやうや》しく頭を下げ、二番目の木製扉を開けた。

店内には、三十人ほどの先客がいた。女の客もちらほら見える。

ウェス・モンゴメリーのジャズギターの音《ね》が天井のスピーカーから低く流れていた。カジノバーには、ぴったりの旋律《せんりつ》だった。

見城たち二人は、おのおの十万円分のチップを買い求めた。

何気ない素振りで店の中を眺め回したが、生田千草らしい女の姿はなかった。

店長の辻はカウンターの客と何やら談笑していた。バニーガールの彩が目敏《めざと》く見城を見つけ、二人に近づいてきた。

「わたしは、コニャックをいただくわ。いちばん飲みやすいのをね」

杏子が彩に言って、バカラのテーブルに急いだ。だいぶ気合が入っているようだ。

「お客さまは?」

「今夜はスコッチにするか。ノッカンドウの水割りにしよう」

「かしこまりました。お連れの方、奥さまですか？」

「いや、ただの知り合いだよ」

見城は言った。

「こんなことを言ってはいけないんですけど、お連れの方、ちょっと苦手なの」

「どうして？」

「気分屋なんですよ。勝ってるときは機嫌がいいんだけど、チップが少なくなると、わたしたちに……」

彩が語尾を呑《の》んだ。

「八つ当たりする？」

「ええ」

「おれはそんなことはしないから、安心してくれ」

「ええ、感じでわかります」

「そう。きみの顔が見たくなって、今夜も来ちゃったんだ」

「お上手ばっかり！」

「おれは本気だよ。今夜、二人だけで会えないかな」

見城は誘った。彩から、何か手がかりを得られるかもしれないと考えたのだ。

「本気なんですか⁉」

「もちろんさ。仕事は何時に終わるの？」

「きょうは早番だから、午前一時までです。お店は三時まで営業してるんですけど」

「それじゃ、この近くのスナックかどこかで待ってるよ」

「でも、お連れの方が……」

「彼女は単なる知人だから、別に気にすることはないさ」

「それなら、このビルの並びに『マックス』ってスナックがありますから、そこで待っててください」

「了解！」

見城は敬礼してみせた。

彩がおかしそうに笑いながら、カウンターの方に戻っていった。

見城はカードテーブルに歩み寄り、杏子につき合ってバカラを五ゲームやった。しかし、一度も勝てなかった。杏子は勝ったり負けたりしている。ディーラーが追加札で加減しているのだろう。

「ちょっと隣で遊んでるから」

見城は杏子に断って、ブラックジャックのテーブルに移動した。

わずかな時間で、バカラで失ったチップを取り戻すことができた。だが、そこで運に見放されてしまった。後は負けつづけだった。

「ルーレットで気分を変えてみたら？」

三杯目の水割りを運んできた彩が見かねたらしく、見城に耳打ちした。

見城は忠告に従い、ルーレット台の前に立った。のっけに、高配当の目に球《たま》が落ちた。

それがきっかけで、ふたたびツキが戻ってきた。ゲームに熱くなっているうちに、時を忘れた。周囲の動きも目に入らなくなっていた。

どれほど経過してからか、見城は不意に背中を指でつつかれた。

振り向くと、杏子が立っていた。そのかたわらには、色っぽい美女がいた。

「こちら、オーナーの生田千草さんよ」

杏子が紹介した。見城は中村太郎と名乗った。

「生田でございます」

千草が和紙の名刺を差し出した。フルネームが印刷されているだけで、アドレスはいっさい記《しる》されていない。

「あいにく名刺を切らしちゃってるんだ」

「どうぞお気になさらないで。必要な場合は、杏子さんから中村さんの連絡先を教えていただきますので」

「失礼だったね。それはそうと、変わった名刺をお使いなんだな」

見城は千草に言った。

「連絡先もない名刺なんて感じ悪いですよね。でも、ここでは表面に出るわけにはいかない事情がありまして」

「表向きの経営者は別の方になってるのかな？」

「ええ。税金対策上、そういうことに」

「おきれいな方だな。そのへんの女優はあなたに会ったら、廃業したくなるだろうなあ」

「お化粧で、よく見せてるだけです」

「いや、土台がいいんですよ。そんなに薄化粧なんだから」

「からかわないでください。ねえ、助けて」

千草は身を捩《よじ》って、杏子の片腕を揺さぶった。

純白のモヘアのスーツが眩《まばゆ》かった。装身具も控え目で、なかなかセンスがいい。

細面《ほそおもて》の整った顔は、非の打ちどころがなかった。造作《ぞうさく》の一つ一つが整い、バランスよく納まっている。唇はセクシーそのものだ。

「中村さん、大丈夫？　うっとりしたような目をしちゃって。わたしの顔、ちゃんと見えてる？」

杏子が笑いながら、見城の顔の前で手をワイパーのように動かした。

「見えてるよ」

「千草さんに妙な気持ちを起こしちゃ、駄目だ！」

「結婚されてるのか」

「それはまだだけど、相思相愛の男性《ひと》がいるようだから」

「そんな男性はいないわ。杏子さん、変なことを言わないでちょうだい」

千草が言って、睨《にら》む真似をした。大きな瞳《ひとみ》が、なんとも婀娜《あだ》っぽかった。

「中村さんはね、私立探偵なの」

杏子が言った。見城は舌打ちしたかったが、あえて何も言わなかった。

「あら、ユニークなお仕事ね。杏子さんとは、どういう……」

「わたしが以前の彼氏の女関係を調べてもらったのがきっかけで、お友達になったの」

「ただのお友達ってわけじゃないんでしょ？」

千草が杏子と見城の顔を等分に見た。見城は杏子が口を開く前に、言葉を発した。

「こっちは杏子さんに惚《ほ》れてるんだけど、全然、相手にしてもらえないんですよ」

「そうなんですか。お二人は、とってもいいムードに見えますけどね」

千草が言った。

杏子は、にやついていた。まんざら悪い気はしないようだ。

「お二人とも大いにお愉《たの》しみになってね。ちょっと帳簿に目を通さなければならないので、これで失礼させてもらいます」

千草が奥の事務室に消えた。

杏子もバカラのテーブルに戻った。見城はルーレット台に向き直り、新しいチップを張った。そのとき、こめかみにひりつくような感じを覚えた。視線を泳がせる。店長の辻が蛇のような目で、こちらを見ていた。

視線がぶつかると、店長は目礼《もくれい》した。見城も会釈《えしやく》を返し、ゲームに集中した。

勝ちつづけているうちに、午前一時が近づいてきた。

見城はバカラのカードテーブルを見た。

杏子はディーラーの手許を見つめ、脇目もふらない。見城は交換所に行き、手持ちのチップを現金に換えた。十八万五千円になった。

見城はバカラのカードテーブルに歩み寄り、杏子に小声で言った。

「ルーレットで、オケラになっちゃったよ」

「それじゃ、少しチップを回してあげる」

「いや、いいよ。今夜は、どうもツキがないようなんだ」

「もう少し粘ってみたら？」

「悪いが、先に帰るよ。少しタクシー代渡そう」

「車代は、ちゃんと残してあるわ」

杏子は手札《てふだ》から目を離さなかった。

「そうか。また、広尾に招《よ》んでくれよ」

「ええ。今夜は最高だったわ」

「お寝《やす》み！」

見城は杏子の肩に軽く手をやり、カードテーブルを離れた。チップ交換所に、バニーガールの彩が立っていた。

見城は小さなウィンクを送り、大股で店を出た。

第三章　怪しい秘密カジノ

1

小さなスナックだった。

十人ほど坐《すわ》れるカウンターとボックス席が二つあるだけだ。客は疎《まば》らだった。『マックス』である。

見城は出入口に近いボックスに腰かけた。

カウンターの向こうで、ママらしい五十年配の女が大声で注文を訊《き》いた。物憂《ものう》げな声だった。厚化粧をした顔にも、人生の澱《おり》がにじみ出ている。

見城はウイスキーの水割りを頼み、上着のポケットを探《さぐ》った。煙草《たばこ》のパッケージは空だった。

「ロングピース、置いてあるかな」

「セブンスターとキャビンしかないわ」

「なら、キャビンをもらおう」

「水割りと一緒に持っていくわよ」

女が大儀そうに言った。

「先に煙草を貰《もら》いたいな」

「わがままね」

「投げてくれてもいいんだ」

見城は言った。

女はうっとうしそうな顔をしただけで、返事もしなかった。それでも、無言でキャビンを投げて寄越《よこ》した。接客態度がなっていない。だが、叱《しか》りつけるのも大人げない気がした。

見城は肩を竦《すく》め、キャビンの封を切った。

一本目の煙草に火を点《つ》けたとき、水割りとナッツの盛り合わせが届けられた。女は、やはり何も言わなかった。気詰まりだ。

バニーガールの彩が店に駆け込んできたのは、水割りを半分ほど飲んだころだった。

V襟《えり》の白いアンゴラのセーターの上に、濃紺のPコートを羽織《はお》っていた。下は、キャメルのチノクロスパンツだった。靴はコンバースのバスケットシューズだ。

カジュアルな服装のせいか、一見、高校生のように映った。しかし、巨乳が体の成熟ぶりを物語っている。

「来てくれたんだな、ちゃんと」

見城は目を和《なご》ませた。

「約束したことは守りますよ」

「いい娘《こ》だ。ますます気に入った」

「ありがとう」

彩がPコートを脱《ぬ》ぎ、見城の真ん前に腰かけた。

「好きなものを飲んでくれ」

「はい。あのう、ビールと焼きうどんをオーダーしてもいいですか？」

「遠慮しないで、もっと高いものを注文しろよ」

見城は言った。彩は礼を言ったが、オーダーを変えようとしなかった。

「名乗り合うのも野暮な気がするが、おれは中村太郎っていうんだ」

「わたしは久我《くが》彩です」

「焼きうどん、好きなの？」

「好きというより、安いから」

「バニーの仕事、けっこう日給はいいんだろう？」

見城は低い声で訊いた。

「悪くないんですけど、いろいろ支払いがあるんですよ。だから、貧乏《ボンビー》なの」

「ひとりで暮らしてるのか？」

「ええ、いまはね。一緒に暮らしてた男、三カ月前に別の彼女と駆け落ちしちゃったんです」

「とんでもない男だな。きみみたいな娘《こ》を棄《す》てるだなんて」

「わたしも悪かったんです」

彩がそう言い、下唇を噛《か》んだ。

「どこが悪かったんだい？」

「世話を焼きすぎたんです。わたし、彼の爪《つめ》を切ってやったり、ソックスまで履《は》かせてやってたの。最初は喜んでた彼も、だんだんうざったがるようになって……」

「身勝手な奴だな。そんな男とは別れたほうがよかったんだよ」

見城は慰《なぐさ》め、残りの水割りを一気に呷《あお》った。

そのすぐ後、ビールと焼きうどんが運ばれてきた。見城は、水割りのお代わりを頼んだ。ママは黙ってうなずいたきりだった。

彩はビールで喉《のど》を潤《うるお》してから、焼きうどんを食べはじめた。

見城は彩に断り、新しいキャビンをくわえた。二杯目の水割りが卓上に置かれるまで、わざと彩に話しかけなかった。

「わたしを誘ってくれたのは、何か訊きたいことがあったからなんでしょ？」

彩がつと顔を上げた。

「それもあるが、きみが魅力的だったからさ」

「あなた、刑事さんなの？」

「警察の人間なんかじゃないよ。実はフリーの調査員なんだ」

見城は成り行きから、正体を明かす気になった。ただし、本名は教えなかった。

「何を調べてるの？」

「きみの仕事先に出入りしてた桑名勉のことをちょっとね」

「桑名って、三週間ぐらい前に殺された東洋建設工業の人でしょ？」

彩が頬《ほお》にかかる髪を掻《か》き上げながら、小声で問い返してきた。

「ああ。桑名は殺される前、きみの店に行ってるんだよ」

「そうらしいですね。あの晩、わたしは風邪で仕事を休んじゃったの」

「それじゃ、桑名が店に来た時刻や帰った時間はわからないな」

「ええ、わたしはね。でも、バニーの子たちの話だと、桑名さんは九時前後に現われて、十時半ごろに店長と一緒に店から出て行ったというの」

「店長と一緒だったって!?」

「そう。でも、あの次の日、わたしたち従業員は店長にひとりずつ事務室に呼ばれて、桑名さんがひとりで帰ったということにしてくれって頼まれたの。そのとき、大入り袋を渡されたんだけど、中には五千円札が一枚入ってたわ」

「そいつは口止め料っぽいな」

見城は呟《つぶや》き、水割りを半分近く喉に流し込んだ。

「口止めって、それじゃ、辻店長が桑名さんを……」

「店長自身が直《じか》に手を汚したんじゃなく、おそらく誰かに桑名を始末させたんだろうな」

「桑名さんが、どうして殺されなければならなかったの？　お店の借金をきれいにできなかったからなのかしら」

彩が考える顔つきになった。

「桑名は会社から、内部資料を持ち出してたんだよ。殺害の動機は、その資料を奪うためだったんだろうな。内部資料は恐喝の材料《ネタ》に使えるものだったんだ」

「そうなの。だけど、店長がなぜ……」

「辻は誰かの下働きさ。奴を操《あやつ》ってる人間が必ずいる」

「いったい、誰がそんなことを？」

「『誠友会』の安川のほかに、店の会員に総会屋やブラックジャーナリストはいない？」

見城は訊《たず》ねた。

「ええ、いないと思うわ。ただ、オーナーが一度お店に連れてきた男性は何か雑誌を発行してたんじゃなかったかな」

「オーナーって、生田千草のことだね？」

「そう。その男の人、ちょっとニヒルな感じのナイスガイだったの。背が高くて、三十六、七歳だったわ」

「そいつの名前は？」

「いま、それを思い出そうとしてるの。有名なイラストレーターと同じ姓だったんだけどなあ」

彩が首を捻《ひね》った。

「横尾《よこお》か黒田《くろだ》？」

「ううん」

「辰巳《たつみ》？　野中《のなか》？　加藤《かとう》？　柳澤《やなぎさわ》？」

見城は活躍中のイラストレーターの名を次々に挙《あ》げた。

「どれも違うわ。鍋《なべ》がつくと思ったけど」

「真鍋《まなべ》か？」

「そう、それ！　真鍋雅章《まさあき》よ。ひょっとしたら、彼はオーナーのいい男性《ひと》なんじゃないかな。お店の中では二人ともちっともべたつかないんだけど、目と目で会話してた感じだったから」

彩がそう言い、残りのビールを飲んだ。

「生田千草の自宅は、どこにあるの？」

「市谷加賀町《いちがやかがちょう》にある『加賀町アビタシオン』って億ションに住んでるって話ですよ。オフィスは、丸の内《まるのうち》のあたりにあるんじゃなかったかな」

「真鍋って男の事務所は？」

「それはわからないわ」

「そう。ありがとう。お礼に、どこかサパークラブに案内しよう」

見城は言った。

「わたし、そういう気取ったところは好きじゃないの。だから、気を遣《つか》わないで」

「しかし、ビールと焼きうどんを奢《おご》るだけじゃな」

「それなら、わたしを買ってください」

彩が意を決したように言った。

見城は一瞬、我が耳を疑った。しかし、空耳《そらみみ》ではなかった。

「大人をからかうなって」

「わたし、本気なの。お金が欲しいんです。家賃や光熱費をだいぶ溜《た》めちゃったから」

「いくら欲しいんだ？」

「それは多いほどありがたいけど、自分で値はつけられないわ」

「つまり、抱いてから、こっちで値をつけろってわけか」

「ええ、まあ。わたしみたいな小娘になんか興味ありませんか？」

「そんなことはないよ」

「だったら、お願いします」

彩が神妙に言った。

見城は何か痛々しさを覚えた。十万円か二十万円をくれてやってもいいという気持ちになった。しかし、ただ金を恵んでやるだけでは相手の自尊心を傷つけることになるだろう。

そこまで考え、見城は自分の偽善ぶりに吐き気を催《もよお》した。女好きなら、黙って相手を抱けばいい。あれこれ理屈を捏《こ》ね回すのは見苦しいだけだ。

「駄目なのね」

「いや、ホテルに行こう」

「買ってくれるんですか⁉」

「ああ、売ってもらうよ」

「だったら、わたしのアパートに来てください。ホテルなんかで抱かれたら、なんだか自分が惨《みじ》めになっちゃいそうだから」

「きみがそうしたいなら、それでもいいよ」

「わがままばかり言って、ごめんなさい。アパート、千駄ヶ谷《せんだがや》にあるの」

彩は明るさを取り戻していた。

見城は勘定を払い、彩とスナックを出た。車は、店の横の裏通りに駐《と》めてあった。杏子に見られたくなかったからだ。

暗い路地に入ると、彩が身を寄り添わせてきた。

見城の肘《ひじ》に、弾力性のある肉の塊《かたまり》が触れている。脳裏《のうり》に草を食《は》むホルスタインの姿が映《えい》じた。

ほどなく二人はローバーに乗り込んだ。彩の道案内で、見城は車を走らせた。目的のアパートは千駄ヶ谷二丁目にあった。軽量鉄骨造りの二階建てだった。見城は車を路上に駐《と》め、彩の後に従った。彼女の部屋は一階の奥の角部屋だった。間取りは１ＬＤＫだ。

ダイニングキッチンには二人用のコンパクトな食堂テーブルが置いてある。奥の六畳の大半をダブルベッドが占領していた。家具は少なかった。質素な暮らし向きだった。

「ちょっとシャワーを借りるよ」

見城はダイニングキッチンで衣服を脱ぎはじめた。体には、杏子の匂いがこびりついているはずだった。見城は全裸になり、狭い浴室に入った。シャワーヘッドをフックから外し、コックを全開にする。湯になるまで少し時間がかかった。

全身にシャワーを当て終えたとき、裸の彩が入ってきた。

いくらか恥ずかしそうだった。乳房は想像以上に大きかった。乳首は淡紅色だった。恥毛は少なかった。縦筋《たてすじ》が透《す》けて見えた。花びらの色は、まだピンクを留《とど》めている。

「洗ってあげる」

彩が片膝を洗い場に落とし、掌《てのひら》いっぱいにボディーソープ液を垂らした。

見城は突っ立ったまま、じっとしていた。彩の手が太腿《ふともも》を上下しはじめた。見城は湯の矢を彩の下腹部に当てた。彩が顔を上げ、目で笑った。

「シャワーで達したことは？」

「ないけど、いちばん敏感な部分に強いお湯を当てると、その一歩手前ぐらいまでは……」

「そういう場合はシャワーヘッドの穴を半分塞《ふさ》ぐんだよ。そうすると、湯の勢いが強くなる」

見城は教えてやった。

彩は感心したような顔でうなずき、ためらいがちに見城の分身に白い泡を塗りつけた。それから彼女は巨乳を両側から支え寄せ、見城のペニスを挟みつけた。肉の弾みが心地よい。二人は浴室で戯《たわむ》れてから、ダブルベッドに移った。

見城は彩の体を深く折り畳み、彼女に自分の両膝《りょうひざ》を抱え込ませた。接合部分が露《あらわ》になった。

見城は片方ずつ脚《あし》を投げ出し、両手の指で痼《しこ》った突起と後ろのすぼまりをソフトに愛撫した。

彩が腰をくねらせはじめた。

見城も愛撫に熱を込めた。結合して前後に動く。昂《たか》まりが見え隠れする様《さま》は、いつも刺激的だ。合わせ目の捩《よじ》れ具合も目で楽しむことができた。

二分そこそこで、彩はエクスタシーを味わった。

達する直前、彼女は白目を晒《さら》した。手脚を硬直させながら、瘧《おこり》の発作のように打ち震えた。唸りも長かった。

見城は少し休息を与えてから、彩に多くの体位《ラーゲ》があることを実演で教えた。アクロバティックなラーゲまで演じてみせた。見城は体操の教師になったような気分だった。

ベッドをさんざん軋《きし》ませてから、見城は正常位で爆《は》ぜた。

果ててからも動きつづけた。やや遅れて、彩も二度目のエクスタシーを迎えた。同時に、鋭く締めつけてきた。かすかながら、痛みを感じるほどの圧迫だった。

二人は余情に浸ってから、静かに離れた。

見城はダイニングキッチンに行き、自分の衣類をひとまとめにしてベッドのある部屋に戻った。腹這《はらば》いになって、キャビンに火を点ける。

彩は股間《こかん》を押さえながら、ふらつく足取りで浴室に向かった。見城は素早く煙草の火を消し、大急ぎで身繕《みづくろ》いをした。

枕《まくら》の下に二十枚の一万円札を滑らせた。杏子から貰った謝礼をそっくり吐き出しても、少しも惜《お》しい気はしなかった。

カジノバーで儲《もう》けた分を上乗せすることも、ちらりと考えた。しかし、あまり額が多いと、相手に安っぽい同情を寄せたとも受け取られかねない。二十万円が妥当《だとう》だろう。

見城は足音を殺しながら、ドアに向かった。

浴室では、湯の弾ける音が響いていた。彩に声をかける気はなかった。見城は靴を履《は》き、そっと内錠を外した。

表は月明かりで、妙に明るかった。

2

テレビの画像が変わった。

見覚えのある住宅街が映し出された。

見城はコーヒーの入ったマグカップを卓上に置き、画面を凝視《ぎょうし》した。正午過ぎだ。

彩のアパートから戻ったのは午前三時過ぎだった。帰宅するなり、見城はベッドに潜《もぐ》り込んだ。目覚めたのは三十分ほど前である。

画面が変わった。

中年の男性アナウンサーがアップになった。狙撃《そげき》事件のニュースのようだ。

「今朝《けさ》六時半ごろ、自宅の郵便受けの朝刊を取りに行った会社員が何者かに拳銃《けんじゅう》で撃たれました。この男性は土木建設の大手・東洋建設工業本社の浅利博久総務部長、五十一歳です」

アナウンサーが言葉を切った。画面には、浅利の顔写真が映っていた。

「なんてことなんだ」

見城は歯噛《はが》みした。

テレビに、死亡や殺人の文字は浮かんでいない。浅利は、どうやら一命を取り留めたようだ。それだけが、わずかな救いだった。

「頭部を撃たれた浅利さんは、意識不明の重体です。現場の状況から、犯人は浅利さん宅の塀《へい》によじ登り、浅利さんを狙撃《そげき》した模様です。家族の話によると、犯行時に銃声はまったく聞こえなかったそうです。犯人は消音装置付きの拳銃を使用したと思われます」

アナウンサーがいったん間《ま》を取り、すぐに言い継《つ》いだ。

「犯人の物と思われる遺留品《いりゅうひん》は何も発見されていません。摘出した拳銃弾の弾条痕《だんじょうこん》から、凶器はブラジルのロッシー社製の拳銃と判明しました。昨年だけでも二十件以上の企業テロが発生していますが、犯行にブラジル製の拳銃が使われたのは初めてです。この拳銃が日本国内で押収されたケースがきわめて少ないことから、警察は外国人による犯行の可能性が高いという見方を強めています。なお、ジョギング中の主婦が現場から百数十メートル離れた場所で、不審な外国人男性が待機中の乗用車に乗り込んだのを目撃していま す。その車は、メタリックシルバーのスカイラインと思われます。ナンバーなどはわかっていません。次のニュースです」

アナウンサーの顔が消え、画面に成田《なりた》空港が映し出された。大量のコカインを日本に持ち込もうとしたオーストラリア人観光客が捕まったらしい。

見城は遠隔操作器《リモート・コントローラー》でテレビのスイッチを切り、事務机に走り寄った。立ったまま、浅利の自宅に電話をする。受話器を取ったのは親類の女性だった。

見城は事情を話し、浅利の入院先を教えてもらった。大田区内にある救急病院だった。

電話を切ると、見城はシェーバーで髭《ひげ》を剃《そ》った。薄手のハイネックセーターの上にカシミヤのジャケットを羽織《はお》りながら、慌《あわ》ただしく部屋を出た。

救急病院まで車を飛ばす。

着いたのは、およそ三十分後だった。病院の前には報道関係者が群がっていた。

見城はローバーを病院の裏側の駐車場に入れ、見舞い客専用の出入口から病院内に入った。通り合わせた看護師に、浅利の病室を訊く。まだ三階の集中治療室《ICU》にいるという話だった。

見城は階段を駆け上がった。

ＩＣＵの前のベンチに、浅利未希が腰かけていた。被害者の娘だ。彼女の母親の姿は見当たらない。見城は未希に走り寄った。

未希が顔を上げた。

「見城さん……」

「大変なことになったね」

見城は未希のかたわらに坐った。そのとたん、未希が嗚咽《おえつ》を洩《も》らした。声を殺しながら、彼女は泣きつづけた。震える肩が痛々しい。

「テレビのニュースで事件を知って、車で駆けつけたんだ。お父さん、きっと助かると思うよ」

見城は力づけ、未希の肩を軽く抱いた。胸のどこかが軋《きし》んだ。

未希を励《はげ》ましながら、見城は虚《むな》しい気持ちになっていた。頭部を撃たれた場合は、落命率がきわめて高い。運よく回復しても、脳障害からは逃《のが》れられないだろう。

知覚や運動神経が元通りになることは皆無《かいむ》に近いのではないか。下手をすると、生涯を植物状態のままで終えなければならない。

「父はただの部長なのに、なぜ、標的にされなければならないの？　ひどいわ、ひどすぎる」

未希がしゃくり上げながら、憤《いきどお》りに声を震わせた。

「こっちが親父《おやじ》さんから目を離さなければ、こんな事態は避けられただろう」

「あなたが悪いわけじゃないわ。父は運が悪かったんです」

「それにしても……」

見城は言い澱《よど》んだ。それ以上は何を言っても、弁解になりそうだった。

未希がハンカチで目頭《めがしら》を拭《ぬぐ》って、長く息を吐いた。

「お母さんは？」

「父のそばにいます。病院に無理を言って、特別に集中治療室《ICU》に入れてもらったんです」

「そう。事件のことだけど、きみもお母さんも犯人の姿を見てないんだね？」

見城は確かめた。

「ええ。自分の部屋で寝ていたら、母が真っ青な顔をして、父が頭から血を流して門の所に倒れてると……」

「きみが親父さんの所に駆け寄ったときのことを少し話してくれないか」

「はい。父は地面に横向きに倒れて、唸りつづけていました。何を訊いても、返事はありませんでした。耳の中まで血糊《ちのり》が溜《た》まっていて、髪も両手も真っ赤だったの」

「射入孔《しゃにゅうこう》は、いや、傷口はどのあたりにあった？」

「左の側頭部です。頭頂部の数センチ下が抉《えぐ》れてて、そこから血がどくどくと……」

未希が言葉を途切《とぎ》らせ、下を向いた。

「救急車が到着するまで、親父さんは同じ状態で唸りつづけてたんだね？」

「いいえ、そのころはほとんど動かなくなっていました。母とわたしが代わる代わる呼びかけたんですけど、もう父の意識は混濁《こんだく》しているようでした」

「そう。親父さんの昨夜《ゆうべ》の様子は？」

「書斎でコニャックを舐《な》めながら、いつまでも家族のアルバムを眺めていたようです」

「アルバムを？」

「ええ。おそらく父は、不吉なことが自分の身に起こることを予感してたんでしょう」

「そうなんだろうか」

見城は慎重に言葉を選んだ。未希が涙を堪《こら》え、くぐもり声で言った。

「父はばかですよ。会社で何があったか知らないけど、自分ひとりで苦しむことはなかったのに。所詮《しょせん》は組織の歯車に過ぎないんだから、もっといい加減でよかったんだわ」

「親父さんは、そういうことのできない性分《しょうぶん》なんだろう」

「それにしても、愚《おろ》かです。会社よりも、自分や家族のほうがずっと大切でしょ？」

「サラリーマンっていうのは、家族が思ってるほど気楽な稼業ではないんじゃないのかな。仕事で何かミスをすれば、昇進に響くだろうしね。そんなことになったら、かけがえのない家族に不安な気持ちを与える。だから、みんな、辛《つら》いことに耐えて必死に仕事をこなしてるんだろう」

見城は、ありきたりの言葉しか口にできなかった。

「あなたが父を庇《かば》ってくれるのは嬉《うれ》しいけど、そんなのはきれいごとだわ。父は骨の髄《ずい》まで小心なサラリーマンなんですよ。だから、会社の何かを護《まも》り抜こうとしたんでしょう」

「きみの屈折《くっせつ》した愛情はよくわかるが、そこまで言うのはどうなのかな。男は家族がいなければ、出世欲も野心も持たないと思うよ」

「ええ、そうかもしれませんね。父が母やわたしのために自己犠牲を払ったことが辛いんです。それだから、わたし……」

未希がうつむいた。

見城は煙草に火を点けた。きのうの残りのキャビンだった。

短くなった煙草をスタンド型の灰皿の中に投げ捨てたとき、ＩＣＵから浅利伸子が出てきた。淡いグリーンの防菌服と帽子をまとっている。

見城と未希は、ほぼ同時にベンチから立ち上がった。

「わざわざお越しいただいて」

伸子が帽子を取って、見城に頭を下げた。

向き合うと、見城は開口一番に訊いた。

「ご主人のご容態は？」

「まだ昏睡《こんすい》状態のままです。開頭手術そのものは成功したそうなんですが、大脳皮質や脳の神経がずたずたに……」

「こんな結果になるとは思ってもいませんでしたので、わたしも混乱している状態です。狙撃されたときのことは、娘さんから聞きました」

「そうですか」

「何かお手伝いできることがあったら、なんでも遠慮なくおっしゃってください」

「ありがとうございます。でも、いまはイエスさまにお縋《すが》りするほか何も術《すべ》がありません。主人とわたしはキリスト教徒なんです。娘の未希は、無神論者ですけれど」

「わたしも一緒に祈るわ」

未希がそう言い、母親の体を抱き支えた。

その瞬間、伸子の顔が歪《ゆが》んだ。いまにも泣きそうだった。だが、伸子は涙を堪《こら》えた。

「もう手遅れだと誹《そし》られそうですが、調査は続行するつもりです」

見城は言った。

「ええ、でも……」

「もちろん、事件の捜査は警察がやってくれるでしょう。しかし、ここで調査を打ち切りたくないんですよ」

「ですけど」

「実はわたし、元刑事なんです。いまは私立探偵ですが、それなりの意地と面子《メンツ》がありますのでね」

「それはよくわかりますけど」

依頼人は当惑《とうわく》した様子だった。

「自分のプライドのために調査をつづけたいんです。ですんで、報酬をいただくつもりはありません。それから、後日、着手金の一部はお返しします」

「着手金のほうは、お返しいただかなくても結構です」

「まだ調査に取りかかったばかりですので、さほど経費はかかってないんですよ。きちんと日当三万円はいただきますが……」

「折を見て、ご主人のお見舞いをさせてもらうつもりです。どうかお大事に！」

「律義《りちぎ》な方なのね」

見城は依頼人の母娘に背を向けた。

伸子に律義などと言われ、ひどく面映《おもはゆ》かった。別段、善人ぶったわけではない。

このまま引き退《さ》がったりしたら、強請《ゆすり》の獲物を闇《やみ》から引きずり出せなくなってしまう。みすみすチャンスを捨てるほどのお人好しではなかった。

薄汚い悪党を袋《ふくろ》小路《こうじ》に追いつめ、骨まで喰《く》らい尽《つ》くす。それが強請屋稼業の商売《ビジネス》だった。

見城は階段を駆け下《お》りはじめた。

二階の踊り場まで下《くだ》ると、下から毎朝日報の唐津が上がってきた。昔の事件記者のように、替え上着に白っぽいダスターコートを重ねている。

二人は踊り場にたたずんだ。

「また、おたくのポーカーフェイスに引っかかったようだな。違うかい、見城君？」

「なんのことです？」

「もうおとぼけは通用しないぞ。何が東洋建設工業の中堅社員の浮気調査だっ」

「唐津さん、考えすぎですって」

見城は笑ってごまかした。

「その笑いが曲者《くせもの》なんだよな。それじゃ訊くが、なんでおたくがこの病院にいるんだ？」

「ここの外科病棟に知り合いが入院してるんですよ。そいつ、バイク事故を起こしたんです」

「よくもそういう嘘《うそ》が出てくるなあ。おたく、天才的な詐欺師《さぎし》だね」

唐津が苦笑した。

「人聞きの悪いこと言わないでくださいよ。おれほど正直で不器用な男は、めったにいないと思うがな」

「それじゃ、世の中は詐欺師ばかりなんだろう」

「まいったな。ところで、ここにはなんの取材なんです？」

「そこまで空とぼけるわけか。相当、根性《こんじょう》悪いな」

「もしかしたら、東洋建設工業の総務部長が狙撃されたって事件《ヤマ》の取材ですか？」

見城は問いかけた。

「そうだよ。無駄な遣《や》り取りは省《はぶ》こうや。おたくが桑名勉殺害事件を嗅《か》ぎ回ってることは、わかってるんだからさ」

「おれは、ただの探偵屋ですよ」

「長いつき合いなんだから、このへんで手の内を見せ合わないか。え？」

唐津が、どんぐり眼《まなこ》で正視してきた。見城は観念し、浅利母娘に依頼された調査内容をかいつまんで話した。

「で、どこまで調査が進んでるんだ？」

「残念ながら、何も摑《つか》んでないんですよ。ただ、桑名の事件と浅利が狙撃されたことは、どこかで繫《つな》がってるような気がしてますけどね」

「ほんとに、それだけなのか？」

「ええ、もちろん！　もっとも最近は、おれの勘も狂いはじめてるから、見当外れな推測かもしれないが……」

「癪《しゃく》な話だが、当たってるよ」

唐津がそう前置きし、言い重ねた。

「東洋建設工業の本社に、談合を告発する脅迫状が届いてたんだ」

「それは、いつのことなんです？」

「もう十日以上も前のことらしい。脅迫状は東洋建設工業一社だけじゃなく、土木建設業者の親睦《しんぼく》組織『曙会《あけぼのかい》』に所属してる大手・準大手の四十三社に届いてるんだ。東洋建設工業は『曙会』の幹事会社で、談合の主導権を握ってたんだよ」

「それじゃ、桑名が持ち出した内部資料は談合に関する極秘書類だったんですね？」

見城はことさら驚いてみせた。

「下手は芝居はよせって。おたくだって、そのあたりのことはとっくに見当がついてたんだろう？」

「いや、まったく見当はつきませんでしたよ」

「この詐欺師が！　おれは情報《ネタ》をそっくり提供したんだから、今度はおたくの番だぞ」

唐津が迫った。

「おれには提供できる情報なんか何もありませんよ。それより、脅迫状の差出人は？」

「おいおい、遣《や》らずぶったくりか。ヤーさんだって、そこまではやらないぞ」

「本当に提供できるものがないんですよ」

「なら、こっちももう何も喋《しゃべ》らないぞ。また会おう」

「待ってくださいよ」

見城は、歩きだそうとする唐津を押し留《とど》めた。唐津が立ち止まり、にやっと笑った。

「手の内を見せてくれる気になったか。で、どんな情報《ネタ》なんだ？」

「桑名の足取りのことなんですが、彼は四谷のカジノバーを出るとき、ひとりじゃなかっきりしませんけどね」

「辻幹雄という店長だそうです。ただ、まだ裏付《ウラ》けを取っていない話だから、真偽ははっ
「一緒だったのは？」

たという証言を得ました」

「その店長には会ったよ。しかし、彼は桑名がひとりで店を出ていったと言ってたな。辻
だけじゃなく、店の従業員も同じ証言をしてた」

「そうですか。それなら、おれは虚偽情報《ガセネタ》を摑まされたんでしょう」

見城は早く話題を転じたかった。

ベテランの新聞記者に有力な新情報を提供したら、先を越されることにもなりかねな
い。首謀者が逮捕されてしまったら、裏稼業は成り立たなくなる。

「待てよ。店長が従業員たちに口裏《くちうら》を合わさせたとも考えられるな」

「全員の口にチャックは掛けられないでしょ？　どの職場にも必ず口の軽い奴がひとりや
二人はいるもんです」

「それはそうだが……」

唐津が考える表情になった。

見城は慌《あわ》てて話を元に戻した。

「さっきの脅迫状の差出人を教えてくれませんか」

「聞き覚えのない市民団体の名になってたらしいよ。えーと、『平和で明るい社会をめざす会』だったかな」

「架空《かくう》の団体なんでしょう?」

「だろうね。差出人の住所は、広域暴力団の極心会の本部事務所になってた。しかし、極心会は、まったく身に覚えがないと怒り狂ってたよ」

「それは芝居じゃなさそうですね。わざわざ名乗って恐喝するばかはいませんから」

「おれも、そう思うよ。ところで、もう一つぐらい情報をくれたっていいだろうが?」

唐津が言った。

「もう何もありませんよ」

「ほんとかね?」

「おれ、先を急ぐんで……」

見城は言うなり、階段を駆け下りはじめた。後ろで、唐津が罵声《ばせい》を放った。

ローバーに乗り込むと、見城は代官山に向かった。渥美杏子のブティックを訪ね、生田千草や真鍋雅章のことを探る気でいた。

杏子の店は、東急東横《とうよこ》線の代官山駅の近くにある。そのあたりには、洒落《しゃれ》たブティック、アンティークショップ、画廊、洋風居酒屋、アメリカングッズの店などが固まっていた。
十分ほど走ると、自動車電話《カーフォン》が着信した。発信者は里沙だった。

「今夜あたり押しかけようと思ったんだけど、ご都合《つごう》は？　ロシア旅行をしてた友達にキャビアを貰《もら》ったの」

「夜更《よふ》けまでにはマンションに戻るつもりだよ。そっちは仕事で遅くなるんだろう？」

「十時ごろにはフリーになるわ」

「それまでに戻れるかどうかわからないな。スペアキーで勝手に部屋に入っててくれよ」

「ええ、そうさせてもらうわ。仕事、忙しそうで結構じゃないの」

「銭にはならない調査なんだが、やり甲斐《がい》のある仕事なんだよ。後でキャビアで一杯飲《や》ろう」

見城は電話を切り、運転に専念した。

目的のブティックに着いたのは午後二時前だった。杏子の店は、モダンな店舗ビルの一、二階にあった。

見城は車を店の前に駐め、ブティックに入った。見覚えのある二人の女店員が所在なげに客を待っていた。いくらか景気が上向きはじめたと言われているが、この手の高級ブテイックにはまだ客足は戻っていないようだ。

見城は螺旋《らせん》階段を昇り、二階に上がった。

杏子だけしかいなかった。中腰になって、マネキン人形の服を着せ替えていた。ターキッシュブルーのシルクスーツ姿だ。ミルコか、ペルソンヌの製品だろう。

「ほんとに閑古鳥《かんこどり》が鳴いてるな」

見城は声をかけた。杏子が振り向き、顔面を綻《ほころ》ばせた。

「あら、いらっしゃい。どういう風の吹き回しなの？」

「ピアスの具合は、どうかな？」

「いやねえ」

「実は、ちょっと訊きたいことがあるんだ」

「なにかしら？」

「生田千草のオフィスは丸の内のどのあたりにあるんだい？」

「新国際ビルの中にあるって話だけど、わたしは一度も行ったことないのよ」

「そう」

「あなたたち、なんなの？　昨夜《ゆうべ》、千草さんも見城さんのことを根掘り葉掘り訊いてきたのよ」

「おれの本名とアドレスなんかを教えちゃったのか」

見城は幾分、焦《あせ》った。

「どっちも教えなかったわ。わたし、なんとなくジェラシーを感じちゃったから」

「そいつは助かった。それはそうと、千草の彼氏は真鍋雅章って名前なんじゃないのか？」

「ええ、確か真鍋さんだったわ」

「真鍋って奴のアドレス、わかる？」

「それはわからないわ。別に名刺交換をしたわけじゃないもの。いったい何を調べてるの？」

「たいしたことじゃないんだ。それじゃ、また！」

「愛想がないわねえ。きのう、色をつけたんだから、もう少しかまってくれてもいいんじゃない？」

杏子が熱っぽい目を向けてきた。

「そうしたいとこだが、時間がないんだ。ごめん！」

見城は謝《あやま》って、踵《きびす》を返した。

黒縁の眼鏡をかける。

3

変装用の眼鏡だった。だいぶ顔の印象が変わった。

見城は鏡を覗《のぞ》き込みながら、さらに付け髭《ひげ》を貼《は》りつけた。

新国際ビルの男性用トイレの中だ。自分のほかには誰もいなかった。午後三時四十分過ぎだった。杏子と別れた後、丸の内にやってきたのである。

同じ階の外《はず》れに、生田経営コンサルティングの事務所があった。事務所の中には六十年配の男がいるだけで、生田千草はいなかった。

少し前に向かいのビルから、高倍率の双眼鏡でそのことを確認済みだった。

準備完了だ。見城は洗面台を離れ、トイレを出た。

このビルのテナントは、八割以上が東証一部上場企業だった。しかし、この階には各種の代理店や個人事務所が集まっている。

見城は大股《おおまた》で千草のオフィスに歩み寄った。

ドアを軽くノックして、所内に入る。新聞の切り抜きをしていた男が、反射的に顔を上げた。鶴《つる》のように細かった。顔も貧相だ。

「失礼ですが、どちらさまでしょう？」

「税務署の者です」

見城は偽造身分証明書を短く呈示《ていじ》した。

「立ち入りでしょうか？」

「そうです。売上関係の帳簿を見せていただきたいんですよ」

「強制権のある立ち入りでしょうか？」

痩《や》せた男が立ち上がった。

事務机が三つあり、窓側にローズウッドの大きな両袖机《りょうそでづくえ》がある。両袖机は、千草の物だろう。壁側には書棚が並び、経済関係の書物やスクラップブックが収《おさ》めてあった。ＯＡ機器の類《たぐい》は、どれも最新型だった。

「生田さんはお出かけですか？」

「ええ。夕方には戻る予定ですがね。社長がいませんと、帳簿を見せるわけにはいきません」

「すぐには見せられない理由があるのかな。たとえば、二重帳簿をつけてるとか？」

「そんな裏操作はしてませんよ」

男が、むっとした顔になった。

「だったら、売上帳を見せてくださいよ」

「しかし……」

「それじゃ、社長の許可を貰ってくれませんか。社長の出先は、ご存じなんでしょ？」

「ええ、まあ」

「お願いします」

見城は頭を下げ、両袖机に歩《ほ》を進めた。

机の左横に、大きな観葉植物の鉢があった。ベンジャミンだった。よく手入れされている。肉厚《にくあつ》の葉はニスを塗ったように光沢があった。

見城は男の様子をうかがった。

どこかに電話をかけているところだった。見城はカシミヤジャケットのポケットから、高性能の盗聴マイクを抓《つま》み出した。ピーナッツほどの大きさだった。集音能力が高く、しかも防水加工されている。

見城は隙《すき》をうかがって、超小型マイクを鉢の腐葉土《ふようど》の下に潜《もぐ》らせた。所内で千草がどんなに声をひそめても、マイクは完璧《かんぺき》に彼女の話し声を拾ってくれるだろう。

見城は素早く観葉植物から離れ、窓辺に寄った。

男は電話中だった。困惑している気配が伝わってきた。どうやら税吏《ぜいり》を追い払えと言われているらしい。

男が受話器を置いた。

見城は振り返った。先に口を開く。

「社長はどうおっしゃっていました?」

「申し訳ありませんが、日を改めていただけないかと……」

「そうですか。弱ったな」

「あのう、うちは絶対に脱税などしておりません」

男が言った。

「数十億円の脱税をしてた企業も同じことを言ってたな」

「うちは製造会社や一般の商事会社と違って、売上金のごまかしようがないんですよ。それに顧問先も一流どころばかりですから、妙な操作などしてません」

「現在、取引先は?」

「約八十社です。社長はアメリカやヨーロッパのビジネス情報を商社、銀行、鉄鋼会社などに提供しながら、トレーディングから労務管理まで指導しているのですが、良心的な顧問料しかいただいていません。したがって、売上金も脱税をしたくなるような額にはならないんですよ」

「たいした売上がないのに、よく丸の内にオフィスを構えられるな」

見城は言葉に棘《とげ》を含ませた。

「ここの家賃は正直なところ、大きな負担です。しかし、社長は一流のビジネスは、まず形から入るべきだという考えを持っていますので」

「真鍋雅章氏も、こちらの役員に名を連《つら》ねてるんでしょ?」

「いいえ、あの方は社長の相談相手というだけで、こちらの役員ではありません。まさか真鍋さんがそちらに……」

「いや、真鍋氏が密告《サ》したんじゃありません」

「そうでしょうね。あの方は、社長とは特別なご関係ですから」

男が慌《あわ》てて口を噤《つぐ》んだ。後悔の色が表情にありありとうかがえる。

「真鍋氏は、雑誌を発行してるんでしたね?」

「ええ、そうです。『政経ジャーナル』という月刊誌をたったおひとりで出されているんですよ」

「ブラック系の雑誌なのかな?」

「いいえ、真っ当な雑誌ですよ。政界と財界の腐敗を鋭く衝《つ》いてる立派な月刊誌です。広告は一切載《の》せていませんから、お台所は苦しいと思います。しかし、あの方はサムライですよ」

「ずいぶん真鍋氏を誉《ほ》めますね」

「わたし、あの方の生き方が好きなんですよ。彼は東大出のエリート官僚だったのですが、日本の将来を憂《うれ》えて一匹狼《いっぴきおおかみ》のジャーナリストになったんです。電卓を叩《たた》きながら生きてる人間ばかりの世の中で、実に清冽《せいれつ》な生き方ではありませんか。社長が真鍋さんに魅《み》せられるのも当然でしょうね」

男は言ってから、ふたたび急に口を結んだ。もともと考える前に、口が動いてしまうタイプなのだろう。

「そういう人だったのか。実は、真鍋氏とは一度も会ったことがないんですよ。お目にかかって、いろいろ教えを乞《こ》いたいな」

「紀尾井町《きおいちょう》のオオシタ・ホテルを訪ねてみたら、どうです？」

「オオシタ・ホテル？」

見城は問い返した。

「ええ。真鍋さんはオオシタ・ホテルの一三〇五号室を年間契約で借りてるんです。そこが住まいを兼ねたオフィスなんですよ」

「硬骨漢《こうこつかん》にしては、リッチな暮らしをしてるんだな」

「ご実家が造り酒屋か何かで、経済力があるようですよ。多分、そちらからの援助があるんでしょう」

「だろうな」

「わたし、篠田《しのだ》といいます。わたしの紹介だと言えば、真鍋さんは会ってくれるはずです」

男が少し得意顔で言った。

「それじゃ、そのうちオオシタ・ホテルに行ってみましょう」

「あなたのお名前は？」

「田中一郎《たなかいちろう》です。それじゃ、今度は所長のいるときに伺《うかが》いましょう」

見城はありふれた名を騙《かた》り、千草のオフィスを出た。

エレベーターに乗る前に、眼鏡と付け髭を外す。車は地下の有料駐車場に預けてあった。見城は新国際ビルを出て、隣の新東京ビルの裏道にローバーを進めた。

松丸勇介のワンボックスカーはすでに待っていた。

見城は杏子のブティックを出ると、すぐに年下の盗聴器ハンターの携帯電話を鳴らした。松丸に、市谷にある生田千草のマンションの電話回線に盗聴器を仕掛けてほしいと頼んでおいたのだ。

見城はワンボックスカーの数台後ろにローバーをパークさせた。

車を降りかけたとき、松丸が駆け寄ってきた。ワークシャツに、格子柄のＣＰＯジャケットを重《かさ》ね着《ぎ》している。下は、ほどよく色の褪《あ》せたジーンズだ。靴はワークブーツだった。

「松ちゃん、どうだった？」

見城は訊いた。

「それがっすね、仕掛けられなかったんす」

「電話のケーブルがわからなかったのか？」

「それは、すぐにわかったんすよ。でも、引き込み線に複雑なスクランブル装置が組み込まれてて、結局、盗聴器は仕掛けられなかったんす。すみません！」

松丸が、ぺこりと頭を下げた。

「まあ、いいさ」

「ああいう億ションには、ずっと縁がなかったんすよ。予備知識がありゃ、なんとか対策も練れたんすけど」

「そう気にするなって。おれのほうは、生田千草の事務所に盗聴マイクを仕掛けたよ」

見城は経過を手短に話した。

「さすがっすね。自分、まだまだだな」

「千草の部屋は何号だった？」

「一〇〇一号室っす。十階っすね。これが電話番号っすよ」

松丸がメモを差し出した。見城は、それを上着の内ポケットに入れた。

「千草のオフィスの盗聴は、おれに任せてください。きょうは本業、オフっすから」

「悪いな。事務所にいたおっさんの話だと、千草は夕方には戻るらしいんだ。それまで適当に息抜きしといてくれ」

「ええ。それじゃ、おれは新国際ビルのほうに……」

松丸が自分の車に戻っていった。

見城は運転席のドアを閉《し》め、ロングピースのパッケージの封を切った。杏子の店を出てから、五つほど買った煙草の一つだった。残りはドアポケットの中に並べてある。

見城は煙草に火を点け、深々と喫《す》った。

そのとき、カーフォンが鳴った。見城は煙草をくわえたまま、すぐに応答した。

「おれだよ」

発信者は新宿署の極悪刑事だった。

「百《どう》さんか」

「そんなにがっかりしたような声を出すなよ」

「まだ、いい女は見つかってないようだね。退屈しのぎに電話をしてくるようじゃ」

見城は冷やかした。

「ちぇっ。おれのか弱い神経を抉《えぐ》るようなことを言うなって。女なんか、そのうちめっかるさ」

「相変わらず負け惜しみが強いね」

「そんなことより、東洋建設工業の浅利って総務部長が撃《ハジ》かれたな」

「そうなんだ。昼過ぎに病院に行ってみたんだが、依然として意識は戻ってなかったよ」

「頭《ペテン》を撃たれたんじゃ、危ないな。おそらく助からないだろう」

百面鬼が言った。

見城は短い返事をし、ダッシュボードの灰皿を引き出した。煙草の火を消す。

「見城ちゃん、もう獲物の急所を握ったんだろ？」

「そう簡単に事が運ぶんだったら、とっくの昔におれは大富豪になってるよ」

「まだ、もたついてんのかい。山分けってことなら、おれ、全面的に助《ス》けてもいいぜ」

「百《どう》さんが嚙んだら、もっと手間取るだろう」

「けっ。言ってくれるじゃねえか。とにかく、早いとこ獲物の弱点を押さえてくれや」

「ひょっとしたら、敵は男じゃないのかもしれないんだ」

「女の可能性もあるって？」

百面鬼が確かめた。

「そうなんだ」

「その女、いくつなんだい？」

「二十七だったかな」

見城は、生田千草のことをかいつまんで話した。

「その千草って女、かなり強《したた》かそうだな。おれ、四谷署の防犯（現・生活安全）係に化《ば》けてカジノバーに家宅捜索《ガサイレ》かけてやらあ。そうすりゃ、いっぺんで片《かた》がつくじゃねえか」

「あの女は、そう簡単には尻尾《しっぽ》は出さないと思うな」

「ぶっ叩いて、口を割らせりゃいいんだ。状況から考えて、その女が桑名って奴と浅利を襲わせたにちがいねえよ」

百面鬼が声を高めた。

「そう苛《いら》つかないでよ、百《どう》さん。おれは、千草を操《あやつ》ってる人物がいると睨《にら》んでる」

「黒幕がいるって？　見当はついてるのか」

「真鍋雅章ってブラック屋だと思う」

「どんな野郎なんだよ」

「元エリート官僚だったらしいんだ」

見城はそう前置きして、真鍋について詳しく喋った。

「その野郎のことは、おれが調べらあ。前科《マエ》はなくても稼業が稼業だから、多少の情報は集められるだろう」

「それじゃ、百《どう》さんに頼むか。ただし、日当はなしだよ」

「見城ちゃんもせこいことを言うようになりやがったな」

百面鬼が先に電話を切った。

見城は車をスタートさせた。

日比谷《ひびや》通りに出て、日比谷交差点を右に折れる。そのまま直進し、外堀通りに入った。オオシタ・ホテルは都内で十指に入る一流ホテルだ。紀尾井町の高台にそびえている。

二十分弱で、ホテルに着いた。

見城は車をホテルの駐車場に入れると、カーフォンを摑み上げた。オオシタ・ホテルの代表番号をプッシュする。

待つほどもなく交換手が出た。若い女性の声だった。

「一三〇五号室の真鍋さんに繋いでもらえますか」

「失礼ですが、そちらさまは？」

「国会議員の早船清秀《はやふねきよひで》の第一秘書です」

見城は重々しく告《つ》げた。

交換手の声が途絶《とだ》えた。待つほどもなく電話が繋がった。

「もしもし、真鍋です」

「初めてお電話する者です」

「民自党の早船代議士の第一秘書の方だとか？」

「はい。中村と申します」

見城は、また平凡な姓を騙《かた》った。真鍋が落ち着きのある声で問いかけてきた。

「ご用件をおっしゃってください」

「単刀直入に申し上げます。実は、買っていただきたい情報がありまして……」

「どのような情報でしょう？」

「昨年の初冬にソリブジン薬害に絡《から》む株のインサイダー取引容疑で、製造元の西日本《にしにほん》商事の役員ら三十二人が大阪地検特捜部の捜査を受けましたでしょ？」

「ええ。確か西日本商事は証券取引等監視委員会から告発されて、幹部社員十数人の自宅などが家宅捜索されましたね」

「その事件で、元法務大臣の有吉大輝《ありよしたいき》が大阪地検に圧力《アツ》をかけて家宅捜索を中止させようとした事実があるんですよ」

見城は擬餌鉤《ぎじばり》を投げた。

「本当ですか⁉」

「もちろんです。ソリブジンの副作用で十六人の死者が出た直後に六万株も売り抜けた西日本商事の役員が有吉と遠縁に当たることから、元法務大臣に泣きついたというわけですよ」

「その証拠は？」

真鍋が鉤《はり》に喰《く》いついてきた。

「有吉元法務大臣が大阪地検の検事正三人を京都の料亭に招き、揉《も》み消しを頼んでいるときの録音音声があります」

「本当ですか⁉　しかし、早船先生と有吉議員は民自党の同じ派閥に属していますよね。なぜ、早船氏は仲間を売るようなことをなさるんです？」

「うちの先生は二期ほど議員歴の長い有吉に若い時分から、小僧っ子扱いされつづけてきたんですよ」

「なるほど。おたくの先生は有吉議員を失脚させて、派の重要ポストに就《つ》きたいというわけなんですね？」

「そういうことです。併《あわ》せて選挙活動費をいくらか捻出《ねんしゅつ》できればと考えた次第なんです」

見城は作り話を喋《しゃべ》りつづけた。

「その録音音声は現在、どこに？」

「わたし自身が持っています。実は、このホテルの駐車場にいるんですよ。これから、真鍋さんの部屋にお邪魔したいのですが……」

「ここは、まずいな。録音音声はロビーで受け取りましょう。部屋で聴《き》かせてもらってから、買い値を決めさせてもらうということでいかがです？」

真鍋が打診してきた。

「それで結構です。ロビーのどのあたりで落ち合いましょうか？」

「フロントの左側のソファにしましょう。わたしは茶色のゴルフジャケットに、グリーン系のアスコットタイを締めてます。あなたの服装は？」

「ライトグレイのスーツに、山吹色《やまぶきいろ》のネクタイを結んでます。中肉中背ですんで」

「眼鏡は？」

「かけていません。年齢《とし》は四十八です」

「わかりました。この時刻なら、ロビーもそう混《こ》んでいないでしょう。十分ぐらい経《た》ったら、一階に降りていきますよ」

「よろしくお願いします」

見城は通話終了ボタンを押し、変装用の黒縁の眼鏡をかけた。車を降り、ホテルに足を向ける。

広いロビーに入ると、見城はフロントのほぼ正面の円形のソファに腰を下ろした。人待ち顔で備《そな》えつけの新聞を読みはじめる。

右手奥のエレベーター乗り場から、緑色を基調にしたアスコットタイを締めた上背《うわぜ》のある男が現われたのは、きっかり十分後だった。

真鍋雅章に間違いないだろう。知的な風貌《ふうぼう》だが、妙に目が暗かった。そのせいか、顔全体に虚無的《きよむてき》な雰囲気が漂っている。真鍋と思われる男はフロントの左側のソファセットに腰かけ、腕時計を覗《のぞ》いた。

見城は動かなかった。

相手の容貌の一つ一つを頭に刻みつける。十数分後、真鍋らしい男は急に腰を上げた。足を向けたのはフロントのカウンターだった。フロントマンに何か話しかけ、その場にたたずんだ。

一分ほど過ぎると、館内アナウンスが響いてきた。

「中村さま、中村さま、おいでになりましたら、フロントまでお越しくださいませ」

若い女の声が、同じ言葉を二度繰《く》り返した。

初老の女性が小走りにフロントに駆けていった。中村という姓なのだろう。アスコットタイの男がフロントマンを見ながら、小さく首を振った。

男は真鍋に間違いない。見城は確信を深めた。

初老の婦人が照れ臭そうに笑いながら、さきほどまで坐っていたソファに戻った。真鍋はロビーの隅まで眺め渡すと、ゆっくりとエレベーターホールに引き返していった。

ここに生田千草が現われるかもしれない。少し張り込んでみる気になった。

見城は新聞の紙面に目を戻した。

4

外が暗くなった。

ホテルの庭園は闇《やみ》に溶け込んでいる。午後七時過ぎだった。

見城は椅子《いす》から立ち上がった。

一階のグリルだった。ロビーのソファに長いこと坐っていたら、ホテルマンに訝《いぶか》しがられる。そこで小一時間前《こ》にグリルに移ったのだ。

見城はビールを飲みながら、フィレステーキを平らげた。

夕食を摂《と》りつつも、ホテルの玄関口を注視しつづけた。

しかし、生田千草は現われなかった。あるいは車で地下駐車場に乗りつけ、そこから真鍋の部屋に上がったのかもしれない。

見城は少し前から、真鍋の部屋に押し入る気になっていた。

インテリは、概《がい》して暴力に弱い。真鍋の身辺を嗅《か》ぎ回るよりも、彼の顎《あご》に掌《しょう》底《てい》打ちを叩き込んだほうが早く片がつくだろう。

見城は勘定を払って、グリルを出た。

フロントの前を通り、エレベーター乗り場に急ぐ。エレベーターは六基あった。待たずにケージに乗れた。見城は十三階で降りた。ホールの隅に小さなカウンターがあったが、幸運にも従業員の姿はなかった。

防犯カメラは作動中だった。

ＶＩＰルームのある階だと、どのホテルも警備は厳重だ。外部の者が勝手に客室に近づくことは不可能だった。

見城はカーペット敷きの長い廊下を進んだ。

ホテルマンを装《よそお》って、一三〇五号室のドアを開けさせるつもりだった。じきに真鍋の部屋に着いた。

見城は左右を見た。

人っ子ひとりいなかった。ドアに耳を押し当てる。室内は静かだった。

見城はノックしてみた。

しかし、応答はない。ノブは回らなかった。部屋の主はベッドで仮眠でもとっているのか。そう思っていると、向こうから若いメイドがやってきた。見城は二十五、六歳の女に目礼《もくれい》した。

「真鍋さまをお訪ねでしょうか？」

メイドが立ち止まるなり、そう問いかけてきた。

「ええ、七時の約束なんだが……」

「そうですか。真鍋さまは二十分ほど前にお出かけになりましたよ。お部屋を出られるとき、お姿を見かけましたから間違いございません」

「彼は、わたしとの約束をすっかり忘れてしまったようだな」

「何かご伝言がございましたら、わたくしが承《うけたまわ》りましょう」

「いや、いいんだ。出直すことにしますよ」

見城はメイドに言って、エレベーターホールに引き返した。

漫然と張り込んでいた自分に腹が立った。なぜ、時々、真鍋の部屋の様子を探りに行かなかったのか。それ以前に、もっと早く部屋に押し入るべきだった。

見城は迂闊《うかつ》さを呪《のろ》いながら、エレベーターで一階まで降下した。駐車場に向かう。

見城はローバーの運転席に入ると、松丸に電話をかけた。ツーコールで電話は繋がった。

「松ちゃん、千草はどうした？」

「夕方の五時半ごろ、事務所に戻ったっすよ」

「動きは？」

「ロンドンに一本だけ電話をかけたきりで、客はなかったすね」

松丸が答えた。

「そうか。疲れたろ？」

「どうってことないっすよ。オフィスの灯《あか》りが消えるまで、おれ、ここにいます」

「いや、もう切り上げてくれ。多分、もう今夜は収穫はないだろう」

「そうっすかね。なら、『沙羅』で一杯飲《や》るかな」

「おれも行けたら、後で店に顔を出すよ。松ちゃん、ご苦労さん！」

見城は犒《ねぎら》って、通話を切り上げた。

車のエンジンを唸らせ、四谷二丁目をめざす。怪しいカジノバーの事務室を物色してみる気になったのだ。『ラッキーセブン』までは、ほんのひとっ走りだった。

見城はローバーを路上に駐《と》め、店に足を向けた。

一枚目のドアを開けると、いつもの黒服の男が立っていた。人懐《なつ》っこそうな笑みを浮かべた。

「後から、渥美杏子さんが来ることになってるんだ。今夜は、彼女のビジターってことでよろしく！」

見城はもっともらしく言って、奥の扉を押した。

時刻が早いからか、客は十人前後しかいなかった。

五万円分のチップを買っていると、バニーガールの彩が歩み寄ってきた。

「黙って帰っちゃって、悪かったな」

見城は彩の耳元で囁《ささや》いた。

「急に消えたんで、少し驚きました。あんなにたくさん貰っちゃって……」

「それだけ、きみには価値があったってことさ」

「なんだか気が引けちゃうな。いい気持ちにさせてもらったのは、わたしのほうなんだから」

　彩が恐縮した。

「実は、ちょっと協力してもらいたいことがあるんだ」

「あなたのためなら、なんだってやっちゃう」

「頼もしいね。十分ぐらいしたら、わざと客の誰かに絡《から》んで、店長やディーラーたちの目を集めてほしいんだ」

　見城は言った。

「何をする気なの？」

「奥の事務室で、ちょっと調べたいことがあるんだよ」

「桑名さんのことでなのね？」

「察しがいいな」

「それじゃ、わたし、お客さんにお尻を撫《な》でられたとか言って、騒ぎを起こしてあげる」

　彩がいたずらっぽい笑いを浮かべた。

「それは、いい手だ。うまくやってほしいね」

「安心して。わたし、高校時代に演劇部に入ってたの。そこそこの芝居《しばい》はできると思うわ」

「アドリブで適当に頼むよ。ノッカンドウの水割りを貰うかな」

見城は彩に言って、ルーレット台に近寄った。

客はいなかった。ディーラーが所在《しょざい》なげに立っている。

「きょうはツイてそうなんだ。ひと儲《もう》けさせてもらうよ」

見城は、高配当の目にチップを気前よく張った。

だが、最初の勝負は完敗だった。三万円分のチップを一瞬にして失ってしまった。

次のゲームで、半分近く取り戻すことができた。彩がスコッチの水割りを運んできて、目で合図した。間もなく騒ぎを引き起こすというサインだろう。

見城は水割りを半分ほど飲み、さりげなく店内を見回した。店長の辻はカウンターに肘《ひじ》をつき、バーテンダーと何か談笑していた。

「どうぞチップをお張りください」

若いディーラーが声をかけてきた。

見城はうなずき、チップを張った。ルーレットが回りはじめたとき、店内の中央で彩の怒声《どせい》があがった。

「やめてよ、スケベ！」

「何を言ってるんだ、きみは」

五十絡みの恰幅《かっぷく》のいい紳士が彩に詰め寄られ、ひどくうろたえていた。

「ばっくれないでよっ。いま、わたしのおっぱいを鷲摑《わしづか》みにして、ヒップにも触《さわ》ったじゃないの！」

「な、何を言いだすんだ⁉　そんな破廉恥《はれんち》なことはしてないぞ」

「男らしくないわね。素直に謝《あやま》りなさいよ。ちゃんと謝れば、赦《ゆる》してやってもいいわ」

彩が言い募《つの》った。迫真の演技だ。

ほかの客や従業員の咎《とが》めるような視線を浴び、男は焦《あせ》っている。

店長の辻が二人の間に割って入った。すぐに彩をなだめにかかったが、徒労だった。彩は喚《わめ》きつづけている。

「悪い、急に腹がさし込んできたんだ。ちょっとトイレに行ってくる」

見城はディーラーに言って、奥のトイレに向かった。

トイレに入ったと見せかけ、事務室のドアに走る。見城は耳をそばだてた。事務室は無人のようだ。

見城は室内に忍び込んだ。

二卓の事務机が向かい合う形で置かれ、その横に応接セットが据えてあった。正面の壁《かべ》際《ぎわ》には金属製のキャビネットやロッカーが並んでいる。

見城は事務机の引き出しを次々に開けた。

売上帳や借用証はあったが、脅迫状の控えはない。『曙会』に関する資料やメモも見当たらなかった。

キャビネットの中に、出納帳《すいとうちょう》があった。

収支の数字が克明《こくめい》に記《しる》されているが、土木建設業界からの入金はまったくない。どこかに裏帳簿があるのではないか。

見城は物色しつづけた。

スチールのロッカーの扉を開けかけたとき、ドアの向こうで人の気配がした。

見城は模造警察手帳や名刺を素早くポケットから出し、左足の靴下の中に突っ込んだ。

立ち上がったとき、ドアが開いた。入ってきたのは辻だった。

「こんな所で何をしてるんだっ」

「トイレットペーパーを探してたんだよ。腹を下《くだ》してるんだ。トイレの紙が残り少なかったんでね」

見城は腹を押さえながら、苦しげな表情を作った。

「下手《へた》な芝居はやめな！」

「トイレに行かせてくれ」

「てめえのことは安川から聞いてるぜ。何を嗅《か》ぎ回ってるんだっ。え？」

辻が冷たく笑って、腰の後ろから自動拳銃を取り出した。

ドイツ製のヘッケラー＆コッホＰ７だった。命中率はきわめて高い。辻は銃器を扱い馴《な》れているようだ。手つきで、それは読み取れた。

見城はいくらか緊張したが、恐怖心には取り憑《つ》かれなかった。

まさか事務室では発砲できないだろう。威嚇《いかく》にすぎないはずだ。

見城は、辻が無防備に近づいてくるのを待つことにした。充分に引き寄せてから、飛び膝蹴《げ》りか二段蹴りを見舞うつもりだ。

だが、辻は不用意には間合《まあ》いを詰めようとしなかった。ドアを背にして立ち、銃口に長いサイレンサーを装着した。

「トイレットペーパーを探しに来ただけで撃たれたんじゃ、体がいくつあっても足りねえな」

見城は毒づいた。

「何者なんだ、てめえは！」

「おれの素姓《すじょう》に興味があるんなら、てめえで調べるんだな」

「強がりやがって。そこで正坐しな」

辻がスライドを滑らせた。初弾が薬室(チャンバー)に送り込まれたはずだ。後は引き金を絞るだけで、九ミリ弾が発射する。

「正坐は苦手なんだよ、ガキのころからな」

「なめやがって」

「胡坐《あぐら》でいいだろ?」

見城は、わざと辻の神経を逆撫《さかな》でした。

次の瞬間、かすかな発射音がした。圧縮空気が洩れるような音だった。

銃弾の衝撃波が見城のこめかみを掠《かす》める。一瞬、聴覚を失った。頭髪も大きく揺れた。

放たれた弾はロッカーをぶち抜き、壁に撥《は》ね返された。

跳弾《ちようだん》がロッカーの中で暴《あば》れ回った。雹《ひよう》が鉄板を打つような音だった。次は腿《もも》を撃つぐらいのことはやりそうだ。

見城はゆっくりと膝を落とし、正坐をした。

ソックスの内側に挟んだ模造警察手帳や名刺が、かすかな音をたてた。ひやりとしたが、辻の耳には届かなかったようだ。表情に変化は生まれなかった。

「彩に小遣いやって、妙なことをやらせたのか?」

辻が訊いた。

「誰なんだ、その娘《こ》は？」

「さっき、てめえと話し込んでたバニーガールだよ」

「あの娘《こ》とは、国際政治の話をしてたんだ」

見城は、ふたたび店長の神経を苛《いら》つかせた。

誘いだった。ようやく辻が挑発に乗ってきた。冷酷そうな細い目を攣《つ》り上げ、勢いよく迫ってくる。見城は小さく足を崩した。片手を床につき、体重を支える。

辻が間近《まぢか》に迫った。

見城は肩から転がった。転がりながら、横蹴りを放つ。左足刀《ひだりそくとう》で、辻の膝頭を払った。

辻がよろける。

しかし、倒れなかった。とっさにキャビネットで体を支えたのだ。

弾《はず》みで、自動拳銃が暴発した。弾は見城の右腿のすぐ脇《わき》の床を抉《えぐ》り、天井まで撥《は》ねた。

その後の跳弾の行方《ゆくえ》を見届ける余裕はなかった。

見城は辻の両脚を掬《すく》った。

辻がバランスを失い、尻から落ちた。さらに後方に倒れ、後頭部を撲《う》ちつけた。床が鈍く鳴る。

見城は敏捷《びんしょう》に起き上がり、強烈な前蹴りを繰り出した。スラックスの裾がはためく。

爪先《つまさき》が届く寸前に、辻が横に転がった。蹴りは躱《かわ》されてしまった。見城は辻を組み伏せようとした。前のめりになった瞬間、消音器の先から小さな炎と硝煙が吐き出された。

見城は本能的に跳《と》びすさった。

銃弾は、腰すれすれのところを疾駆《しっく》していった。さすがに戦慄《せんりつ》を覚えた。

だが、見城は辻に背中は見せなかった。

あえて前に跳《と》んだ。辻が銃口を向けてくる。見城は相手の右手を蹴り上げた。また、暴発した。飛び出した弾丸は天井に当たった。

辻はヘッケラー&コッホP7を握ったままだった。

見城は、辻の喉笛を蹴り潰《つぶ》す気になった。空手道で緋中《ひちゅう》と呼ばれている急所だ。

しかし、一瞬遅かった。右脚を浮かせかけたとき、辻が素早く起き上がった。

「床に這え！」

「くそったれっ」

見城は逆《さか》らえなくなった。

辻は全身に殺意を漲《みなぎ》らせている。これ以上、逆上させるのは賢明ではないだろう。

見城は命令に従った。辻が銃口を見城の頭に当てながら、少しずつ屈《かが》んだ。荒い息を吐きながら、見城のポケットを探った。札束に触《ふ》れたが、抜き取らなかった。

「名刺一枚持ってねえとは、用意周到じゃねえかよ。最初《はな》っから、ここに忍び込む気だったんだなっ」

「おれをどうする気なんだ？」

見城は這ったまま、辻に訊いた。

辻は何も言わずに、片手を自分の上着のポケットに突っ込んだ。摑み出したのは、リベットガンに似た形の小さな器具だった。

「ちょっとでも動きやがったら、頭をぶち抜くからな」

「おれの体に何か埋め込む気なのか？」

「さあな」

「そうなんだろうが？」

見城は言った。

数秒後、首の後ろに痛みを覚えた。特殊な物で平たい物を撃ち込まれたようだ。出血したと思われる。

「てめえは間もなく死ぬ。ここでくたばられたんじゃたまらねえから、早く店から消えやがれ」

辻が数歩退《さ》がった。見城はパニックに陥《おちい》りそうになった。放心状態で身を起こす。

「早く失《う》せろ！」

辻が怒鳴《どな》って、銃把《グリップ》を両手で握った。

見城は蹌踉《そうろう》と歩きだした。首に何を埋められたのか。不安が膨《ふく》らむ。

見城は事務室を出て、出口に直行した。どこからか、彩が走り寄ってきた。

「店長に見つかったんじゃない？」

「大丈夫だ。協力に感謝してるよ。きみのことは空とぼけたから、早くおれから離れろ」

「でも……」

「辻が、きみのことを怪しんでる。だから、早く向こうに行ったほうがいい」

見城は早口で言い、急いで彩から離れた。

彩が何か言ったが、足は止めなかった。カジノバーを出て、エレベーターに乗り込む。

まだ体に異変は起こっていない。

それでも気持ちが落ち着かなかった。ビルを出ると、ローバーまで駆けた。

見城は運転席に入り、シートを深く倒した。車の中で息絶えることになるのか。そう考えると、なんだか侘《わび》しい気持ちになった。生への執着心が募《つの》る。

見城は首筋に手を宛《あて》がった。

うっすらと血が付着した。指をハンカチで拭《ぬぐ》う気にもなれなかった。

見城は煙草に火を点け、瞼《まぶた》を閉じた。

ふと里沙の顔が脳裏《のうり》に浮かんだ。死ぬ前に彼女の声を聴《き》きたい気もしたが、今夜の仕事先は知らなかった。里沙は、まだ高価な携帯電話を手に入れていない。

ロングピースを喫《す》い終えても、呼吸は少しも乱れていない。筋肉に痺《しび》れも痛みも感じなかった。意識も正常だった。

馴染《なじ》みの『沙羅』は南青山三丁目にある。女を抱く時間はなくても、バーボン・ロックを一杯ぐらい飲むゆとりはあるかもしれない。

見城は背凭《せもた》れを起こし、イグニッションキーを捻《ひね》った。強引に車をUターンさせ、行きつけの酒場をめざす。

四谷三丁目交差点を通過して間《ま》もなく、見城は何者かに尾行されているような気がした。動物的な勘だった。

ミラーを仰《あお》ぐと、三十メートルほど後ろにパジェロが見えた。

二人の男が乗っている。年恰好《としかっこう》は判然としない。見城は試《ため》しに加速した。と、パジェロもスピードを上げた。

今度は減速する。後続車もスピードを落とした。車間距離が短かったわけではない。やはり、尾行の車のようだ。

どうやらパジェロの男たちは自分の正体を突き止めたいらしい。

青山通りに入る。不審な四輪駆動車は執拗《しつよう》に追ってきた。

やがて、南青山三丁目に達した。脇道に入り、ローバーを『沙羅』の手前で停《と》める。依《い》然《ぜん》として、体調は変わらない。

見城は後ろの暗がりにパジェロが駐《と》まっているのを目で確かめてから、さりげなく車を降りた。自然な足取りで、『沙羅』に入る。

パティ・ページの歌が流れていた。ジャズのスタンダードナンバーだった。

松丸はカウンターにいた。見城は顔馴染《なじ》みのバーテンダーにアイスピックを借り受け、松丸をトイレに導《みちび》いた。

「見城さん、どうしたんす？　そのアイスピックはなんなんっすか？」

松丸が薄気味悪そうに問いかけてきた。

「おれの首の後ろに、マイクロチップか何かが埋め込まれてるはずだ」

「本当なんすか？」

「ああ。アイスピックで、それをせせり出してくれないか」

見城は後ろ向きに屈《かが》んだ。

「血が出てるじゃないっすか。誰にやられたんす?」

「いいから、早くやってくれ!」

「殺菌したほうがいいっすね」

松丸がアイスピックの先をライターの炎で焼いた。

見城は奥歯をきつく嚙み合わせた。アイスピックが首の後ろに当てられた。傷口をアイスピックの先で拡《ひろ》げられるたびに、尖鋭《せんえい》な痛みを覚えた。目も霞《かす》んだ。

懸命に耐える。耐えるほかなかった。歯の隙間《すきま》から幾度か呻《うめ》きを洩らすと、何かが取り払われた。

「見城さん、このマイクロチップの中身は超小型の電波発信器っすよ」

松丸が驚きの声をあげた。

見城は立ち上がった。松丸の掌《てのひら》には、血塗《ちまみ》れの極小のチップが載《の》っていた。太さ数ミリで、長さも一センチ弱だ。

見城は経緯《いきさつ》を話してから、松丸に頼んだ。

「松ちゃん、このマイクロチップを持って、店の前の道をゆっくりと歩いてくれないか」

「尾《つ》けてくるパジェロの二人組を痛めつけるんすね?」

「そうだ」

「じゃあ、先に行きますんで」

松丸がトイレを出た。

見城はバーテンダーにアイスピックを返し、そのまま店を出た。松丸を追う人影が二つ見えた。パジェロの中は空っぽだった。

見城は足音を殺しながら、二人の男に近づいた。

どちらも若そうだった。見城は距離を目測《もくそく》すると、勢いよく走りだした。

二人組の足が止まった。男たちが振り向く前に見城は高く跳《と》んだ。

ひとりの背に左袈裟《ひだりけさ》蹴りを入れ、着地と同時に片割れに後ろ回し蹴りを浴びせた。二人の男は路上に倒れた。

見城は、男たちの脇腹に加減をした蹴りを入れた。

それでも二人は、のたうち回りはじめた。見城は男たちを仔細《しさい》に見た。

片方は顎《あご》がしゃくれ、右手首にゴールドのブレスレットを嵌《は》めていた。もう一方の男は、左手の小指が短かった。浅利未希を公園に連れ込んだのは、この連中だろう。

見城はそう思いながら、男たちの間に立った。

「なにすんねん」

顎のしゃくれた男が唸りながらも、虚勢を張った。

「辻に頼まれたんだな？」

「なんの話や？」

「おまえら二人は辻に小遣い貰って、東洋建設工業の浅利総務部長を尾《つ》けた。それから浅利の自宅の庭に猫の死骸《しがい》を投げ込んだり、未希って娘に厭《いや》がらせをしたよな？」

「な、なに言うてんねん？」

「時間稼ぎは無駄だぜ」

見城は男たちの耳の下を交互に蹴りつけた。

男たちは百八十度回り、悶絶《もんぜつ》寸前に陥《おちい》った。いつの間にか戻ってきた松丸が、心配顔で忠告した。

「それ以上痛めつけたら、こいつら、死んじゃうっすよ」

「殺しやしない」

見城は二人の男を摑み起こし、二本貫手《ぬきて》で上瞼を突いた。絶叫が重なった。

男たちは転げ回りながら、浅利家を脅迫しつづけてきたことを吐いた。ミニバイクに乗って浅利に剃刀《かみそり》で切りつけたのは、ブレスレットの男らしかった。

「おまえら、どこの組の者だ？」

見城は訊いた。すると、小指の短い男が即座に答えた。

「おれたち、もう八カ月も前に足を洗ったんだ」

「それまでは、どこの組にいた？」

「横浜《よこはま》の衣笠《きぬがさ》組だよ。組にいても喰《く》えねえから、おれたち、堅気《かたぎ》になろうとしたんだ。けど、働き口も見つからなかったんで、辻さんに頼まれたことを……」

「浅利を撃《ハジ》いたのはどっちなんだ？」

「おれたちじゃねえよ。おれたちは、さっき喋ったことしかやってねえ」

「確かにチンピラの犯罪《ヤマ》にしちゃ、手口が鮮《あざ》やかすぎるな。桑名殺しにも絡《から》んでないのか？」

見城は二人に確かめた。

男たちは、桑名とは一面識もないと答えた。嘘をついているようには見えなかった。

「辻のとこに殺し屋《ヒットマン》らしい男が出入りしてたはずだ」

「知らねえな。嘘じゃねえって。ただ、辻さんがおれたちに喫茶店《サテン》で謝礼金くれたときに、近くのテーブルに二人のパキスタン人らしい外国人がいたよ」

「そいつらの名前は？」

「そこまでは知らねえよ。不法滞在の奴らじゃねえのか」

小指の短い男が答えた。

中国人マフィアやイラン人犯罪集団ほど多くはないが、新宿の歌舞伎町《かぶきちょう》や百人町《ひやくにんちょう》あたりにはギャング化しつつある外国人不法滞在者たちがいる。

辻は、そうした無法者に桑名と浅利を襲わせたのだろうか。考えられないことではなかった。

見城は二人のチンピラをさらに追及してみたが、それ以上のことは探り出せなかった。辻の自宅を聞き出し、二人の男の鳩尾《みぞおち》に逆拳《ぎやくけん》をめり込ませる。

男たちは相前後して路面に崩れた。鳩尾は水月《すいげつ》とも呼ばれている。急所だ。

松丸が口を開く。

「こいつら、辻を連れて仕返しに来るんじゃないっすか?」

「本当のことを喋ったら、この二人は辻に締められることになる。このまま、どっかに逃《フケ》げるだろう」

「そうか、そうするでしょうね」

「松ちゃん、少し飲もう」

見城は言って、『沙羅』に引き返しはじめた。

松丸が小走りに追ってきた。

第四章　複雑な偽装工作

1

肩口に柔らかな肉が触《ふ》れた。

女の乳房だった。素肌ではなかった。見城は目を覚ました。

ベッドの横には里沙が立っている。すでにサンドベージュのニットスーツを着て、入念に化粧をしていた。きょうも美しい。

「もう十一時半よ」

「そんな時間か」

「だいぶ疲れてるようね。起こさなかったほうがよかった？」

「いや、いいんだ」

見城は上体を起こした。

節々《ふしぶし》が少し痛い。きのうの晩、『沙羅』から戻ったのは午前零時ごろだった。部屋には里沙がいた。彼女の手土産《てみやげ》のキャビアを肴《さかな》にして、二人は一時間ほどワインとスコッチを飲んだ。そのあと一緒にシャワーを浴び、ベッドに入った。そして、午前四時近くまでベッドで肌を重ねたのだ。

「朝食の用意ができてるの」

里沙が寝具を捲《めく》った。優しい手つきだった。

「そいつはありがたいな」

「あんまり期待しないでね。きのうの残りのキャビアを使って、ちょこちょこっとカナッペをこしらえただけだから」

「朝からキャビア・カナッペか。リッチになった気分だな」

見城はベッドから抜け出た。トランクスしか身につけていなかった。ジョギングウェアの上下をまとい、大股《おおまた》で寝室を出る。

ダイニングテーブルの上には、キャビアやアンチョビのカナッペが並んでいた。スクランブルエッグや海草サラダもあった。コーヒーの香りがダイニングキッチンに漂《ただよ》っていた。なんとなく気持ちが和《なご》む。

見城は顔も洗わずに、テーブルについた。

するとと、里沙が母親のような口調で言った。

「こら、せめて手を洗いなさい」

「面倒臭いよ」

見城は、キャビア・カナッペを抓《つま》み上げた。

里沙が肩を竦《すく》め、二つのカップにコーヒーを注《そそ》ぐ。二人は差し向かいで、のんびりと食事を摂《と》った。

食後の一服をし終えたとき、電話の親機と子機が同時に鳴りはじめた。見城は立ち上がって、事務机に歩み寄った。

受話器を耳に当てると、いきなり女の泣き声が響いてきた。彩が店長の辻に何かされたのか。

見城は気持ちを引き締め、反射的に問いかけた。

「誰なのかな？」

「浅利未希です」

「お父さんの容態が急変したんだね？」

「父は二時間ほど前に息を引き取りました」

　未希がしゃくり上げながら、早口で告《つ》げた。

「亡くなられたのか」

「結局、父の意識は戻らないままだったの。母やわたしに何か言い遺《のこ》したいことがあったと思うんですけどね」

「残念だな。辛《つら》いだろうけど、気持ちをしっかり持つんだよ」

「は、はい」

「お母さんは大丈夫かな？」

　見城は訊《き》いた。とっさには、そんな言い方しかできなかった。

「すごくショックを受けてるようですけど、なんとか気を張って自分を支えてるみたいです」

「そう」

「父がこういうことになりましたので、もう調査は打ち切ってください。見城さんのプロ意識もわかりますけど、後は警察が犯人を見つけてくれるでしょうから」

　未希が、またも涙ぐんだ。

　見城は自分の無力さに打ちのめされていた。悔しかった。腹立たしくもあった。一拍置いてから、見城は口を開いた。

「なんの役にも立てずに、申し訳ないと思ってるよ。お父さんにもお詫《わ》びしなければな」

「いいんです、そんなこと」

「告別式はいつ、どこで？」

「明後日《あさって》、田園調布にあるキリスト教の教会でお別れの式をやることになると思います。でも、まだはっきりとした日時は決まってないの」

「お父さんはクリスチャンだったね？」

「ええ。いろいろお世話になりました。母がよろしく伝えてほしいと申していました。それでは、失礼します」

　未希が静かに電話を切った。

　見城は溜息《ためいき》を洩《も》らし、里沙の前に戻った。

「どなたが亡くなったの？」

　里沙が訊いた。見城は少し迷ってから、ありのままを語った。

「お気の毒ね」

「ああ」

　二人は、それきり口を結んだ。

　ふたたび電話が鳴ったのは十数分後だった。また、見城はダイニングテーブルから離れた。電話をかけてきたのは百面鬼だった。

「真鍋は六年前まで、通産省（現・経済産業省）に勤めてたよ」

「なぜ、役人をやめたのかな？」

見城は訊いた。

「酒の席で、真鍋は上司をぶん殴っちまったらしいよ。その上司とは前々から、意見の対立があったようだぜ」

「エリートに似合わず、直情型のようだね」

「そうみてえだな。真鍋は半年ぐらいブラブラしてから、いまの稼業に入ってる」

「思いきった転身だな」

「役人時代に政官界の汚《きたね》え裏側を見せつけられて、日本の将来に絶望したんじゃねえのか。そんときに理想とおさらばして、後は銭喰《ぜにぐ》い路線をまっしぐら……」

「ブラックジャーナリストとしてはどうなんだろう？　凄腕《すごうで》なのかな」

「並のトリ屋なんかとはスケールが違うらしいよ。脅す相手は大物の政治家や財界人らしいぜ。それも下半身スキャンダルなんか使わねえらしい。元エリート役人だから、あっちこっちにパイプを持ってんだろうな」

百面鬼が言った。

「真鍋と東洋建設工業の関わりは？」

「まったく接点はねえな。ただ、土木建設業界の親睦《しんぼく》団体『曙会』の事務局長とは多少のつき合いがある」

「事務局長の名は？」

「藤岡一人《ふじおかかずと》、六十四歳だ」

「だいぶ年齢《とし》の開きがあるな」

「真鍋と藤岡は囲碁《いご》仲間だってよ」

「なるほど、それでか」

見城は納得した。

土木建設業界の談合の件は、真鍋が藤岡という事務局長から聞いたのではないだろうか。そして、彼は深い仲の生田千草にその話を洩らしたのだろう。

桑名が借金の肩代わりに差し出した内部資料を、千草は渡りに舟とばかりに引き取った。しかし、桑名を生かしておいては何かと都合が悪い。そこで千草は真鍋に相談し、桑名を抹殺《まっさつ》することにした。それから、『曙会』に所属する大手・準大手四十三社に談合を告発するという内容の脅迫状を送りつけたにちがいない。

「見城ちゃん、どうした？」

百面鬼の声がした。

「すまない、ちょっと考えごとをしてたんだ」

「そうか」

「百さん、『曙会《どう》』の事務局はどこにあるの？」

「芝公園《しばこうえん》の近くだよ。東洋建設工業の関連会社のビルの中にあるんだ」

「正確な住所を教えてくれないか」

見城はボールペンを握った。百面鬼が所在地をゆっくりと喋《しゃべ》る。

「メモったよ。真鍋について、ほかに何か情報は？」

「だいたい、そんなところだな。見城ちゃん、早く獲物を追いつめてくれや。女としけ込むホテル代にも困ってんだ」

「急《せ》かさないでほしいな。おれだって、必死に調査してるんだからさ」

見城は言って、受話器を置いた。

振り返ると、里沙が先に言葉を発した。

「百面鬼さんからの電話だったみたいね？」

「そうなんだ」

「二人で、また何か悪い相談をしてるんでしょ？」

ったんだ」

「百《どう》さん、女日照《おんなひで》りでちょっと苛《いら》ついてた。それより、これから出かけなきゃならなくなったんだ」

「なら、お先にどうぞ。わたし、ざっと後片づけをしてから参宮橋に帰るから」

「そうか。悪いけど、頼むな」

見城は浴室に向かった。

髪の毛と体を手早く洗い、奥の部屋で渋いグレイのスーツを着る。ネクタイも地味な物を選んだ。

見城は東京地検特捜部の検事になりすまして、『曙会』の事務局長に会う気になっていた。里沙に見送られて、自分の部屋を出る。見城は地下駐車場のローバーに乗り込み、すぐにマンションを後《あと》にした。

目的のビルを探し当てたのは二十数分後だった。

それほど大きなビルではなかった。『曙会』の事務局は五階にあった。

事務局には二人の女子事務員と六十年配の男がいるだけだった。壁面には、高速道路や大型橋梁《きょうりょう》のパネル写真が飾られていた。

六十絡《がら》みの男が事務局長の藤岡だった。

見城は、衝立《ついたて》で仕切られた応接スペースに導《みちび》かれた。女子事務員が二人分の日本茶を運んできた。彼女は目礼し、すぐに下がった。

「東京地検の検事さんがわざわざお越しになるとは、よっぽどのことなんでしょうな」

藤岡事務局長が他人事《ひとごと》のように言い、落花生《らっかせい》の殻《から》に似た長い顔をつるりと撫でた。

「きょうの内偵は、『曙会』の談合に関わりのあることです」

「検事さん、待ってください。確かに四、五年前までは、おっしゃられるようなことがありました。しかし、いまは談合どころか、業界の親睦パーティーすら開いてませんよ」

「今回は、談合そのものを問題にしているわけではないんです。『曙会』所属の四十三社に脅迫状が届けられた件で内偵捜査をしているんですよ」

「しかし、そうした事実があるとは聞いておりませんがね」

「藤岡さん！」

見城は一喝《いっかつ》した。

「は、はい。なんでしょう？」

「人生の大先輩を脅すようなことはしたくないが、あなた、下手をすると、職を失いますよ」

「どういう意味なんです？」

「『曙会』の談合は、いつでも立件《りっけん》できる。そうなったら、『曙会』は解散させられますよ」

「困る、それは困ります。ここは停年後に、やっと見つけた職場なんです。わたしは晩婚でしたから、下の娘がまだ大学生なんですよ。あと五、六年は働かなければなりません」

藤岡が顔を曇らせた。

「そういうご事情がおありなら、捜査に協力していただきたいな」

「わかりました。談合のことで、会員企業四十三社に脅迫状が届いて、各社が口止め料を要求されました。総額で三十五億円になると思います」

「犯人側は相変わらず、架空の市民団体を名乗っているんですか？」

「はい、そうです。各社に電話でお金を要求したそうですが、ボイス・チェンジャーを使ってたとか……」

「金の受け渡し方法は？」

見城は問いかけ、煙草《たばこ》をくわえた。藤岡が素早く卓上ライターを持ち上げる。

他人《ひと》に火を点《つ》けてもらうのは、あまり好きではなかった。とはいえ、断るのも失礼だろう。

「指定の私書箱に預金小切手を送れという指示があったそうです」

「東洋建設工業はどうするつもりなんだろうか？」

「総務部長の浅利さんが狙撃《そげき》されたので、要求を呑《の》むことになったそうです。それまでは断固として、脅しを撥《は》ねつけていたようですがね」

「東洋建設工業が要求された金額は？」

「幹事会社ということで、最も高い二億円を要求されたそうです」

藤岡が答え、音をたてて緑茶を啜《すす》った。

「その金は、もう払ったのかな？」

「さあ、そのへんのことはわかりません。どっちにしても、すぐに四十三社すべてが要求に応じることになるでしょう。この業界は足並を揃《そろ》えておかないと、後で村八分にされますので」

「だろうな。それはそうと、あなたは『政経ジャーナル』を主宰している真鍋雅章氏をご存じですよね？」

見城は事務局長を見据《みす》えたまま、煙草の灰を落とした。

「はい。真鍋さんとは三年ほど前に渋谷の碁会所で知り合って、年に七、八回は会っています」

「彼に『曙会』の会員企業が談合を材料に強請《ゆす》られてることを話したんではありませんか？」

「記憶が曖昧《あいまい》ですが、ひょっとしたら、酔った弾みで断片的なことを喋ったかもしれません。しかし、真鍋さんに限って……」

「真鍋氏が事件に関わっているとは思いたくないでしょうが、疑惑がないでもないんですよ」

「しかし、彼は反骨精神に富んだ男で、立派な雑誌を発行しつづけています」

「『政経ジャーナル』の発行部数は、せいぜい数千部でしょう。しかも、広告収入はまったくない」

「ええ」

「いくら実家が裕福でも、そんな雑誌を出しながら、優雅なホテル住まいができますか？」

「真鍋さんが何か悪いことをしていると……」

藤岡は、みなまで言わなかった。

「彼の素顔は、知性派のブラックジャーナリストのようです」

「そう言われても、とても信じられません」

「わたしがここに来たことは、真鍋氏には内分《ないぶん》に願います」

「はあ」

「もし妙な入れ知恵をなさったら、談合そのものも摘発することになりますよ」

見城は短くなったロングピースを灰皿に捻《ねじ》りつけて、応接ソファから腰を浮かせた。

藤岡が額《ひたい》の脂汗《あぶらあせ》をハンカチで拭《ぬぐ》い、慌《あわ》てて立ち上がった。

見城は外に出ると、すぐさまローバーに乗り込んだ。車首を文京区《ぶんきょう》の関口《せきぐち》二丁目に向ける。辻の自宅は、椿山荘《ちんざんそう》の近くにあるはずだ。彩に住所を調べてもらったのである。三十分弱で、カジノバーの店長の家に着いた。

一軒家だった。敷地は狭く、ほとんど庭はない。家屋も建売住宅風の造りだった。

ガレージのセルシオがなんともアンバランスだ。

車があるということは、家の中にいるのだろう。見城は辻宅の前を通り抜け、少し先の月極《つきぎめ》の青空駐車場に無断で車を入れた。駐車場内で、車首を道路側に向ける。

ギアをＤ《ドライブ》レンジに入れたとき、フロントガラスの向こうを見覚えのある男が横切っていった。

赤坂の竜神会《りゅうじんかい》の幹部だった。高坂茂男《たかさかしげお》という名で、四十三、四歳だ。

見城は赤坂署にいたとき、高坂を傷害で逮捕したことがある。暴れ獅子《あばじし》の異名《いみょう》をもつ武闘派やくざだった。

見城は素早く車を降り、路上まで走った。

肩をいからせた高坂が辻の家の低い門扉《もんぴ》を押し、玄関に吸い込まれた。辻は、高坂に桑名勉と浅利博久の殺害を頼んだのか。

企業テロの実行犯は、末端の組員や外国人の殺し屋が多い。二件の殺しを引き受けた高坂が二人のパキスタン人と思われる男に桑名を始末させ、東南アジアあたりから呼び寄せた殺し屋《プロ》に浅利を狙撃させたのだろうか。

充分にあり得る。

企業テロを請《う》け負《お》う暴力団は、たいてい自分たちの手は直《じか》には汚さない。少し悪知恵の発達した筋者《すじもの》になると、外国から呼んだ殺し屋《ヒットマン》が来日するなり、標的の顔写真を見せて、すぐさま仕事に取りかからせる。

車で移動中は必ず殺し屋に目隠しをさせる。仕事が終わると、ただちに殺し屋を空港に送り、その日のうちに帰国させる場合が多いようだ。そういう方法だと、捜査の手が自分たちに伸びてくることは少ない。

万が一、当局に疑われても、目隠しされていた殺し屋の供述は曖昧になる。犯人の遺留品がなく、目撃者がいない場合は警察は地検に送致することができない。そこまで計算しているわけだ。

フィリピンやタイの殺し屋の中には、わずか十数万円で殺人を請け負う者が何人もい元請けの暴力団が下請けや孫請けのヒットマンを見つけることは、いともたやすいことだ。

見城は大股で辻の家まで歩いた。

車のグローブボックスには、高性能の盗聴器とFM受信機が入っている。しかし、陽《ひ》の高いうちに他人の家屋に忍び寄って、盗聴マイクを仕掛けるわけにはいかない。

見城は立ち止まらずに、辻の家の四、五十メートル先まで進んだ。生垣《いけがき》の陰にたたずみ、様子をうかがう。

高坂が辻の家から出てきたのは、午後三時五十分ごろだった。見城は高坂をどこかに引きずり込んで、痛めつけることをちらりと考えた。

だが、すぐに思い留《とど》まった。

高坂を締め上げることは、いつでも可能だ。蟹股《がにまた》の武闘派やくざは肩をそびやかしながら、近くの目白《めじろ》通りの方向に歩み去った。

辻の家から濃紺のセルシオが滑り出てきたのは四時十五分ごろだった。

ステアリングを握っているのは辻自身だ。ひとりだった。カジノバーに出勤するにしては、時刻が早すぎる。

セルシオは右の方向に曲がった。見城は生垣の檜葉《ひば》の間に顔を突っ込んだ。

辻の車は目白通りに向かった。

かなり遠ざかってから、見城はローバーに駆け戻った。大急ぎで車を発進させ、月極の駐車場を出る。ちょうどセルシオが左折したところだった。

見城は追った。辻の車は目白通りを直進し、山手《やまて》通りを左に折れた。

いくらも走らないうちに、セルシオは中落合《なかおちあい》の交差点を左折した。回り道をして、関口二丁目に引き返すコースだった。

おかしな走行だ。辻は警察の尾行を警戒して、故意《こい》に遠回りしているのだろうか。

やがて、セルシオはJR高田馬場《たかだのばば》駅の左横を走り抜け、駅前に回り込んだ。

見城は慎重に尾行しつづけた。

辻の車は駅の近くの雑居ビルの地下駐車場に潜《もぐ》った。見城は少し間《ま》を取ってから、同じようにスロープを下《くだ》った。

セルシオは奥のスペースに入りかけていた。

見城はスロープの近くにローバーを突っ込んだ。辻が車を降り、エレベーターホールに向かって歩きだした。

見城も車から出て、後を追った。

辻はエレベーターには乗らなかった。ホールの横にある階段を上がっていく。見城は抜き足で追った。

　ビルの一階は旅行代理店と私書箱室があるだけだった。

　辻は私書箱の並んでいる場所に足を向けた。民間の私書箱だった。いかがわしい雑誌や性具を通信販売で求める人々が、しばしば利用している。

　見城は私書箱には近づかなかった。旅行代理店のカウンターには、幾人もの男女がいた。旅行パンフレットを集める振りをしながら、私書箱室をうかがう。

　辻が青いシルクのブルゾンの懐《ふところ》から、折り畳んだ茶色の書類袋を取り出した。袋の口を開け、メイルボックスの中に入っていた封筒の束を素早く移す。土木建設業者が振り出した預金小切手だろう。

　辻は書類袋をブルゾンの懐に入れると、階段の降り口に向かった。

　見城は爪先《つまさき》に重心をかけ、すぐに追った。辻はステップを二段ほど下《くだ》っていた。見城は辻の腰を軽く蹴《け》った。

　カジノバーの店長が短い叫びをあげ、前のめりに転がった。弾みながら、踊り場に倒れた。唸《うな》るだけで、辻は身を起こさない。

「おい、大丈夫か？」

　見城は友人を装って、踊り場に駆け降りた。

辻が、ぎょっとした顔になった。逃げようともがいたが、自分では起き上がれなかった。頭、肩、腰の三カ所をステップの角で強く撲《う》ったようだ。

「医者に診《み》せたほうがいいな」

見城は辻を肩に担《かつ》ぎ上げ、残り半分の階段を下りた。

辻は全身で暴《あば》れたが、無駄な抵抗だった。駐車場に人影は見当たらなかった。

見城は辻をセルシオの車体に凭《もた》せかけ、ブルゾンの懐から書類袋を抜き取った。

「て、てめえ、何しやがるんだっ」

辻が坐り込んだまま、右腕を伸ばしてきた。

見城は相手の手を腕刀《わんとう》で払い、右の正拳《せいけん》を放った。順突《じゅんづ》きだった。ボクシングのストレートに当たる突き技《わざ》だ。手応《てごた》えがあった。

辻の鼻柱が重く鳴った。

見城は拳《こぶし》を引き戻した。腰を大きく捻《ひね》って、今度は逆突《ぎゃくづ》きを鼻の下に見舞う。そこは人中《じんちゅう》と呼ばれ、人体の急所の一つだった。

辻が泥人形のように崩れた。

横倒しだった。鼻血だけではなく、口からも鮮血を垂らしている。辻がむせながら、何かを吐いた。血塗《ちまみ》れの門歯《もんし》だった。

見城は書類袋の中の角封筒を次々に開封した。

思った通り、中身はどれも預金小切手だった。八通あった。併《あわ》せて金額は六億円近かった。いずれも、『曙会』の所属企業が振り出した預金小切手だった。

「桑名から奪った談合の内部資料で四十三社を強請《ゆす》ったのは、おまえらなんだな。生田千草と真鍋雅章が共同シナリオを書いたんだろ？」

「店の貸しを各社から預手《よて》で返してもらっただけじゃねえか。あ、あやつけるんじゃねえ」

辻が手の甲で血糊《ちのり》を拭《ぬぐ》いながら、くぐもり声で息巻《いきま》いた。

「竜神会の高坂茂男に桑名と浅利の殺しを依頼したなっ。高坂は、どこで二人のパキスタン人らしき男を調達したんだ？　歌舞伎町か？」

「てめえ、頭《ペテン》がおかしいんじゃねえのかっ」

「頑張ったって、意味ないぞ」

見城は言いざま、辻の肋骨《ろっこつ》を蹴りつけた。

辻が怪鳥《けちょう》じみた声をあげ、コンクリートの上で体を左右に振った。骨が折れたことは間違いない。内臓も破裂しただろう。

「喋っちまえよ」

見城は書類袋をセルシオの屋根《ルーフ》に置き、辻を見下ろした。

辻が唸《うな》りながら、走路の方に這《は》っていく。その恰好《かっこう》は、まるで大蜥蜴《おおとかげ》だった。

見城は頃合を計って、辻を引き戻す気でいた。

辻の手が走路に届きそうになったとき、見城の頰《ほお》を何かが掠《かす》めた。ブーメランのような物だった。風切り音が高かった。

後ろのコンクリートの壁面が金属質な音をたてた。

足許に落下したのは、鎌《かま》の刃に似た形の武具だった。両刃だ。切っ先は鋭かった。素材は特殊鋼のようだ。日本の手裏剣《しゅりけん》に相当する武器なのだろう。

また、奇妙な刃物が飛んできた。見城は身を屈《かが》めた。壁面が火花を散らす。

辻は走路に逃《のが》れていた。足だけが見えた。

見城は中腰で走路に飛び出した。

その瞬間、三日月形の刃物が宙に放たれた。見城は身を伏せた。

這っている辻の向こうに、黒ずくめの男がいた。日本人ではなかった。肌が浅黒く、顔の彫りが深い。パキスタン人なのではないか。

男は両手に革手袋を嵌《は》めていた。

左手には、束《たば》ねた奇妙な刃物を持っている。男はブーメランを投げるように、無造作に右腕を翻《ひるがえ》らせた。空気が鳴る。

鎌の刃に似た刃物が、ほぼ水平に飛んできた。

見城は転がって、走路の向こう側のカースペースに逃れた。車と車の間にうずくまり、反撃のチャンスを待つ。

少し経《た》つと、同国人に見える別の男が辻のセルシオの背後に見えた。男は預金小切手の入った書類袋を引っ摑《つか》むなり、すぐに身を隠した。

大事な証拠を奪《と》られて、たまるか。

見城は走路を突っ切って、男を追う気になった。走路に首を出すと、三日月形の刃物が投げ放たれた。駐車中のメルセデス・ベンツのバンパーに当たり、高く跳ねた。

見城は後退し、車の後ろを横に走った。

数メートル走ったとき、走路で凄《すさ》まじい悲鳴が聞こえた。辻の声だった。

車のエンジン音と、人の走る音が耳に届いた。

見城は車と車の間を抜け、走路に飛び出した。シルバーグレイのスカイラインがスロープに向かって猛進している。

追っても、もう追いつかないだろう。車内には、色の浅黒い二人の男がいた。

辻は走路の真ん中に倒れていた。

不自然な恰好だった。ひざまずき、上体は反らしている。微動《びどう》だにしない。

見城は辻に駆け寄った。

辻の喉《のど》には鎌状の刃物が深々と喰《く》い込んでいた。首の骨も半《なか》ば断《た》たれているようだ。傷口から、血の塊《かたまり》が湧出《ゆうしゅつ》している。

辻は恨《うら》めしげに両眼をかっと見開いていた。

逃げた二人組は辻が口を割ることを恐れ、始末したにちがいない。千草か真鍋に、そうするように命じられていたのだろう。

エレベーターホールの方から、数人の男女がやってきた。彼らは辻に気づき、短い声をあげた。ひとまず逃げたほうがよさそうだ。

見城は上着の襟《えり》を立て、自分の車に走った。

2

朝刊の社会面を開く。

辻の死は五段抜きの記事で報じられている。現場の写真も添えられていた。

見城は、その記事を読みはじめた。

自宅マンションの居間だ。きのうは高田馬場の殺害現場から、丸の内に回った。新国際ビルの近くで五時間ほど美人経営コンサルタントのオフィスを盗聴しつづけた。

しかし、千草の動きに不審は感じられなかった。パキスタン人と思われる二人組も、彼女の事務所を訪れなかった。

見城はオオシタ・ホテルに急いだ。真鍋を締め上げる気でいたが、一三〇五号室には誰もいなかった。

一時間あまり、張り込んでみた。だが、真鍋は塒《ねぐら》に戻ってこなかった。見城は徒労感を抱《かか》えながら、家路についたのである。

記事を読み終えた。

見城は、ほっとした。殺害現場から逃げるように立ち去った自分に嫌疑がかかることを覚悟していたのだが、それを臭《にお》わせるような記述は一行も載《の》っていなかった。

きのうの八枚の預手《よて》は、いま、どこにあるのか。見城はそう思いながら、トップ記事に目をやった。

都市銀行の支店長が自宅マンションの玄関ドアに仕掛けられていたプラスチック爆弾によって、爆死したという記事だった。

見城は記事を入念に読んだ。

被害者は、三協《さんきょう》銀行梅田支店の富賀《とみが》和敬《かずたか》という五十三歳の男だった。顔写真で見た感じでは、温厚そうな面差《おもざ》しだ。

記事によると、富賀支店長は相当な遣《や》り手だったらしい。全国に六百以上もある同銀行の支店の中でも、不良債権の回収率が群を抜いて高かったという。

三協銀行は好景気の時代に広域暴力団の企業舎弟《フロント》である不動産会社やゴルフ会員権の売買会社などに巨額を融資し、その大半を焦《こ》げつかせていた。

爆殺された支店長にはなんの恨みもないが、銀行は好景気のときにかなり悪どい商売をしていた。人の恨みを買っても仕方ないだろう。

見城は朝刊を卓上に投げ出し、ソファに凭《もた》れかかった。

全国的に地価の高騰《こうとう》がつづき、驚異的な好景気時代を迎えると、金融機関はだぶついた預金をこぞって貸付に回しはじめた。有力企業はもちろん、新興の会社や個人商店にまで積極的に融資話を持ちかけた。

不動産の資産価値が下がることはあり得ないと説《と》かれた人々は、次第にその気になってしまった。銀行は株への投資やマンション経営は必ず富をもたらすとさえ言い切った。

政府の見通しも楽観的だった。

人々は煽《あお》られ、金儲《かねもう》けに走った。大企業、中小企業、零細企業、個人事業家、一般庶民が競《きそ》うように株や土地を買い漁《あさ》った。

金融機関はそうした金銭欲の強い者ばかりだけではなく、相続税対策で頭を悩ませている老人にも節税を餌《えさ》にビルやマンションを建てさせた。景気の低迷期には考えられないことだが、暴力団の企業舎弟にも次々と巨額を融資した。融資審査はきわめて甘かった。

銀行は莫大《ばくだい》な金利の収益で、ますます潤《うるお》った。

ところが、景気は急速に冷え込んだ。政府も金融筋も予想しなかった不況が訪れた。悦《えつ》に入《い》っていた金融機関は、どこも途方もない金額の不良債権を抱え込むことになってしまった。自業自得だろう。平成不況もようやく好転の兆《きざ》しを見せはじめているが、いまなお後遺症は癒《い》えていない。

昨年の初冬に公表された都市銀行、長期信用銀行、信託銀行の計二十一行の不良債権額はなんと十三兆三千二百七十四億円にものぼる。

その内訳は都銀十一行で八兆七千四百三十六億円、長信銀三行で一兆八千四百十八億円、残りは信託七行の分だ。各行は株式の売却益や業務純益を注ぎ込む形で、懸命に償《しょう》却《きゃく》に努めている。担保不動産の売却は、ほとんど絶望的だろう。

銀行とノンバンク系を併《あわ》せれば、企業舎弟など闇《やみ》の世界に二十八兆円前後の金が流れ込んだはずだ。殺された富賀支店長は不良債権の回収を焦《あせ》って、融資相手の極道に牙《きば》を剝《む》かれたのかもしれない。

見城はロングピースに火を点けた。

欲に狂った銀行と企業舎弟のせめぎ合いは、どうでもいい。勝手に潰《つぶ》し合ってくれという気分だ。気の毒なのは、銀行の口車に乗せられて大火傷《おおやけど》をした庶民である。五、六十坪の土地を担保に何億円も借りた老人たちはローン地獄に苦しめられ、命を絶《た》った者さえ少なくない。相続税の軽減どころか、ささやかな土地と家屋を息子や娘に譲れなくなってしまった人々は数えきれないだろう。まさに悲劇だ。

ある意味で、銀行の商売《ビジネス》はやくざより悪辣《あくらつ》だと言えるのではないか。所詮《しょせん》、銀行は薄汚い金貸しだ。

見城は煙草の火を消し、左手首の腕時計を見た。

あと数分で、午前十時になる。浅利博久の葬儀は午前十一時からだった。起き抜けに浅利の自宅に電話をして、そのことを教えてもらったのだ。

見城は奥の部屋に行き、黒い礼服に着替えた。着替えの衣服と靴をビニールの手提《てさ》げ袋に突っ込み、玄関ホールに向かった。洗顔と髭剃《ひげそ》りは済ませてあった。

エレベーターで地下駐車場に降り、ローバーのドア・ロックを解《と》く。

手提げ袋を後部座席に投げ込んでから、車の周《まわ》りを巡った。妙な細工はされていなかった。

見城は車を走らせはじめた。

南平台町《なんぺいだいちょう》と青葉台《あおばだい》の邸宅街を抜け、山手通りから駒沢《こまざわ》通りに入る。柿《かき》の木坂陸橋《きざかりっきょう》の下から、目黒《めぐろ》通りに進んだ。

気になる尾行の車は見当たらない。等々力《とどろき》で左に折れ、尾山台《おやまだい》を抜ける。田園調布《でんえんちょうふ》の教会は、有名な私立女子高校の近くにあった。

少々、早く着きすぎた。見城は教会の手前に車を駐《と》め、時間を遣《や》り過ごした。黒い礼服を着た男女が次々に教会に入っていく。

依頼人だった母娘に、どんな顔をすればいいのか。

見城は気が重かった。できることなら、来た道を逆戻りしたい気持ちだった。しかし、けじめはつけなければならない。

十一時になった。

見城は車を降りた。春めいた陽気だった。生暖かい風が教会の前のポプラの梢《こずえ》を小さく揺らしている。

古めかしい教会だった。

尖塔《せんとう》の白い十字架のペンキは、ところどころ剝《は》がれていた。見城は石畳を歩き、教会に入った。この種の葬儀に列席するのは初めてだった。多少の戸惑《とまど》いはあった。玄関の両開きの扉の片方は、開け放たれていた。

玄関ホールの向こう側が礼拝堂になっている。

その入口の脇《わき》に、受付があった。若い男女がいた。

見城はお花料を出した。十五万円だった。着手金をそっくり返すことで、少しでも後ろめたさを薄めたかったのだ。

見城は礼拝堂に足を踏み入れた。

大勢の弔《とむら》い客が木のベンチを埋め尽くしていた。坐る場所はなかった。白髪《しらが》交じりの中年の日本人牧師が何か祈っていた。

わかりやすい祈りだったが、どことなく空疎《くうそ》に聞こえた。清らかな言い回しが多かった。言葉に人間臭さが感じられないせいだろうか。

見城は最後列の後ろに立った。

祭壇の前には、柩《ひつぎ》が設置されている。大きな遺影《いえい》は白いカーネーションで縁取《ふちど》られていた。ありし日の浅利は、はにかんだように口許を緩《ゆる》めていた。

牧師の祈りが終わり、列席者たちがアーメンと唱和《しょうわ》した。

見城は、そっと合掌《がっしょう》した。無宗教だったが、無意識に両手を合わせていた。

讃美歌《さんびか》が流れはじめた。

年代物のオルガンが奏《かな》でる調べは、たいそう荘厳《そうごん》だった。依頼人の母娘は、最前列にいた。その近くに故人の縁者らしい人々が坐っている。後方には、東洋建設工業の関係者がいるようだった。

讃美歌の途中で、忍び泣きが混じった。嗚咽《おえつ》に嗚咽が重なった。見城は胸が疼《うず》いた。

讃美歌は五分ほどで熄《や》んだ。

牧師の説話があり、ふたたび讃美歌が礼拝堂に響きはじめた。ステンドグラスの嵌《は》まった高窓は妙に明るかった。

讃美歌が終わると、すぐに献花の儀式に移った。

仏教の葬儀よりも、はるかに簡素だった。いいことだろう。弔いは形式ではない。生涯、故人のことを忘れないことが最善の供養ではないか。

見城は渡された白いカーネーションを手にして、静かに順番を待った。列席者は黙々と前に進んだ。

列は長かったが、それほど待たされなかった。

遺族は柩の近くに並び、参列者たちの挨拶《あいさつ》に短い言葉を返していた。故人の妻と娘は、泣き腫《は》らした目をしていた。痛ましかった。

見城の番がきた。

仲子と未希に型通《かたどお》りの短い挨拶をして、柩の上に花を置く。花は幾重《いくえ》にも重なっていた。見城は故人の冥福《めいふく》を祈り、祭壇に背を向けた。

参列者が礼拝堂を出ていく。これで葬儀は終わりらしい。見城も人々の後に従った。外に出ると、十数人の男女が石畳の両側にたたずんでいた。ほかの列席者たちは三々五々、帰っていく。

見城は居合わせた人々に一礼し、大股で教会を出た。

ローバーに歩《ほ》を進めていると、誰かが小走りに追いかけてきた。見城は足を止め、体を反転させた。

未希と二十六、七歳の男が走ってくる。向き合うなり、故人の娘が言った。

「ご紹介します。この方は父の部下の諏訪令《すわれい》さんです」

「諏訪です」

男が頭を下げた。爽《さわ》やかな感じの好青年だった。見城も名乗った。

「見城さん、やっぱり調査を続行してくれませんか。お願いします」

未希が言った。

「どういうことなのかな？」

「東洋建設工業は談合のことで誰かに脅迫されていたらしいの。だけど、会社はそのことを警察やマスコミに知られたくないので、そういう事実はなかったと会社ぐるみで口を噤《つぐ》むことになったそうなんです」

「大企業の偉いさんたちが考えそうなことだ」

「父の死は、いったい何だったの。まるで犬死にだわ。事件をうやむやにされたら、父は浮かばれません。だから、見城さんに犯人を捜してほしいんです」

「このこと、お母さんは知ってるの？」

見城は訊いた。

「母には相談しませんでした。だって、会社が父の死を虫けらと同じようにしか考えてないってことを話さなければならないでしょ？」

「それは、そうだろうがね」

「わたしには、とても言えません。だから、独断で再依頼をお願いする気になったんです」

「わかった。喜んで引き受けよう」

「勝手な言い分ですけど、費用はなるべく安くしてもらいたいんです。わたし、まだ学生ですから……」

「謝礼はバーボン一本で結構だ。銘柄はブッカーズにしてもらおうか」

「本当に、それだけでいいんですか⁉」

未希は信じられない様子だ。

見城は大きくうなずいた。安っぽい正義感に心を動かされたわけではない。頼まれなくても、実行犯から首謀者を手繰《たぐ》り寄せる気でいた。

すでに獲物の匂いは鼻先で揺れている。あと少しで、うまい肉にありつけそうなのだ。調査の報酬などは、どうでもよかった。

「未希さんと同じように、ぼくも会社の仕打ちに怒りを感じてるんです」

諏訪が言った。

「会社に脅迫電話がかかってきたのは、いつなのかな?」

「二週間ぐらい前です。電話をかけてきた男は、いつもボイス・チェンジャーか何かで声を変えてました」

「その電話は総務部にかかってきたの?」

見城は問いかけた。

「ええ、浅利部長を名指《なざ》しで。部長は談合関係の最高責任者の馬場公盛《きみもり》専務と相談して、相手の要求を突っ撥《ぱ》ねたんです。そうしたら、部長の身に危険が……」

「そう」

「結局、部長が狙撃された時点で会社は二億円の口止め料を払ったんですよ。相手の指定した私書箱に預金小切手を送ったんです。払う気があったんだったら、最初にくれてやってれば、部長は死なずに済んだでしょう。ぼくは、それが腹立たしくてたまらないんですっ」

「きみの気持ちは、よくわかるよ。ところで、犯人側の脅迫電話の音声を録音しなかったのかい？」

「しました。これが二度目にかかってきたときに録音した音声です」

諏訪が礼服の内ポケットから、マイクロテープを摑《つか》み出した。

「きみが、なぜ、このテープを持ってるのかな？」

「部の次長に警察が来る前に、こっそり焼却しろと渡されたんです。でも、ぼくは焼かずにずっと持ってたんですよ。後日、脅迫者を探し出す手がかりになると思ったからです」

「そりゃ、助かるな」

「ボイス・チェンジャーを使っても、声紋そのものは変えられませんよね？」

「ああ、音声が変わるだけだよ。しばらく預からせてもらう」

見城は小さなマイクロテープを受け取り、上着のポケットに入れた。

「何かわかったら、教えてくださいね」

未希が見城に言い、かたわらの諏訪に目で合図をした。

二人は一礼し、教会の方に駆け戻っていった。おおかた未希と諏訪は、恋仲なのだろう。

見城は車に乗り込むと、煙草に火を点けた。

くわえ煙草で、ローバーを発進させる。教会の前を通り抜け、人気《ひとけ》のない場所で車を停めた。路肩だった。

見城はフォーマルスーツを脱《ぬ》ぎ、ラフな服装に着替えた。靴下や靴も替える。

真鍋の声をテープに収《おさ》め、預かったテープの声紋と一致するかどうか、科警研《かけいけん》にいる知り合いの技官に検《しら》べてもらうことにした。

見城はグローブボックスの奥から超小型録音機を取り出し、アタッチメントを自動車電話に取りつけた。それからオオシタ・ホテルに電話をかけ、真鍋の部屋に回してもらう。

大急ぎで録音スイッチを入れた。

電話が繋がった。見城は先日の偽秘書に化けることにした。

「約束をすっぽかして、どういうつもりなんですっ。わたしは、十分後にロビーにちゃんと降りたんですよ」

真鍋が切り口上《こうじょう》で言った。

「お怒りは、ごもっともです。わたしもロビーに行ったことは行ったんですよ。しかし、まずいことにロビーに国会詰めの新聞記者がいましてねえ」

「…………」

「それで、真鍋さんと会うのはまずいと判断したんですよ」

「そういうことなら、後で電話をくだされればよかったのに」

「申し訳ありません。つい忙しさに取り紛《まぎ》れていて、ご連絡が遅くなってしまったんです。例の件で、改めてお目にかかれませんか」

「ここ数日は無理です」

「お手間は取らせませんよ。これから、すぐにお部屋に伺《うかが》いますので」

見城は言った。

「もうじき外出することになってるんです」

「お帰りは何時ごろになります？」

「予定が立たないんですよ。四、五日経ったら、また電話をいただきたいな。それじゃ」

真鍋は一方的に通話を打ち切った。

警戒しはじめているらしい。見城は自動車電話《カーフォン》の停止ボタンを押し、アタッチメントを外した。超小型録音機のテープも停止させ、すぐに巻き戻して再生する。遣り取りは鮮明に録音されていた。

見城は、諏訪から預かった脅迫音声も聴いてみた。

浅利部長に威《おど》しをかけている男の声は機械的で、ひどく平板に聴こえた。真鍋の声とはまるで異《こと》なるようだが、アクセントの置き方に類似点があった。専門家に二つの音声をチェックしてもらえば、同一人の声かどうかわかるだろう。

見城は、車を千葉県柏《かしわ》市にある警察庁科学警察研究所に向けた。

赤坂署にいた時分、たびたび遺留品の鑑定依頼で訪れていた。警視庁の科学捜査研究所とは別組織だ。科学警察研究所は、主に全国の警察署から持ち込まれる証拠品の科学的な分析と鑑定を手がけている。もちろん、民間からの依頼は受け付けてくれない。

しかし、声紋鑑定のベテラン技官は話のわかる人物だった。理由を打ち明ければ、こっそり検査してくれるにちがいない。

中原《なかはら》街道に出ると、見城はカーラジオのスイッチを入れた。ちょうどニュースの時間だった。

「昨夜、大阪で三協銀行梅田支店の富賀和敬支店長が自宅マンションで何者かに爆殺されましたが、この事件の犯人と名乗る男が大阪の曽根崎《そねざき》署に自首しました。この男は東京港区赤坂一帯を縄張りにしている暴力団竜神会の構成員、茶木質光《ちゃきただみつ》、二十三歳とわかりました。男は富賀支店長に個人的な恨みがあったと供述していますが、事実と喰《く》い違う点もあることから、警察は実行犯の替え玉の可能性もあるという見方を強めています」

女性アナウンサーが言葉を切って、火災のニュースを伝えはじめた。

竜神会が身替わり犯を用意したのだろう。見城は、そう筋を読んだ。大阪の銀行支店長は東京の竜神会と接点がある。

見城はラジオのスイッチを切って、加速しはじめた。

3

琴《こと》の音《ね》が耳に心地よい。

見城は、コーヒーカップを受け皿に戻した。二杯目のコーヒーだった。

柏市内にある喫茶店だ。

嵌《は》め殺しのガラス窓越しに、白い中層ビルが遠くに見える。警察庁科学警察研究所だ。

科学警察研究所には九十人近い研究員と約三十人の事務系警察官が勤務している。研究員は技官と呼ばれ、その多くが大学の非常勤講師を兼ねていた。

見城は一時間ほど前から、音声研究室の中橋昇《なかはしのぼる》技官を待っていた。

中橋は五十二歳だった。音声研究室の古株だ。それでいて、少しも偉ぶらない。人の体や顔がひとりずつ異《こと》なるように、声にもそれぞれ特徴がある。声紋が〝声の指紋〟と呼ばれているのは、その独自性のためだ。

声紋は、指紋のように直《じか》に原紙に採《と》ることはできない。音響学的に声の周波数を分析し、機械によって原画《パターン》を描いていくわけだ。

声紋表示装置が誕生したのは一九四五年である。アメリカのベル電話研究所のポッター博士が産《う》みの親だ。当初はサウンド・スペクトルグラフと呼ばれていたが、後にソナグラフという商品名が一般化した。日本でも、声紋検査器《ソナグラフ》と呼ばれることが多い。

中橋は正規の検査の合間にこっそり検《しら》べてくれるのだから、待たされても文句は言えない。

見城は焦《じ》れそうになる自分を窘《たしな》め、またもや煙草に火を点けた。この店に入ってから、すでに十数本は喫《す》っていた。

中橋技官が店に駆け込んできたのは午後二時半だった。

息を大きく弾ませている。研究所から走ってきたのだろう。商店主っぽい風貌《ふうぼう》だ。

見城は立ち上がって、頭を下げた。

「お忙しいところを申し訳ありません」

「いや、いや。わたしこそ、きみを待たせてしまって……」

中橋が書類袋を卓上に置き、正面のソファに腰かけた。見城も腰を落とす。

ウェイトレスが注文を取りに来た。中橋はブレンドコーヒーを頼んだ。

ウェイトレスが遠のくと、見城は小声で訊いた。

「いかがでした？」

「結論を先に言うと、二巻のテープの声の主はほぼ同一人と考えていいだろう」

「ほぼとおっしゃると、百パーセントではないわけですね」

「指紋とは違うんで、百パーセントと言い切れるケースは少ないんだよ。しかし、九十パーセント以上であることは間違いない」

中橋が書類袋から、二枚の鑑定図《チャート》を抓《つま》み出した。

声紋の表示方法には、〝バー型〟と〝等高線型〟の二種類がある。日本では、前者が採用されることが多い。

この声紋検査の方法は、日本語の母音アイウエオを四十五ヘルツから三千ヘルツのフィルターで周波数を分析し、グラフ化する。紋様《もんよう》の濃淡で、声のエネルギーの強弱がわかるのだ。

中橋が声紋鑑定図を横に並べた。

見城は身を乗り出し、二枚のチャートを見較《みくら》べた。グラフの長短や濃淡は、おおむね合致している。しかし、わずかながら、符合しない箇所《かしょ》があった。

「脅迫電話をかけたときは、犯人の奴、意識的にふだんと声のトーンを変えてるね。しかし、それも終始一貫はしていない。おそらくボイス・チェンジャーを使っていることで、心理的な緩みがあったんだろうな」

中橋技官が分析した。

「だから、多少の波長のずれがある程度でグラフは酷似《こくじ》してるんですね？」

「そう考えてもいいと思うよ。ここまで結果が出てるんだから、物証として充分に使えるだろう」

「そうですね」

「後は警察に任せるんだね、見城君」

「ええ、そうするつもりです。残念ながら、探偵屋には逮捕権がありませんので」

見城は調子を合わせた。中橋がコップの水をひと口飲み、小さな声で言った。

「わたしが二巻のテープと声紋鑑定図を所轄の人に渡してもいいが……」

「いえ、わたしが新宿署に届けますよ。親しくしている刑事がいますんで。その彼に手柄を立てさせてやりたいんです」

見城は内心の狼狽《ろうばい》を隠しながら、もっともらしい嘘《うそ》をついた。

中橋は少しも怪しまなかった。二枚のチャートを書類袋に戻し、見城の前に滑らせた。

見城は礼を言って、素早く横のソファに移した。預けた二巻のマイクロテープは、書類袋の底に収まっていた。

中橋のブレンドコーヒーが運ばれてきた。

見城は煙草をくわえた。二人は三十分ほど世間話をした。取り留《と》めのない話をしながらも、見城は幾度となく桑名勉の事件のことを探《さぐ》りたい衝動に駆られた。

桑名の着衣は青梅署から、科学捜査研究所に回されたはずだ。

もう物理研究室の技官が着衣の一部を高熱伝導計《ガスクロマトグラフィ》に掛けているだろう。繊維《せんい》に加害者の唾液《だえき》、爪の垢《あか》、血液などが付着しているケースがよくある。そうした場合は、DNA鑑定で犯人の特定がたやすくなる。

浅利博久のことも訊きたかった。しかし、桑名や浅利のことを不用意に探ったら、いくらなんでも不審がられるだろう。見城は衝動を抑《おさ》えた。

やがて、二人は店を出た。

コーヒー代は、もちろん見城が払った。気のいい技官はひどく恐縮しながら、研究所に引き返していった。

中橋の後ろ姿が小さくなると、見城は近くの有料駐車場に足を向けた。ローバーに乗り込み、赤坂に向かう。

竜神会の事務所は赤坂三丁目にある。

自社ビルの七、八階を使っていた。一階から六階までは、竜神会直営のレストラン、不動産会社、芸能プロダクション、商事会社などが入居していた。

刑事時代に数えきれないほど竜神会の事務所を訪れている。現職刑事なら、堂々と乗り込めるが、いまはそうもいかない。

やがて、赤坂の街に入った。

夜の六本木《ろっぽんぎ》ほどではないが、外国人の姿が目立つ。ひと昔前までは、欧米人が圧倒的に多かった。しかし、いまはアジア人や南米人も少なくない。黒人の姿も珍しくはなかった。

見城は表通りから、裏通りに入った。

かつて馴染《なじ》みだった鮨屋《すしや》の袖看板《そでかんばん》が目に留《と》まった。何か切ない気持ちになった。その店で一緒に鮨を摘《つま》んだ若い組長夫人は、もうこの世にいない。

さやかという名だった。彼女は夫の組長と見城の間で揺れ惑い、思い悩んだ末に自分の人生にピリオドを打ってしまった。まだ二十八歳の若さだった。

ある面では、里沙以上の女だったかもしれない。さやからしい最期《さいご》だった。惜《お》しい女を喪《な》くしたが、人間は死んでしまったら、おしまいだ。

見城は感傷を払いのけ、車を進めた。

やがて、竜神会の持ちビルが左手前方に見えてきた。

暴対法は代紋《だいもん》を掲《かか》げることも禁じている。一見、ありふれた雑居ビルにしか映らない。しかし、構成員約三百人を抱える愚連隊《ぐれんたい》系の暴力団の牙城《がじょう》だ。

会長は高齢だが、いまもハーレー・ダビッドソンを乗り回している。はるか昔、カミナリ族で鳴らしたオートバイ・フリークだった。

見城は竜神会の数十メートル手前で、車を左端に寄せた。

竜神会の事務所に電話をかける。番号は昔と変わっていなかった。

「はい、竜神会！」

若い男が吼《ほ》えるように応答した。

やくざ特有の応じ方だ。胴間声《どうまごえ》で、相手をたじろがせたいのだろう。

「わたし、茶木質光の身内の者です。質光が、本当に三協銀行梅田支店の支店長の自宅に時限爆弾を仕掛けたんでしょうか？」

「我々には、どうしても信じられないんですよ。幹部の高坂さんという方に替わっていただけないでしょうか」

見城は、おずおずと頼んだ。

相手は黙りこくったままだった。

「高坂さんのお名前は、質光から聞いてたんですよ」

「兄貴はいねえんだ」

「事務所には何時ごろ顔を出されるんです？」

「夕方の五時に来ることになってるけど、高坂の兄貴に会わせるわけにはいかねえな」

「ご迷惑はかけません。高坂さんに話を聞くだけでいいんです」

「大阪の支店長は茶木が殺《や》ったんだよ。なんか個人的な恨みがあったみてえだな。竜神会《うち》も迷惑なんだよ。茶木は先月、破門になってんだ。だから、もう会とは関係ねえんだよ」

「そのあたりの話を高坂さんに……」

見城は喰《く》い下がった。

電話が荒々しく切られた。見城はほくそ笑《え》み、カーフォンをコンソールボックス上に置いた。車をTBS近くのパーキングビルに預け、和食レストランで遅い昼食を摂《と》る。注文した天ぷら定食は衣《ころも》が多くて、ひどくまずかった。

見城は半分ほど食べ残し、新たにビールと柳川鍋《やながわなべ》を頼んだ。飲酒運転の常習犯だった。法やモラルを破ることは愉《たの》しい。たとえ逮捕されることになっても、それで改心する気はなかった。見城は開き直って生きている。

店を出たのは四時半ごろだった。見城はジャケットを手に持って、大股で竜神会のビルのある通りまで歩いた。

変装用の黒縁眼鏡をかけてから、ビルの斜め前にあるＣＤショップに入る。

見城はハービー・ハンコックのアルバムを探す振りをしながら、マークしたビルの出入口をうかがった。店内には、若い世代しかいなかった。

茶髪《ちゃぱつ》の高校生風の少年が見城の姿を見て、訝《いぶか》しげに首を捻《ひね》った。場違いな場所に入り込んでしまったらしい。

しかし、張り込みにはうってつけの場所だった。

見城は店に留《とど》まった。若者向けのＪポップがやたらに多かった。カラオケ店で人気の高いアイドルグループのＣＤは飛ぶように売れていた。他愛もないラブソングばかりだ。

高坂が姿を見せたのは五時数分前だった。

ひとりではなかった。三人の若い者を従えていた。路上で立ち回りを演じるわけにはいかない。

見城は動かなかった。

高坂が三人の構成員らしい男たちとビルの中に消えた。少し経ってから、見城はCDショップを出た。ビルの並びに書店があった。見城は店頭に立ち、週刊誌やグラフ誌の頁《ページ》を捲《めく》りつづけた。

張り込みは自分との闘《たたか》いだ。

焦《じ》れたり苛《いら》ついたりしたら、失敗に繋がる。見城は辛抱《しんぼう》強く待った。立ち読みしているうちに、夕闇が濃くなった。

見城は本屋から離れ、竜神会の持ちビルの近くの暗がりに身を潜《ひそ》めた。二トン車やボックスカーが何台か路上駐車中で、ビルの玄関からは見えにくいはずだ。

見城は煙草を吹かしながら、ひたすら待った。

高坂が現われたのは八時近い時刻だった。ガードの若い衆は伴《ともな》っていなかった。高坂は両手をスラックスのポケットに突っ込み、ゆっくりと歩いてくる。

黒いウールブルゾンに、オフホワイトのだぶだぶのスラックスといういでたちだった。

堅太《かたぶと》りで、上背も百七十五、六センチはある。高校時代にボクシングで国体に出場したことのある男だった。

　高坂が目の前を通り過ぎていった。

　見城は簡易ライターを拳銃の銃身のように見せかけ、右腕にジャケットを被《かぶ》せた。高坂を尾《つ》けはじめる。眼鏡は外した。

　三つ目の四つ角を越えると、見城は一気に走った。振り向きかけた高坂の背に、強くライターを押しつけた。

「騒ぐと、ぶっ放すぞ。二十二口径だが、接射なら、おまえは死ぬ」

「てめえ、赤坂署にいた元刑事《デカ》だな」

　高坂が首だけを捩《ねじ》って、呻《うめ》くように言った。

　見城は高坂の脇腹と腰を手早く探った。丸腰だった。

「府中の一年数カ月は有意義だったろ？」

「くそったれが！」

「おまえに少し訊きたいことがある。ちょっとつき合ってもらうぜ」

「もう警官《マッポ》じゃねえんだろ。拳銃《チャカ》なんか持ち歩いていいのかよっ」

「黙って歩け！」

「くそっ」

　高坂が肩を振って、足を踏み出した。

見城は切れ長の目を片方だけ攣《つ》り上げ、高坂と肩を組んだ。

「逃《フ》げ《ケ》やしねえから、くっつくな」

「おれはヤー公の言葉は信じないことにしてるんだよ」

「てめえ、生コンのミキサーに投げ込むぞ」

高坂が虚勢を張った。

見城は武闘派やくざを七、八分歩かせ、広い公園に連れ込んだ。ベンチには数組のカップルがいたが、相次《あいつ》いで立ち上がった。

高坂は、ひと目で筋者《すじもの》とわかる。

足早に歩み去る男女は一様《いちよう》に怯《おび》えていた。見城も、やくざと思われたのかもしれない。

園内には、常緑樹がたくさん植えられている。それは恰好《かっこう》の目隠しだった。

見城は公園の中ほどで立ち止まるなり、高坂を払い腰で投げ飛ばした。高坂が地べたに転がる。

「まんまと引っかかったな」

見城はせせら笑って、掌《てのひら》の上でライターを弾ませた。

高坂が雄叫《おたけ》びめいた声を放ち、すぐに立ち上がった。ブルゾンのポケットを探《さぐ》り、セスタス・リングを取り出した。

手製の喧嘩《けんか》道具だ。四つの指輪を連結したような造りで、台座の部分はピラミッド型の金属鋲《セスタス》になっていた。

欧米の特殊部隊員が持っている本格的な物は、ブラスナックルとかキラーナックルと呼ばれている。高坂が右手の四本の指にセスタス・リングを嵌《は》めた。親指以外の四本だ。

「いい年齢《とし》こいて、まだボクシングごっこか」

「いま、おれのハードパンチを喰《く》らわせてやる！」

「『ラッキーセブン』の辻に何を頼まれたんだ？　それから、辻を殺《や》った二人組の外国人のことも喋ってもらおう」

見城は言いながら、ジャケットを右手に持ち替えた。

高坂が無言で、ファイティングポーズをとった。構えは様《さま》になっていた。

「少し痛めつけなきゃ、喋らないようだな」

「おれを痛めつけるだと？　笑わせるんじゃねえ。どっからでも、かかってきな」

「粋がるなって」

見城は前に出た。

誘いだった。三、四歩進んだが、高坂は仕掛けてこなかった。さすがは武闘派やくざだ。やすやすと挑発には乗ってこない。

二人は睨《にら》み合った。

視線が交わり、烈《はげ》しくスパークする。

数分が流れた。先に高坂が痺《しび》れを切らした。前後に動きはじめる。見城はフェイントに引っかからなかった。高坂がサイドステップを踏みながら、次第に間合いを詰めてくる。身ごなしは軽《かろ》やかだった。

濁《にご》った両眼が爛々《らんらん》と輝いている。草食獣を狙《ねら》うジャッカルのような目つきだ。

見城は待った。

高坂の動きを観察する。やがて、ステップインしてきた。顔面にストレート・パンチを叩《たた》き込む気らしい。

案《あん》の定《じょう》、高坂が大きく踏み込んできた。

見城は、わざと首を前に突き出した。危険を孕《はら》んだ挑発だった。

高坂が右のストレートを繰り出した。見城はウェイビングで躱《かわ》した。高坂の左フックも見城の顎《あご》には届かなかった。

見城は高坂の右手首を捉《とら》え、右の膝頭《ひざがしら》で金的《きんてき》を蹴り上げた。睾丸《こうがん》だ。

高坂の腰が砕《くだ》けた。

だが、頽《くずお》れなかった。武闘派やくざは片腕で、見城の腰に組みついてきた。そのまま押しまくってくる。凄《すさ》まじい力だった。

見城は上着を持った右手で、右流し突きを放った。

突きは、高坂の三日月に入った。顎だ。しかし、高坂はほんの少しのけ反《ぞ》ったきりだった。上着を握っているせいで、拳《こぶし》の固め方が甘かったようだ。高坂が押してくる。見城は、相手の足を払った。

それでも、高坂は倒れない。

見城は後退しながら、払い腰を掛けた。高坂の体を腰に乗せきらないうちに、自分の体が沈んだ。

横倒しになると、高坂が抜け目なく覆《おお》い被《かぶ》さってきた。その右腕が振り上げられる。銀色のセスタス・リングが園灯の光を跳《は》ね返した。

高坂の腕を摑んでいた見城の左手は、振り千切《ちぎ》られた。相手のパンチが落ちてきた。

とっさに見城は、丸めた上着で顔面をガードした。衝撃は重かったが、痛みは感じなかった。見城は五指の末節骨《まっせつこつ》を充分に折り曲げ、素早く熊手《くまで》を作った。相手の眉間《みけん》と鼻柱を砕く。

高坂が呻いて、反り身になった。

見城は両手で、高坂の右手首を摑んだ。そのまま一気に押し上げる。

高坂が短く叫んだ。四つのピラミッド型の金属鋲《きんぞくびょう》は、彼の右の頬に埋まっていた。見城は、頬の肉を抉《えぐ》るように引っ掻《か》いた。

高坂が唸りながら、後ろに引っくり返った。夜気《やき》に血の臭いが混じる。

見城は先に起き上がり、高坂の腰と腹を蹴りまくった。十数回蹴ると、高坂はぐったりとなった。

「誰に支店長殺しの替え玉犯を用意してくれって頼まれたんだっ」

見城は声を張って、上着を拾い上げた。

高坂は喘《あえ》ぐだけで、口を割ろうとしなかった。ふてぶてしい態度だった。

「茶木質光って奴のことだ！」

「替え玉⁉ な、なんの話なんでえ？」

「そっちがそのつもりなら、手加減しないぞ」

見城は、また足を飛ばした。今度は急所ばかりを狙った。

高坂は鼻、口、耳から血を垂らしはじめた。しかし、頑《がん》として口を開かない。

見城はジャケットを近くの樹木の小枝に引っ掛け、高坂を数十メートル先のトイレに引きずり込んだ。無人だった。

見城は高坂に小便器を抱かせ、頭を中に押し込んだ。

「面《つら》が血だらけだぞ。顔を洗えよ」

「て、てめえ！」

「はい、お顔をきれいきれいしようね」

見城は茶化して、小便器の流水ボタンを押しつづけた。

高坂は、まともに水を顔面に浴びた。しかし、たいした水量ではない。その上、水は断続的に途切れてしまう。

「これじゃ、血を洗いきれないな」

見城は高坂を大便器の方に引き込もうとした。

高坂は俗に朝顔と呼ばれる小便器にしがみついて、離れようとしない。大の大人が、まるで駄々っ子だ。

見城は少し後ろに退《さ》がって、右脚《みぎあし》を顎の近くまで跳ね上げた。

靴の踵《かかと》で、高坂の頭頂部を強打する。骨が鈍《にぶ》く鳴った。高坂が悲鳴をあげたとき、小便器が外れた。武闘派やくざは尻から落ちた。

落下した小便器は四つか五つに割れた。

見城は高坂を大便用ブースに引きずり込んだ。仰向《あおむ》けにし、顔を和式水洗便器の中に押し込んだ。ほとんど同時に、コックを動かした。

便器に水が勢いよく流れ、鮮血の色が薄まった。高坂が苦しがって、首を突っ張らせる。

見城は容赦《ようしゃ》しなかった。

高坂の額と鼻を便器の底に強く押しつけ、繰り返し水を流しつづけた。七度目で、高坂はようやく観念した。

「つ、辻に頼まれたんだ。茶木は、富賀とかいう支店長なんか殺《や》っちゃいねえ」

「いくらで、替え玉を用意したんだ？」

「二百万だよ。そのうち、五十万は茶木にやった。どうせ茶木は起訴されねえだろうから、いい小遣い銭稼ぎになっただろう」

「東洋建設工業の桑名と浅利を始末した奴の名は？」

見城は高坂の背中に靴を載《の》せた。

「そこまでは知らねえよ。ひょっとしたら、辻が預かってたパキスタン人の犯罪《ヤマ》かもしれねえけど、はっきりしたことは……」

「パキスタン人の二人に会ったことは？」

「辻の家《ヤサ》で見かけただけだよ。ひとりはエルシャド、もうひとりはサッタルって名だ」

高坂が呻きながら、諦《あきら》め顔で言った。

「その二人は何者なんだ？」

「よく知らねえけど、以前は足立区《あだち》の自動車解体工場で働いてたらしいぜ。川口《かわぐち》にあるパキスタン人のアジトで何か問題を起こして、首都圏にいられなくなったんだってよ」

「銭のトラブルで、同胞を殺《や》っちまったのかな」

「そうなのかもしれねえな。あの二人は、てめえの国で何とかって組織に足《ゲソ》つけてたらしいから」

「カナートだろうな」

「ああ、そんな名だったよ。なんなんだい、それは？」

「地下水路って意味の秘密組織さ。シシリーやロシアのマフィアのように、最初は同民族の相互扶助《そうごふじょ》組織だったんだが、いまじゃ犯罪組織になり下がってしまった」

見城は説明した。

パキスタン人の不法滞在者は日本国内に二万数千人以上いるが、そのうちの数十人はカナートのメンバーだ。彼らは同胞を護《まも》るという名目で、さまざまな形で不法滞在者たちから金を巻き揚《あ》げているらしかった。

「あいつら、向こうの悪党《ワル》だったのか。道理で、肚《はら》が据《す》わってやがったわけだ」

「ブーメランみたいな刃物を持ってるのは、どっちなんだ？」

「そいつはエルシャドって奴だよ。あの野郎、辻んとこで刃を研《と》いでたぜ。サッタルって奴はワイヤーを武器にしてるって話だったな」

「あの二人は、誰の世話になってるんだ？」

「辻の話が嘘《ガセ》じゃなきゃ、三宮《さんのみや》の生田興業の世話になってるはずだよ」

高坂が言った。

「三宮って、兵庫《ひょうご》県のか？」

「そうだよ。生田興業ってのは、神戸連合会の三次団体らしいぜ。若頭《カシラ》は、まだ三十七、八だってさ」

「名前は？」

「生田隆信《たかのぶ》とか言ってたな。そいつの叔父貴が大阪で生田組ってのを構えてて、神戸連合会のナンバースリーらしいんだ。その大親分の名は忘れちまったよ」

「ま、いいさ」

見城は短く応じた。生田千草の従兄《いとこ》が一連の事件に絡《から》んでいそうだ。

「生田興業の頭は、東京にいられなくなったフィリピン人、イラン人、日系ブラジル人なんかの面倒を見てるって話だったな」

「日系ブラジル人なら、ロッシー社製の拳銃も入手可能だろうな」

「なんのことなんだ？」

「こっちの話さ。だいぶ元気になったな。もう少し、ここで遊んでけよ」

見城は言いざま、高坂のこめかみを蹴りつけた。

高坂は便器の上に転がった。見城はトイレを出て、上着を取りに走った。

4

空が狭い。

オフィスビルや高層ホテルが林立しているせいだろう。大阪駅の駅前だ。人の数が夥《おびただ》しい。見城は駅の中央口から、阪神《はんしん》梅田駅の方向に歩きだした。

午後二時過ぎだった。

竜神会の武闘派やくざを痛めつけた翌日だ。桑名と浅利が殺害されたことと大阪の銀行支店長殺しがどこかで繋がっているように思え、新幹線に飛び乗ったのである。

駅前広場の真ん前には、阪神百貨店、三井住友銀行、第一生命《だいいちせいめい》ビル、大阪ヒルトンインターナショナルなど巨大な建物が並んでいた。

この梅田界隈《かいわい》は五、六度訪れているが、来るたびに街《まち》全体が洗練されていくような気がする。東京で言えば、東京駅周辺に近い雰囲気だ。ビル群の背後に拡《ひろ》がる曽根崎新地《しんち》は、銀座に当たるのではないか。

見城は三井住友銀行と第一生命ビルの間を通り抜け、大阪駅前第四ビルの手前で左に曲がった。茶系のスーツに、きちんとネクタイを結んでいた。靴も茶色だった。

三協銀行梅田支店は、新阪急ビルの並びにあった。御堂筋《みどうすじ》だ。

見城は店内に入った。

三時が迫っているからか、どのカウンターの窓口も忙しそうだった。現金自動支払機のそばに、案内係の男子行員が立っていた。五十年配だった。

見城は、その男に近寄った。

「警視庁捜査一課の者です。亡くなられた富賀さんのことで、ちょっと事情聴取をさせてもらいたいんですがね」

「警視庁の方でっか⁉　曽根崎署に捜査本部が置かれてた聞いてますねんけど」

「東京のやくざ者が自首したことで、大阪府警と合同捜査をすることになったんですよ」

「そうでっか。いま、支店長代理に取り次《つ》ぎますさかい、お待ちください」

男は言いおき、急ぎ足でカウンターの横にある通路に向かった。

見城はソファに坐り、煙草に火を点けた。

半分も喫《す》わないうちに、男が戻ってきた。見城はロングピースを灰皿に捨て、男に従った。導かれたのは、応接ソファセットのある小部屋だった。
四十四、五歳の生真面目《きまじめ》そうな男が待ち受けていた。支店長代理の飯干純平《いいぼしじゅんぺい》だった。
見城は模造警察手帳を短く見せ、支店長代理と向かい合って腰かけた。

「遠方から、ご苦労さまです」

飯干が如才《じょさい》なく言った。

標準語だったが、わずかにイントネーションに関西訛《なまり》があった。東京の大学を卒業したか、東京の支店に勤務したことがあるのだろう。

「富賀さんの葬儀は、きょうでしたっけ？」

「ええ、本来ですとね。しかし、無残な遺体でしたので、司法解剖後に火葬し、きょうはごく内輪の密葬をしただけなんです」

「富賀さんは『野崎《のざき》パークハイツ』に住んでらしたんですね？」

見城は確かめた。新聞で得た知識だった。

「はい、そうです。ここから歩いて十分そこその場所にあります。読売《よみうり》新聞社の裏手にあるマンションです」

「ご自宅は、茨木《いばらき》市内にあるんでしたよね？」

「ええ。そこには、奥さんと息子さんが住んでおられます」

「茨木からなら、通勤できたでしょ？　なぜ富賀さんは、わざわざマンションを借りてたんですかね」

「支店長は仕事を最優先する方でしたから、通勤時間の無駄《ロス》を省《はぶ》きたかったんだと思います。刑事さん、コーヒーはいかがです？」

飯干が取ってつけたように言った。

「いや、結構です。話のつづきですが、それだけの理由でマンションを借りてたんでしょうか。ほかに何か理由《わけ》があったんではありませんかね？」

「たとえば、どういったことでしょう？」

「極道が富賀さんの自宅に押しかけてたとか、夫婦仲が冷えきってたとか」

「そういうことはなかったと思います。支店長は土・日には、ちゃんと茨木の自宅に帰ってましたし」

「そうですか。富賀さんが、ここの支店長になられたのは一年三カ月前ですね？」

「はい。その前までは、支店長代理でした。その前は五年ほど融資部にいました」

「富賀さんの前任の支店長は、どなただったっけな」

見城は、さも知っているような口ぶりで呟いた。

「現在、東京本店の融資部次長をしている日下部慎吾《くさかべしんご》ですよ」

「ああ、そうでしたね。日下部さんは、おいくつでしたっけ？」

「五十四か、五です」

「ええ、確かそうでしたね。それはそうと、銀行さんも何かと大変でしょ？」

「青息吐息《あおいきといき》です」

「しかし、都銀《とぎん》の中では三協銀行さんは不良債権が少ないほうですよね」

「ええ。しかし、バブルが弾けた当初は約一兆円の焦《こ》げつきがありました。いまは七千億円前後になりましたが……」

　飯干が溜息混じりに言った。

「焦げつきといえば、富賀さんの不良債権の回収率は高かったそうですね」

「ええ、それは事実です。支店長になって二カ月ぐらいはそれほどでもなかったのですが、その後は飛躍的に回収率が高くなりまして。前任の日下部支店長時代の十倍から二十倍の回収率でした」

「それは凄《すご》いな」

　見城は言って、煙草をくわえた。

「おかげで、わずか一年で二百三十六億円も回収できました」

「それは、梅田支店だけの数字なんでしょ?」

「ええ、そうです。約六百の支店の中でも、うちが断トツでした。他支店の者に、ずいぶん羨《うらや》ましがられましたよ」

「そうでしょうね。富賀さんは、どんな方法で焦げついてた貸金を取り立ててたんだろうか」

「わたしもその秘訣《ひけつ》を知りたくて、いつか支店長に訊いてみたことがあるんですよ。そうしたら、お客さまに銀行の実情をありのまま伝えて、何十ぺんも頭を下げただけだと言っていました。わたしたちも同じことをやっていたのですが、相手に『ない袖《そで》は振れんやないか』と開き直られるばかりでしたよ」

飯干が小さく苦笑した。

控え目な笑い方だった。研修か何かで、万事に控え目に振る舞うことを叩き込まれているのだろうか。それはとにかく、富賀の回収率は並ではない。プロの取り立て屋《キリトリ》でも、そこまで鮮やかにはできないだろう。

殺された支店長は犯罪のプロたちに客の弱みを押さえさせ、半《なか》ば脅すように貸金を返済させていたのではないだろうか。何か裏があるにちがいない。

見城は確信を深め、喫《す》いさしの煙草の火をクリスタルの灰皿の中で揉《も》み消した。

「とにかく、支店長は遣《や》り手でしたよ。こんなことになっていなければ、数年以内には本店の役員になっていたでしょう」

「富賀さんは出世欲が強かったのかな？」

「はっきり言って、相当な野心家でした。生《お》い立《た》ちがちょっと複雑で、小学三年生のときから高校を出るまで親類の家をたらい回しにされたそうなんですよ」

「そうですか」

「京大もアルバイトをしながら、やっとの思いで卒業したと言っていました。そんな苦労をしてきたので、上昇志向が強かったんでしょう」

　飯干が相槌を打った。

「こちらでもバブル景気のころに組《くみ》関係の企業舎弟《フロント》にだいぶ融資したんでしょ？」

「業務関係の話までしなければなりませんか？」

「できれば、ご協力願いたいですね。口幅《くちはば》ったい言い方になりますが、富賀さんを爆殺した犯人を一日も早く検挙《アゲ》ることが故人の供養になるんではありませんか」

　見城は支店長代理を見据《みす》えた。

「わかりました。お話ししましょう。極道関係の企業にも事業の運転資金やマンション購入代金などを手当てしました。前任の日下部支店長時代の話ですけど」

「企業舎弟関係の融資総額は？」

「ピークのときは八百億円を超えていました」

「この梅田支店だけで？」

「ええ。ここは関西地区の支店の中では、常にトップの業績でしたからね。それに、日下部前支店長が強気の営業方針だったもので。極道のフロント企業にも、どんどん融資をしたんです。その尻拭《しりぬぐ》いで、ここ数年は大変な思いをさせられました」

飯干が、また息を長く吐いた。

「そうでしょうね。催促《さいそく》しても、すんなりと借りた金を返す連中じゃないでしょうから」

「ええ。それに、こちらにも彼らに強く迫れない事情がありましたのでね」

「おたくの不動産部がビル用地の買い上げで、連中に地上げさせてたんですか？」

「それに近いこともしていました」

「銀行と暴力団は持ちつ持たれつの関係だったからな、バブル時代は」

見城は厭味《いやみ》を言って、煙草に火を点けた。

「他行さんのことは知りませんが、うちはそんなに親密な関係ではありませんでしたよ。そんなふうに決めつけられるのは、なんだか心外ですね」

「こっちは一般論を言ったまでです」

「それにしても……」

　飯干は口の中で、ぶつくさ言った。見城は意に介さず、さらに探りを入れた。

「おたくが融資した企業舎弟の中には、地元の生田組も入ってますよね？」

「ええ、まあ。組長に、いいえ、生田商事の生田頼親《よりちか》会長に五億円ほど事業資金を……」

「その貸金は、もう回収済みなんですか？」

「ええ、八割方は。富賀支店長が会長宅に日参して、去年の初冬に元利《がんり》併《あわ》せて三億九千万円あまり返済していただきました」

「大口の融資先を教えてくれませんか」

「それは、ご勘弁ください。極道といっても、まともに事業をやって、わずかずつでも返済してくれているわけですので」

「連中の仕返しを恐れてるんですね」

「いいえ、そういうことではありません。あの方たちも、当行のれっきとしたお客さまですので、ご迷惑をかけたくないんですよ」

　飯干が弁明した。その額には、冷や汗が浮かんでいた。

「言えないこともあるでしょうから、深く追及はしません。ただ、もう一つだけ教えてください」

「なんでしょう?」

「三宮の生田興業とも取引がありますね?」

「生田興業さん……」

「梅田の生田組の組長の甥《おい》が経営してる会社ですよ」

見城は言った。

「ああ、思い出しました。生田興業さんには、飲食店ビルの建築費と中古外車販売会社の運転資金を総額で八十億あまりご融資しました。しかし、六十二億円は去年の暮れに返済していただきました。富賀支店長が生田隆信社長に泣きついて、賃貸マンションと芦屋《あしや》の宅地を処分していただいたんですよ」

「支店長に泣きつかれたぐらいで、すぐに話に応じるものかな」

「裏の事情はよくわかりませんが、六十二億円の返済があったことは間違いありません。なんでしたら、入金記録のプリントアウトをお持ちしてもかまいませんけど」

飯干が言った。

「いいえ、結構です。企業舎弟の人間が、ここに怒鳴《どな》り込んできたことは?」

「そうしたことは一度もありません」

「東京の竜神会の茶木という構成員が現われたことも?」

「ええ、それもありませんでした」

「富賀さんが何かに怯《おび》えてるような様子は？」

見城は畳みかけた。

「なかったですね」

「富賀さんは仕事一本槍《やり》で、遊びは盛んじゃなかったんですか？」

「たまに接待ゴルフはやっていましたが、これといった遊びはしてませんでした。ただ、酒は嫌いじゃなかったですね。ほぼ毎晩、キタの曽根崎新地か、ミナミの宗右衛門町《そえもんちょう》で飲んでました」

飯干が言った。

大阪の二大繁華街を地元の人々は、キタ、ミナミと呼び分けている。大阪駅を中心とした界隈がキタで、難波《なんば》の心斎橋《しんさいばし》、戎橋《えびすばし》、道頓堀《どうとんぼり》の繁華街のあたりがミナミだ。ミナミのほうが庶民感覚が色濃い。東京で言えば、新宿に相当しそうだ。

見城は富賀の馴染《なじ》みだったクラブや小料理屋を聞き出し、その店名を手帳に書き留《と》めた。

「明るい酒でしたよ。支店長は酔いが回ると、陽気に歌ったりしてました」

「それだけ遣《や》り手だったんなら、水商売の女性にはモテたでしょ？」

「いっときキタの高級クラブのホステスに入れ揚《あ》げてましたけど、その娘《こ》はレズだったとかで、深い関係にはならなかったそうです」

「ほかには？」

「宗右衛門町の『笹《ささ》』って小料理屋には足繁《しげ》く通ってたようですが、あそこの美人女将《おかみ》は面喰《めんく》いだって言ってましたから、支店長には特別な関心はなかったでしょう」

飯干がにやにやしながら、そう言った。

確かに爆殺された富賀はハンサムではない。しかし、大人の女が容姿だけで男を選ぶことは少ないだろう。女たちは強く逞《たくま》しい男か、逆に気弱で優しい男のどちらかに魅《み》せられる傾向がある。

男に寄りかかって生きていきたいタイプの女には、遣り手の支店長は頼もしい存在に映ったにちがいない。自分を含めて明るい酒飲みは、たいがい女好きだ。富賀にも、愛人がいたのではないのか。

「その女将は、いくつなんです？」

「まだ三十そこそこですよ。和服の似合う女で、しっとりとした色気があるんです。中年男たちのアイドルなんですよ」

「なんて名前なんです？」

見城は訊いた。

「笹塚直美《ささづかなおみ》です。店の名は、姓から一字取ったとか言ってました」

「色っぽい美人女将なら、出張のついでに顔を拝みに行ってみるかな」

「京女《きょうおんな》だから、東男《あずまおとこ》は歓待されるんじゃないですか」

飯干が言って、にたっと笑った。

「それじゃ、ぜひ行ってみよう。ところで、生田千草という東京在住の経営コンサルタントとは取引がありますか？」

「顧客名簿をチェックしてみませんと断定的なことは言えませんが、多分、その方とはお取引はないと思います」

「そうですか」

「ひょっとしたら、生田組の……」

「ええ、組長の娘だという情報があるんですよ」

「その方が支店長の事件と何か関わりがあるのでしょうか？」

「直接的な関わりはないでしょうね。そうそう、富賀さんの茨木市にある自宅の住所を確認させてもらおう」

見城は何も書かれていない手帳を開き、でたらめな所番地《ところばんち》を口にした。すると、飯干が住所録を取り出し、正しい住所を教えてくれた。

「うちの若いのは、いい加減だな。まるで違ってました」

見城は素早く住所をメモし、勢いよく立ち上がった。

支店長代理に礼を述べ、表に出た。見城は御堂筋を渡り、新御堂筋の方向に歩きだした。

生田組の事務所は新御堂筋の少し先にあった。寺の多い一角に、八階建てのビルを構えていた。

生田商事と生田物産というプレートが掲《かか》げられているきりで、組の看板は出されていない。しかし、ビルの前にはベンツやロールスロイスがずらりと並んでいた。見る人が見れば、すぐに極道関係者のビルとわかるだろう。

ビルは、それほど新しくなかった。七階のベランダに洗濯物が見える。どうやら組長の家族の住まいを兼ねているらしい。

千草は、ここで育ったのだろう。

見城は生田組のビルの前を素通りして、さらに歩いた。寺町を抜けると、野崎公園が見えてきた。富賀の借りていたマンションは、苦もなく見つかった。磁器タイル張りの十一階建てだった。

見城は『野崎パークハイツ』のアーチを潜《くぐ》ろうとし、ふと足を止めた。

あろうことか、総会屋の安川武志と柿沼が表玄関の階段を下りてくる。見城は、とっさに植え込みの陰に隠れた。

『誠友会』が一連の事件と関わっていたのだろうか。頭がこんがらかって、考えがまとまらない。

安川たちは、見城に気がつかなかった。

二人は困ったような顔で何か言い交わしながら、新御堂筋の方に歩み去った。見城は一瞬、安川たちを締め上げることを考えたが、すぐに思い直した。

マンションのエントランスロビーに入った。

右手に管理人室があった。五十七、八歳の男が、日誌のようなものにボールペンを走らせていた。

「警察の者です」

見城は男に声をかけ、模造警察手帳を短く呈示した。

「大阪府警の方やないみたいですな?」

「警視庁捜査一課の者です。富賀さんの事件で、大阪府警と合同捜査をしてるんですよ。あなたは管理人さんですね?」

「ええ」

「いま、二人の男が出ていきましたよね。何者なんです?」

「三協銀行東京本店の日下部いう人の使いの者や言うてました」

管理人が答えた。皺《しわ》の多い顔だった。もっと年老《としお》いたら、梅干しのようになるのではないか。

「彼らの用件は?」

「富賀さんのおった一〇〇一号室の中に入らせてくれいう話やったんやけど、お断りしました。警察の方に、誰も入れるな言われてましてん」

「ご協力ありがとう。あの二人は部屋で何をするつもりだったんでしょう?」

見城は低く呟いた。

「日下部いう人が富賀さんに貸してあった大事な書類が部屋にあるとか言うとったけど、ようわかりまへん」

「そうですか。捜査本部の連中に喋ったことをもう一度話してもらうことになりますが、事件当夜、不審な人物を見かけませんでした?」

「わたしは午後九時までしか、ここにはおらんのですわ。通《かよ》いですねん。わたしがおった間は、怪しい者《もん》は見かけんかったね」

「管理人さんがいないときは、玄関ドアはオートロック・システムになるんでしょ？」

「ええ。けど、絶対に侵入者が建物の中に入れんこともないんですわ。入居者のお子さんが時々、非常扉の内錠を外してしまうねん。そやさかい、犯人は非常階段から内部に侵入できたんやと思います。わたしが帰るときは、必ず各階の内錠を閉《し》めるんやけどね」

管理人は無念そうだった。

「最近、やくざっぽいのがこのマンションの様子をうかがってませんでした？」

「極道みたいなんは見かけんかったけど、混血っぽい若い男がうろついてたことがあったわ。肌の色が割かた白くて、彫りの深い顔立ちやったから、日本人と白人のハーフや思います」

「そいつは一度見かけただけなのかな？」

「ええ、いっぺんきりやね」

「富賀さんの部屋をよく訪ねてくる人物はいませんでした？」

見城は訊いた。

「客はめったに来んかったけど、月に二、三回、富賀さんと一緒に朝早い時間に階上《うえ》から降りてくる女性がおったね。奥さんとはちゃう女や」

「いくつぐらいの女なんです？」

「三十歳前後やろうね。いっつも着物姿やったね。多分、素人《しろうと》の女やないやろ」

管理人が自信ありげに言った。笹塚直美かもしれない。

「事件の前後に、ここに来た客は？」

「きょうの昼過ぎに、中国人らしい三人の男が来て、富賀さんの茨木の自宅を教えろ言うとったけど、なんや柄《がら》悪そうやったんで、わざと教えんかってん」

「その連中が訪ねて来たのは、初めてなのかな？」

「初めてやね。三人とも、なんや怖い目ぇしとったわ。あの連中、不法滞在者やと思うわ」

「ちょっと一〇〇一号室を覗《のぞ》かせてください」

見城は管理人に断って、エレベーターに乗り込んだ。

富賀が借りていた部屋の玄関ドアは、無残なほど大きくひしゃげていた。ドアの内側や玄関全体が黒く焦《こ》げている。

よく見ると、黒ずんだ血痕《けっこん》が三和土《たたき》や壁一面に生々しく散っていた。

見城は靴を脱いで、室内の奥に進んだ。

広い２ＬＤＫだった。家具や調度品は、住んでいたときのままのようだ。

見城は右手にハンカチを巻き、室内を物色してみた。しかし、事件を解く手がかりは見つからなかった。

前支店長の日下部は安川たちを使って、何を探させたかったのか。殺された富賀は前支店長と企業舎弟の黒い関係を調べ上げ、脅迫じみたことをしていたのだろうか。

そういう事実があったとすれば、日下部が殺し屋に富賀を葬《ほうむ》らせた可能性もある。そのあたりのことも少し調べてみる必要がありそうだ。

それよりも、富賀の貸金の回収率が異常に高いことが気になる。堅気の支店長が生田組や生田興業の焦げつきをすんなりと集金できるわけがない。

富賀は命知らずの外国人マフィアを雇って、関西の極道たちを震え上がらせたのではないのか。組長クラスの人間を直《じか》に脅すことは難しい。しかし、その家族を狙うことはさほど困難ではないだろう。

子供や孫は、すべてがガード付きで職場や学校に通っているわけではないと思う。その気になれば、大親分の血縁者を造作《ぞうさ》なく拉致《らち》できるだろう。

富賀はそうした方法で、企業舎弟の貸金を強引に返済させたのではないのか。そうだったとしたら、当然、極道たちに報復されることになる。

宗右衛門町の『笹』という小料理屋に行ってみれば、闇が透《す》けてくるかもしれない。

見城は、主《あるじ》のいなくなった部屋を出た。

第五章　血贓《ちなぶ》りの儀式

1

店の中が急に静かになった。

ついさきほど、騒々しかった三人連れの酔客は帰っていった。いま客は自分ひとりだけだ。

宗右衛門町の小料理屋『笹』である。

見城はカウンターの端にいた。甘鯛《あまだい》の刺身をつつきながら、京都の地酒を飲んでいた。

こぢんまりとした店だった。カウンター席しかない。

板前はいなかった。色気のある美人女将《おかみ》が自《みずか》ら庖丁《ほうちょう》を握っていた。

見城は左手首のコルムを見た。午後十時三十五分だった。

「何時まで営業してるんです？」

「一応、十一時が看板どす。けど、気にせんでおくれやす」

「女性の京言葉は、なんとなく情緒があるな。なんだか気持ちが和《なご》みます」

「そうどすか。うち、京都育ちですねんけど、大阪暮らしが長《なご》うなったもんやさかい、こちらの言葉も混じってしもうて」

女将がそう言い、アップに結《ゆ》い上げた髪を白くたおやかな指で軽く押さえた。

女っぽい仕種《しぐさ》だった。瓜実顔《うりざねがお》は抜けるように白い。くっきりとした二重《ふた》瞼《えまぶた》は杏《あんず》の形をしていた。

頬《ほお》から顎《あご》にかけて、そこはかとない色香《いろか》がにじんでいる。唇はやや小さめだったが、いくらか肉厚だ。何度も吸いつけたくなるような唇だった。

「実は先々月まで、三協銀行の新宿支店に勤めてたんですよ。銀行の研修会で、梅田支店の富賀支店長にいろいろ世話になりましてね」

「そうどすか」

「女将さんは、笹塚直美さんとおっしゃるんでしょ？」

「ええ、そうどすけど」

「富賀さんから、あなたとのことは聞いてましたよ」

見城は言った。

「ほんまに？」

「ええ。富賀さんは、あなたを誰よりも大切にしてると言ってました」

「富賀はんにはお世話になるばかりやったんです。恩返しをせなと思うてる間《ま》に、急死されてしもうて。そやさかい、申し訳のうて」

「二人で富賀さんの仇《かたき》を討《う》ってやりましょうよ」

「仇と言わはりますと？」

直美が小首を傾《かし》げた。

「申し遅れましたが、わたし、中村太郎といいます。いま現在は、東京でフリーの調査員をしてるんですよ」

「調査員言わはると、私立探偵はんどすか？」

「そういうことになりますね。富賀さんのマンションの部屋にプラスチック爆弾を仕掛けた犯人を、何としても自分の手で見つけ出したいんですよ」

見城は思い詰めたような表情で、盃《さかずき》を一気に干《ほ》した。すぐに直美が徳利《とっくり》を持ち上げ、酌《しゃく》をする。

「そんなわけですので、いろいろ教えてもらいたいんですよ」

「なんでも訊《き》いておくれやす」

「富賀さんが焦げついた貸金を次々に回収してたことは知ってますでしょ？」

「ええ」

「富賀さんは暴力団の息のかかった企業からも、びしびしと貸金を取り立ててたんです。たとえば梅田の生田組の組長からは去年の初冬、三億九千万円を回収してます」

「へえ、そないに」

「ええ。生田組長の甥《おい》が仕切ってる三宮の生田興業からは、なんと六十二億円も返済させてるんですよ」

見城はいったん言葉を切って、すぐに言い継《つ》いだ。

「どちらも神戸連合会の直系組織です。富賀さんが極道どもに何か圧力をかけたから、それだけの回収ができたんでしょう」

「銀行マンが、そないなことできんのとちゃいますの？」

「富賀さん自身が極道たちに圧力をかけることはできないでしょう。しかし、荒っぽい連中に頼めば……」

「神戸連合会系の極道たちを押さえ込める人間がおるんやろか？」

直美は反論したげな口調だった。

「考えられるのは外国人マフィアでしょうね。富賀さんが外国人と接触してた気配は？」

「うちは、ようわからしまへん。富賀はんが外人さんとここに来たことは、いっぺんもあらしまへんえ」

「そう。関東のやくざと会ってる様子もなかった？」

見城は、くだけた口調で訊いた。

「そないなこともあらしまへんでした」

「富賀さんが何かに怯《おび》えてる様子は？」

「それは、あったかもおへんな。富賀はん、うちのマンションのドアとサッシ戸に錠を二つずつ付けろ言うてましたさかいに」

「生田組や生田興業に狙《ねら》われることを警戒してたようだな」

「そうでっしゃろか？」

「富賀さんは、前支店長の日下部慎吾のことで何か話してなかった？」

「何も聞いておへんけど」

直美が答えた。

そのとき、店に三人の男が入ってきた。客ではなさそうだ。三人のうちの二人は、釣竿《つりざお》ケースを肩に掛けていた。

「もうじき看板ですよって、また明日、来ておくれやす」

直美が男たちに言った。

三人は無言のまま、目配《めくば》せし合った。二人の男が釣竿ケースを開けた。

見城は身構えた。腰を浮かせきらないうちに、首筋に青竜刀《せいりゅうとう》を押し当てられてしまった。刃《やいば》はひんやりと冷たかった。

直美が悲鳴を放った。

ほっそりとした白い首には、鉄のネック・ブレイカーが喰《く》い込んでいた。捕人器《ほじんき》の一種で、羊飼いの使っている杖《つえ》に似ている。先端の部分は鉤《かぎ》状になっていた。男がネック・ブレイカーを強く引けば、直美の首の骨は折れてしまう。

「おまえら、押し込み強盗だなっ」

見城は声を張った。と、口髭《くちひげ》をたくわえた中央の男が甲高《かんだか》い声で否定した。

「それ、違う。われわれ、強盗じゃない」

「たどたどしい日本語だな。三人とも中国人か？」

「そうだ。われわれ、福建省《ふっけんしょう》から来た」

「中国人マフィアのようだな」

見城は呟《つぶや》いた。三人の男は顔を見合わせただけで、誰も口を開かなかった。

七、八年前まで、歌舞伎町には二百数十人の台湾《タイワン》マフィアがいた。その多くは台湾の暴力団である。『竹連幇《ツーレンパン》』や『四海幇《スーハイパン》』のメンバーだった。

彼らは日本の景気が悪化すると、次々に帰国した。ほぼ同じころ、自国の経済が活気を取り戻したからだ。

台湾マフィアと入れ代わるように、香港《ホンコン》マフィアが日本に流入してきた。

彼らは日本の暴力団とつるんで、中国人の集団密航を仕切っている。蛇頭《スネーク・ヘッド》と呼ばれている彼らは、香港の最大犯罪組織『三合会《サムハップウィ》』の構成員だ。

香港マフィアと相前後して、中国本土からも大勢の犯罪者たちが新宿に流れ込んできた。

彼らは出身地によって、福建《フジエン》マフィア、北京《ペキン》マフィア、上海《シャンハイ》マフィアと呼び分けられていた。各派は反目《はんもく》し合っている。青竜刀などを振り回して血腥《ちなまぐさ》い抗争事件を引き起こしているのは、たいがい中国人マフィアだ。

中国人マフィアの三派は、いずれも香港マフィアとは仲が悪い。

しかし、『三合会《サムハップウィ》』の力には、とうてい太刀《たち》打ちできない。したがって、中国人マフィアの多くはあまり経済的には恵まれていなかった。

「トカレフの密売じゃ旨味《うまみ》がないんで、日本人の荒っぽい下請け仕事をやってるわけか」

「おまえ、うるさい！　殺すぞっ」

口髭の男が尖《とが》った目を攣《つ》り上げ、ブルゾンの中に手を突っ込んだ。

掴《つか》み出したのは旧型のトカレフだった。弾丸は七・六二ミリだが、殺傷力は九ミリ弾とほとんど変わらない。

「われわれ、富賀さんのために働いた。でも、あの人、死んだ。残りの百五十万円、あんた、立て替える。よろしいな？」

口髭を生やした男が拳銃《けんじゅう》のスライドを滑らせ、銃口を直美に向けた。

「なんで、うちが払わなならんの？」

「あんた、富賀さんの愛人だったね。だから、払う。よろしいか？」

「そない無茶な話、あらへんわ」

直美が言い返した。

「金、どこ？　早く出す。それ、利口ね」

「ここには、きょうの売上しかあらしません」

「いくらある？」

「十二、三万や思うけど」

「その金、どこにある？　早く言う！」

口髭の男が急《せ》かした。直美が奥の棚の上にある手提《てさ》げ金庫を指さした。

リーダー格の男が、ネック・ブレイカーを握っている細身の男に目で合図した。細身の男は直美の首から捕人器のフックを外し、壁際まで歩いた。

反撃のチャンスだ。

見城は体を横に傾けると同時に、青竜刀を持った男の脇腹《わきばら》に肘当《ひじあ》てを見舞った。男の腰が沈む。すかさず見城は青竜刀を奪い取り、男の背後に回った。刃先を男の喉《のど》に押し当てる。

「トカレフをカウンターの上に置け！」

見城は口髭の男に命じた。手提げ金庫に手を伸ばした細身の男が、弾《はじ》かれたように振り返った。

「おまえは、そのネック・ブレイカーをカウンターのこちら側に投げるんだ」

「…………」

「早く投げないと、仲間の喉を掻《か》っ切るぞ」

見城は切れ長の両眼に凄《すご》みを溜《た》めた。

細身の男が何か母国語で呟き、杖に似た鉄製の捕人器をカウンターのこちら側に投げ放った。直美は立ち竦《すく》んだままだった。

見城は直美を呼び寄せたかったが、声はかけなかった。自分の方に来る前に、口髭の男に捕らえられる心配があったからだ。

見城は楯《たて》にした男を歩かせ、口髭の男に近づいた。

口髭の男は忌々《いまいま》しげな顔つきで、トカレフをカウンターに置いた。

「出入口のガラス戸まで退《さ》がるんだ」

「わかった。いま、退がる。でも、われわれにも権利があるね。だから、金欲しい」

「黙って退がれ！」

見城は怒声を張り上げた。

口髭の男がガラス戸いっぱいまで後退する。見城はトカレフを左手で摑《つか》み上げ、奥にいる細身の男に顔を向けた。

「おまえもこっちに来るんだ」

「オーケーね。わたし、意味わかるよ。だから、撃たないで！」

細身の男はそう言いながら、出入口に戻ってきた。

口髭の男が、さりげなくスタンスを変えた。拳《こぶし》も固められた。中国拳法の構えだ。

中国拳法の突きは侮《あなど》れない。どの突き技も空手ほど鋭角的ではないが、人体に与えるダメージは大きい。気《き》の籠った突きだからだ。

「形意拳《けいいけん》の心得があるようだな」

見城は、口髭の男に言った。形意拳は中国の伝統的な武術である。動きは単純だが、力と速度のある拳法だった。

「わたし、形意拳は子供のころから、やってるね。それから、地躺拳《ちしようけん》もちょっと」

「地躺拳というのは、奇妙な技を使う拳法だよな？」

「そう。実戦には、あまり役立たないね。それに形意拳も地躺拳も、トカレフには勝てないよ」

「まあな。富賀さんに何を頼まれたんだ？」

「わたしたち、やくざの大親分の血縁者を誘拐したね。それから、別のやくざのボスの奥さんも監禁したことある」

「やっぱり、そうだったか。大親分っていうのは生田頼親のことだな？」

「そう、そのボスね。ボス、倅《せがれ》のひとり娘をとってもかわいがってる。日本語で、なんと言う？」

口髭の男が問いかけてきた。

「孫だ」

「そう、それね。ボスの孫、小学生だった。学校の帰りに捕《つか》まえて、丸二日間、家に帰さなかった。大親分、慌《あわ》てて銀行に三億九千万円返したね。富賀さん、とっても喜んでたよ」

「別のやくざの奥さんっていうのは、三宮の生田隆信の妻のことだなっ」

「あなた、よく知ってるね。わたし、驚いたよ。あなた、警察か⁉」

「そうじゃない。早く質問に答えるんだっ」

見城は苛立《いらだ》った。

「そう、生田隆信の奥さんね。きれいだけど、ちょっと生意気な女だったね。だから、監禁中に三人でレイプしてやった。デジカメで写真、いっぱい撮《と》ったよ。富賀さん、その映像、生田興業のボスに見せたね。ボス、自分のマンションと土地売って、銀行に金返した」

「富賀さんとは、どこで知り合ったんだ？」

「新宿ね、歌舞伎町。あの人、中国人クラブ、遊びに来た。われわれ、その店の用心棒だったね。でも、新宿にいられなくなった。わたしたち、上海グループの幹部、殺《や》っちゃったね。福建省、帰りたい。でも、金なかった。だから、富賀さんの仕事、引き受けたね」

「いくらで引き受けた？」

「全部で三百万ね。半分、ちゃんとくれた。でも、残りの金、なかなか払ってくれなかった。仕事したの、もう四、五カ月前ね。わたしたち、早く金欲しいよ」

口髭の男の言葉に、二人の仲間が大きくうなずいた。

「金は諦《あきら》めるんだな」

「それ、できない」

「おとなしく帰らないと、警察に通報するぜ」

「困るよ、それ。強制送還、みっともないね。故郷で、ばかにされる。金庫にあるだけでいい」

「仕方がない、一一〇番してもらおう」

見城は口髭の男に言い、直美に目配せした。

「わかった。われわれ、帰るよ。ポリス、呼ばないでくれ」

「とっとと失《う》せろ」

「トカレフだけ返してほしい。よろしいか？」

「そうはいかない。失《う》せるんだっ」

「帰るよ、いま」

口髭の男が両肩を落とした。拍子《ひょうし》抜けするほど敵は気弱だった。見城は、人質に取った男を解放してやった。

三人の中国人マフィアは、あたふたと逃げ去った。見城は拳銃と青竜刀をカウンターの上に置き、直美に声をかけた。

「大丈夫か？」

「ええ、もう平気どす。でも、えろう怖かったわ。喉がカラカラになってしもうて」

直美が蛇口《じゃぐち》を捻《ひね》り、コップに水を受けた。そのまま息もつかずに飲み干した。

見城は自分の席に坐《すわ》った。

「さっきの男はんたち、店の外で待ち伏せする気なんやないのんかしら？」

「それはないだろう。奴らは、もう何も武器を持ってないからね」

「けど、なんや怖いわ。お客さん、憚《はば》かりさんどすけど、うちをマンションまで送ってもらえまへん？」

直美が言った。

「自宅はどこにあるの？」

「長堀橋《ながほりばし》のマンションに住んでますのん。タクシーに乗れば、すぐなんやけど」

「いいよ。送ってやろう」

「おおきに。それや、もう看板にしますよって」

「そのほうがいいだろうね」

見城は煙草《たばこ》に火を点《つ》け、残った酒を手酌《てじゃく》で飲み干した。

直美は手際《てぎわ》よく後片づけを済ませ、白い割烹着《かっぽうぎ》を脱《ぬ》いだ。

地色《じいろ》の塩沢絣《しおざわがすり》に、浅葱《あさぎ》色の名古屋《なごや》帯をきりりと締めている。直美は今夜の売上金をバッグに入れ、玉虫《たまむし》色の道行《みちゆき》コートを羽織《はお》った。

見城は青竜刀を足で踏み曲げ、ネック・ブレイカーを膝《ひざ》で二つに折った。

両方ともカウンターの下に隠した。トカレフの弾倉《マガジン》を銃把《グリップ》から引き抜き、上着のポケットに入れる。拳銃はベルトの後ろに差し込んだ。護身用に奪った拳銃を携行することにしたのである。

直美が店の灯《あか》りを消した。

見城は先に外に出た。中国人マフィアがどこかに潜《ひそ》んでいる気配はうかがえなかった。

直美が店の戸締りを終えた。

宗右衛門町は、まだ賑《にぎ》わっていた。けばけばしいネオンやイルミネーションが明滅し、人通りも激しかった。嬌声《きょうせい》も聞こえる。

二人は近くの御堂筋まで足早に歩き、空車を拾った。

タクシーが走りだすと、直美が小声で言った。

「さっきの男はんの話、ほんまですやろか?」

「ああ、おそらくね」

「信じられへんわ。富賀はん、そないなことを頼むお人には見えんかったし」

「出世する人間は、いろんな顔を持ってるんじゃないのかな」

「そうどすやろか」

二人の会話は長くはつづかなかった。

十数分走ると、タクシーは洒落《しゃれ》た高層マンションの前に停《と》まった。

直美の部屋は六階にあった。二人は、その階でエレベーターを降りた。

「ひとりや、なんや心細いわ。迷惑やなかったら、うちのそばにいておくれやす」

部屋の玄関の前で、直美が言った。

「しかし、あなただけなんでしょ？」

「そうどす。そやさかい、怖いんどす。どこぞホテルを取ってますのん？」

「いや、今夜の塒《ねぐら》はまだ決まってないんだ」

「そやったら、一緒にいておくれやす」

「こっちは別に構わないが……」

見城は言った。

直美が嬉《うれ》しそうに笑い、ドアのロックを解《と》いた。彼女の後から、見城も玄関に入った。

間取りは2LDKだった。LDKの左右に洋室と和室があった。

「着替えてきますよって、寛《くつろ》いでておくれやす」

直美がそう言い、左手にある和室に引き籠《こも》った。

見城は北欧調のリビングソファに腰かけ、ロングピースをくわえた。煙草をふた口ほど喫《す》ったとき、奥の和室で直美が切迫《せっぱく》した声を張り上げた。

見城は煙草の火を消し、和室に走った。襖《ふすま》を開けると、長襦袢《ながじゅばん》姿の直美がぶつかるように抱きついてきた。

「怖い!」

「どうした?」

「窓ガラスが鳴ったんどす」

「ここにいてくれ」

見城は言って、窓辺に寄った。

障子戸《しょうじど》を開け、サッシ窓に顔を近づけた。ガラスの向こうは闇《やみ》だった。動く人影は見当たらない。

「誰ぞおへん?」

「いないよ、誰も」

「そやったら、風が窓を鳴らしたのかもしれんね。けど、なんや恐ろしゅうて。まだ心臓がこんなに……」

直美が走り寄ってきて、見城の右手を自分の左胸に導《みちび》いた。

長襦袢越しに張りのある乳房の温《ぬく》もりが伝わってきた。見城は後ろ手に、障子戸をそっと閉めた。

「どない?」

「鼓動《こどう》が速いね」

「ほんまにびっくりしたわあ」

直美が語尾を跳《は》ね上げ、全身でしがみついてきた。

見城は、さすがに戸惑いを覚えた。だが、直美を突き放す気にもなれなかった。

「あなたはんは、命の恩人やわ。そないな男はんに、わがまま言うて。うち、悪い女やね?」

「いい女に頼られるのは、男として悪い気はしないもんだよ」

「ほんまに? そやったら、抱いてくれへん? なんや淋《さび》しゅうて」

「おれも、なんか淋しくなってきたな」

見城は直美の頬を両手で挟みつけ、唇を吸いつけた。直美が爪先《つまさき》立ちをして、烈《はげ》しく吸い返してくる。

二枚の舌は、ひとしきり絡《から》み合った。見城は唇を合わせたまま、直美の腰紐《こしひも》をほどいた。

直美は長襦袢の下に半襦袢を着ているきりで、ほかには何も身にまとっていなかった。和装用のショーツも穿《は》いていない。

胸は豊かだった。早くも乳首は硬く張りつめていた。乳暈《にゅううん》も盛り上がっている。見城は乳房をまさぐり、腰の曲線を指でなぞった。恥毛《ちもう》は綿毛のような手触りだった。

見城は、熱を孕《はら》んだ合わせ目を指先で捌《さば》いた。

その瞬間、直美が口の中でくぐもった呻《うめ》きを洩《も》らした。淫《みだ》らな呻き声だった。

見城は敏感な部分を指の腹で圧《お》し回しはじめた。どんな女性も、そこは感じる場所だ。

直美が身を揉《も》みはじめた。尖《とが》った肉の芽は大粒だった。見城は残りの指で、二枚の小陰唇を打ち震わせた。指先は、たちまち愛液に塗《まみ》れた。

「堪忍《かんにん》しとくれやす。そないなことされたら、頭が変になるよってに」

直美がそう言い、見城の胸に顔を押しつけてきた。

すぐに彼女はひざまずいた。せっかちに見城のスラックスのファスナーを押し下げ、男のしるしを摑み出す。

見城は、まだ昂《たか》まりきっていなかった。

直美は愛《いと》おしげに何度か頬擦《ほおず》りすると、不意にペニスに唇を被《かぶ》せてきた。男の体を識《し》り尽くした舌技だった。

いつの間にか、見城の分身は膨《ふく》れに膨らんでいた。痛いほどだった。

直美の舌の鳴る音を耳で娯《たの》しみながら、見城はベルトを緩《ゆる》めた。直美がスラックスを引きずり下ろす。

見城は腰を引き、直美を畳の上で四つん這《ば》いにさせた。

長襦袢と半襦袢はわざと脱がせなかった。トランクスを脱ぎ、長襦袢の裾を腰のあたりまで捲《まく》り上げる。白桃のような尻が男の官能をそそった。見城は尻の肉を軽く嚙《か》んだ。もちろん、甘嚙《あまが》みだ。直美がなまめかしく呻く。

見城は、直美のヒップを抱いた。

しかし、すぐには体を繫がなかった。昂《たか》まった分身で、陰核《クリトリス》をつつく。綻《ほころ》んだ合わせ目も擦《こす》った。

「焦《じ》らさんといて。早《はよ》う男はんを入れておくれやす」

直美は恥じらいながらも、甘やかな声でせがんだ。

京女は優しげな喋り方をするが、芯はきついようだ。見城は、猛《たけ》りきった男根を潜《くぐ》らせはじめた。

入口の周辺は狭かった。しかし、強い抵抗はない。中段のあたりは、蛇腹《じゃばら》のような構造だった。

密着感が強まると、直美は迎え腰を使いはじめた。のの字を書くばかりではなかった。あやぬも尻文字《しりもじ》で書いた。

「みごとな腰使いだな。そんなに煽《あお》られたら、早撃ちマックになりそうだ」

「なんですのん、それ?」

「昔の西部劇の主人公さ。拳銃の早撃ちの名人なんだ。アメリカ人の俗語《スラング》で、早漏男《そうろうおとこ》のことをそう呼ぶんだよ」

「そない言われたら、いちびるかもしれんえ」

直美は言うなり、狂おしげに尻をくねらせはじめた。いちびるというのは、調子に乗るという意味の京言葉だ。

「もっといちびってくれないか」

見城はワイルドに腰をぶつけはじめた。

2

何かを握らされた。

鍵《かぎ》だった。見城は靴を履《は》いてから、振り返った。直美の部屋の三和土《たたき》である。翌日の昼下がりだ。

「この鍵《キー》は？」

「部屋のスペアキーどす。東京に帰る前に、うちをもう一度抱いておくれやす」

直美が鼻にかかった声で言った。熱のあるような眼差《まなざ》しだった。

「そうしたいね」

「うち、待っとるえ」

見城はうなずいた。

直美に見送られて部屋を出る。見城はエレベーターホールに向かった。富賀の妻に会ってから、三宮の生田興業に行くつもりだった。

二日間も着ている縞柄《しまがら》のワイシャツの袖口《そでぐち》は、さすがに薄汚れていた。難波に出たら、新しいシャツと靴下を買うつもりだ。

見城はエレベーターの函《ケージ》に乗り込んだ。

寝不足で、頭が重かった。成り行きから、直美を都合《つごう》三回も抱くことになってしまったのだ。後悔はしていない。直美は床上手《とこじょうず》で、男を蕩《とろ》かす女だった。帰京する前に、もう一度、美人女将を泣かせたい気もしている。そうできるかどうかはわからない。予定が立たなかった。

ケージが一階に到着した。

見城は急ぎ足でマンションを出た。表通りに向かって間《ま》もなく、二人の男が駆け寄ってきた。ともに人相が悪かった。

見城は足を止めた。

「警察の者や」

男のひとりが言った。角刈りで、ずんぐりとした体型だった。三十歳前後だろうか。

「警察手帳を見せてくれ」

「やっかましい。傷害の容疑じゃ。昨夜《ゆうべ》、宗右衛門町の小料理屋で、三人の中国人を痛めつけたやろがっ」

「絡《から》まれたのは、おれのほうだ」

「中国人たちは怪我《けが》してるんや」

「令状は？」

見城は問いながら、もうひとりの黒っぽい背広を着た男を見た。
二十七、八歳だった。その男の両手の小指は短かった。男たちは梅田の生田組の者か、三宮の生田興業の人間にちがいない。
「早《はよ》う両手出さんかい！」

角刈りの男が喚《わめ》いた。

「下手な芝居はやめろ。小指《エンコ》飛ばした刑事がいるわけない」

「な、なんやと」

「おまえらのボスは、どっちなんだ？」

見城は二人の男を等分に見た。ややあって、小指の短い男が口を開いた。

「なんの話してるねん？」

「生田頼親がおれに会いたがってるのか？　それとも、甥っ子の生田隆信のほうか？」

「われ、そこまで知っとるんか⁉」

「どっちなんだっ」

見城は声を張った。

角刈りの男が格子柄《こうしがら》の上着の前を拡《ひろ》げた。鰐革《わにがわ》のベルトの下には、自動拳銃が差し込んであった。銃把《グリップ》の型《タイプ》から察して、ワルサーPPK／Sだろう。

「一緒に来てもらうで」

「いいだろう。行けば、おまえらの親分がわかるからな」

見城は逆《さか》らわなかった。

二人の男が素早く見城の両側を固めた。百メートルほど先に、白いメルセデス・ベンツが駐《と》めてあった。男のひとりに促《うなが》され、見城は後部座席に入った。ワルサーを手にした角刈りの男が、すぐ横に乗り込んでくる。

運転席に坐ったのは小指の短い男だった。

ベンツが急発進した。梅田方面に進んだ。

梅田で、車は阪神高速道路に入った。どうやら男たちのボスは、三宮の生田隆信らしい。

男たちは昨夜《ゆうべ》の出来事を知っていた。自分が直美の部屋に泊まったことを知っているのは、彼女が内通者だからなのだろう。直美は生田隆信とも深い仲だったのか。

見城は窓の外を眺めながら、やすやすと敵の罠《わな》に嵌《は》められてしまった自分を嘲《あざけ》った。

ベンツは時速百二十キロ前後で西下し、やがて国道二号線に降りた。

生田興業の八階建てのビルは、阪急三宮駅の近くにあった。三宮センター街の裏通りだ。ビルに被災の痕跡《こんせき》はうかがえない。建物は、烈震にも強い鉄骨鉄筋コンクリート造りなのだろう。

ベンツは地下のガレージに入った。

見城は車から引きずり降ろされ、エレベーターに乗せられた。二人の男に連れ込まれたのは八階の社長室だった。

総革張りの応接セットのソファに、少壮《しょうそう》事業家タイプの男がゆったりと腰かけていた。いかにも仕立てのよさそうな紺系のスリーピースで身を包んでいる。

窓側には、マホガニーの大きな机が置かれていた。その横に、甲冑《かっちゅう》一式が飾ってあった。その悪趣味な置物がなければ、ごく普通の社長室にしか見えない。

「あんたが生田隆信だな」

見城は男に近づいた。

「わしを呼び捨てにするとは、ええ度胸やないか」

「極道に敬称をつける気にならないんでね」

「まあ、かけえな」

生田隆信が言った。二人の男がドアの両側に立った。

見城は、生田の前に坐った。

「昨夜《ゆうべ》は、だいぶお娯《たの》しみやったようやな。目の周《まわ》りがパンダみたいに黒《くろ》うなってるで」

「あの女が、あんたにこっそり電話したようだな」

「そういうこっちゃ」

「直美は、あんたと富賀の両方の世話になってたわけか」

「そりゃ、違うで。わし、あの女とはいっぺんも寝とらん。嘘《うそ》やない」

生田が言って、薄く笑った。目のあたりが従妹《いとこ》の千草と似ていた。なかなかの色男だ。

「いや、あんたは直美を使って、富賀のやってたことを探《さぐ》り出させてたはずだ」

「そう思いたいんやったら、それでもええで。それより、中村太郎さん、本名を教えてんか？」

見城は言った。

「中村太郎は本名だ」

生田が口の端を引き攣《つ》らせ、角刈りの男に目で何かを告げた。角刈りの男がドイツ製の自動拳銃を握り締め、つかつかと歩み寄ってきた。すでにスライドは引かれている。

見城はポケットをことごとく探られ、模造警察手帳と十数枚の偽名刺を抜かれた。隠し持っていたトカレフと弾倉も取り上げられた。

角刈りの男が没収した物を生田に渡した。

見城は平然としていた。模造警察手帳は、自宅マンションに数冊ある。運転免許証など身分のわかる物は、何も携帯していなかった。

「この警察手帳は本物《モノホン》やないな。けど、ようでけてるわ。せっかくやから、貰《もろ》とくで」

「ああ、くれてやろう。知り合った記念にな。極道と面識ができても、ちっとも嬉《うれ》しくないが」

「ほんまに、ええ度胸してるなあ。わしらに、そこまで悪態つけるんやから、昔は刑事か何かやったんやな。そやろ？」

生田が言いながら、十数枚の偽名刺をカードのように捲《めく》った。

「おれに妙なことをしたら、あんたは手錠《ワッパ》ぶち込まれることになるぜ」

「なんでや？」

「おれは、あんたが富賀のマンションにプラスチック爆弾を仕掛けさせた証拠を押さえてるんだ」

見城は言った。はったりだった。

「何はったり《フカシ》こいてるんや。わしが富賀を殺《や》らせるわけないやんけ」

「殺しの動機もわかってる」

「なんやて？　そんなもんがあるなら、早《はよ》う言うてみい！」

生田が険悪な顔つきになった。

「あんたの妻は、富賀が雇った三人の中国人マフィアにさらわれて輪姦《マワ》されたよな。そのとき、マフィアたちは何枚もデジカメで写真を撮《と》った。富賀はその写真をちらつかせて、あんたに貸金の返済を迫った」

「うちの姐《あね》さんが輪姦《マワ》されたやと⁉ おい、撃《ハジ》かれたいんかっ」

角刈りの男が激昂《げっこう》し、ワルサーPPK／Sの銃口を見城の側頭部に突きつけた。と、生田が重々しく制止した。

「小西《こにし》、やめんかいっ」

「そやけど、おやっさん……」

「ええから、拳銃《チャカ》引っ込めるんや」

「へえ」

小西と呼ばれた角刈りの男が不服そうな顔で、数歩退《さ》がった。

「話をつづけい！」

「おそらく富賀は、あんたと前支店長の日下部慎吾が癒着《ゆちゃく》してたことも脅迫材料にしたんだろう。あんたは仕方なく自分のマンション一棟と芦屋の土地を売却して、去年、銀行に六十二億円を返した」

「…………」

「富賀はあんたを揺さぶる前に、中国人マフィアに梅田の生田組の組長の孫娘を誘拐させてる。生田頼親は孫かわいさに、三協銀行に三億九千万円返した」

「話としては面白《おもろい》な。銀行マンが、わしら極道を脅して貸金を回収したいうわけやから。しかし、そない荒唐無稽《こうとうむけい》な話を信じる人間はおらんで」

「まあ、聞けよ」

見城は、すぐに言い重ねた。

「あんたは頭にきて、面倒を見てる日系ブラジル人に富賀を爆殺させた」

「勝手な想像は、いい加減にせい！　ここに日系ブラジル人なんぞ、ひとりもおらんで」

「そうかな。おれは、あんたが首都圏にいられなくなったパキスタン人、イラン人、フィリピン人なんかの面倒を見てることも知ってるんだ」

「誰に吹き込まれたんか知らんけど、そないな話はでたらめや」

生田が額に青筋を立てた。

「むきになって怒るとこをみると、図星《ずぼし》だったらしいな。エルシャドとサッタルも、このビルのどこかにいるんじゃないのか」

「そいつら、誰や？」

「あんたが面倒見てるパキスタン人だろうが。あんた、あの二人に東洋建設工業の桑名勉《や》を殺らせたんじゃないのかっ。それから、総務部長の浅利博久も、どっちかに狙撃《そげき》させたんだろう?」

「うちとこと東洋建設工業は、なんの関わりもないんやぞ。せやのに、なんでわしがそないなことさせなあならんのやっ」

「確かに、ここと東洋建設工業とは何も接点がない。しかし、あんたの従妹《いとこ》の生田千草は、あの会社に関心があるんじゃないのか」

見城は勝負に出た。

生田の表情に、かすかな狼狽《ろうばい》の色が走った。何か言いかけ、彼は口を閉じた。

「あんたの従妹自身というよりも、おそらく千草と恋仲の真鍋雅章が大手土木業界の談合に興味を持ったんだろうな」

「千草ちゃんは、まともな経営コンサルタントや。彼女が危《ヤバ》いことなんかするわけないわ。それに、真鍋なんちゅう男は知らん」

「そうかい。あんたの従妹のことだが、まともな女がカジノバーのオーナーになんかなるかい?」

「カジノバーって、なんや?」

「四谷の『ラッキーセブン』のことだよ。空とぼける気かっ」

「知らん、わしはほんまに知らんねん」

「会社から談合に関する内部資料を持ち出した桑名って営業マンはカジノバーの辻って店長と一緒に店を出たきり、ふっつりと消息を絶《た》ってるんだ。千草に頼まれて、あんたがエルシャドとサッタルを予《あらかじ》め東京に送り込んどいたんだろっ」

見城は生田を睨《にら》みつけた。

生田は深呼吸したきりだった。いつの間にか、顔が蒼《あお》ざめていた。推測は見当外れではなさそうだ。見城は確信を深めた。

「そっちの目的はなんなんや？」

「狙いは銭《ぜに》さ。それなりの口止め料を払ってくれりゃ、何も見なかったことにしてやってもいい」

「わしは強請《ゆす》られるようなことは何もしてへんで。それにしても、いい根性しとるやないか。天下の神戸連合会にあやつけおったんやからな。小西と瀬戸内《せとうち》、こちらさんをわしの大事な工場に案内したってくれ」

生田が二人の男に言った。小指の短い男は、瀬戸内という姓らしい。

「おい、早《はよ》う立たんかっ」

角刈りの小西が、銃口で見城の背を強く押した。

まだ反撃のチャンスはあるだろう。見城はそう判断し、素直にソファから立ち上がった。小西と瀬戸内に挟まれ、地下のガレージに連れ戻される。ベンツの隣に、赤茶のワンボックスカーが駐《と》めてあった。

その近くに、木刀を握った若い手下が三人いた。三人とも二十代の前半で、揃《そろ》ってカーキ色の戦闘服を着ていた。

「なんの騒ぎや？」

小西が若い者に問いかけた。すると、手前の男が答えた。

「おかしな奴が生田興業《うち》の様子をうかがってたんで、取っ捕まえましてん」

「何者やったんや？」

「東京の新聞記者《ブンヤ》みたいやけど」

「なんやて！」

小西がワンボックスカーに先に駆け寄った。

見城は瀬戸内に背を押されて、赤茶の車に近づいた。

なんと一番後ろの席には、両手首を針金で縛られた唐津誠がいた。毎朝日報社会部の遊軍記者だ。唐津は見城に気がつくと、何か口走りそうになった。

空とぼけてほしい。

見城は目顔《めがお》で、そう訴えた。唐津がポーカーフェイスを作る。見城は、ひと安心した。

瀬戸内が唐津のかたわらに腰かけた。

見城は二人の前のシートに坐らされた。ワルサーを持った小西がサイレンサーを装着してから、見城の横に乗り込んできた。

小西にマモルと呼ばれた若い男がスライドドアを閉め、慌《あわ》ただしく運転席に入った。マモルは木刀を助手席の床に斜めに寝かせると、エンジンをかけた。

車が走りはじめた。

ワンボックスカーは鯉川筋《こいかわすじ》に出ると、異人館が点在する北野坂《きたのざか》を登った。さらに新神戸駅の方に十分ほど走った。

民家が疎《まば》らになったあたりで、今度は左に折れた。いつしか車は山裾《やますそ》を走っていた。見城は窓の外を注意深く観《み》つづけた。

少し行くと、鍋蓋山《なべぶたやま》登山口と記《しる》された標識が目に留《と》まった。聞いたことのない山だった。西六甲《にしろっこう》の外れのあたりなのか。

山道はあまり険《けわ》しくなかった。標高五百メートルほどの山なのだろう。

中腹のあたりに、工場のような建物があった。周囲は山林だった。

ワンボックスカーは工場のそばに停まった。

見城と唐津は車から出された。そのとたん、異臭が鼻腔《びこう》を撲《う》った。何かの薬品の臭《にお》いだった。鼻が曲がりそうだ。ここは、どうやらメッキ工場らしい。

見城はプレキャストコンクリート造りの建物に近づいた。

『生田メタル工芸』というプレートが見える。見城たち二人は、工場の中に押し込まれた。明らかに不法滞在者と思われるイラン人やフィリピン人とおぼしき外国人が五、六人いた。男ばかりだった。

彼らは、堆《うずたか》く積み上げられた鉛や銅を作業機器で黙々と加工していた。

「こっちや」

瀬戸内が前に立った。

見城と唐津は二人の男に前後を挟まれる形で、奥に歩かされた。マモルは従《つ》いてこなかった。

工場内は二つに仕切られ、奥には二人の男がいた。

どちらも見覚えがあった。高田馬場のビルの地下駐車場で辻を殺して逃げた二人組だ。

二人とも灰色の作業服を着ていた。

ブーメランのような奇妙な刃物を操《あやつ》ったエルシャドは、鉛の箔《はく》の枚数を数えている。サツタルらしい男は、鉛の入った木箱を運んでいた。

ここで製造された様々な置物は、神戸連合会傘下《さんか》の全国の下部組織の組長や幹部たちに半《なか》ば強制的に買い上げさせるシステムになっているのだろう。

「エルシャド、サッタル！」

小西が二人の男を呼んだ。浅黒い肌をした男たちが歩み寄ってくる。

二人は見城を見て、残忍そうな笑みを浮かべた。

「この旦那《だんな》に、あれを見せたってんか」

小西が見城の肩を叩き、エルシャドに拳銃を渡した。

サッタルが片膝を床につき、ハッチを引き上げた。コンクリートの階段が見えた。

「おまえ、下に降りる」

エルシャドが抑揚《よくよう》のない日本語で言い、ハッチを指さした。サッタルが電灯を点《つ》けた。

見城は階段をゆっくりと下《くだ》った。ステップを降りきらないうちに、異様な光景が目を射《い》た。天井の鉄の逆鉤《ユニバーサル・フック》から、三つの死体が垂れ下がっていた。まるで鮟鱇《あんこう》だ。

三体とも首から上がなかった。

しかも、表皮をすっかり剝《は》がされていた。三人ともペニスを切断され、血みどろだった。床のコンクリートには血糊《ちのり》が溜《た》まっていた。

血溜まりの端のほうは凝固《ぎょうこ》しかけているが、死体の真下は生々しく濡《ぬ》れている。この三人は昨夜の中国人マフィアなのではないか。

見城は全身が粟立《あわだ》った。

「止まるな。そのまま下まで降りろ！」

エルシャドが後ろで喚《わめ》いた。その後から、サッタルが降りてくる。

見城はステップを下《くだ》りきった。

三十畳ほどの広さだった。壁際《かべぎわ》に、貯水槽のようなものが二つ並んでいた。ひどいことをする。当分、鮟鱇《あんこう》鍋は喰《く》えないだろう。

見城は息を詰めながら、吐き気を誘う凄《すさ》まじい血の臭いに耐えた。

「この三人、悪いことやった。ボスの奥さん、レイプした。死んでも仕方ないね」

エルシャドが言った。

「生首はどこにあるんだ？」

「あんたの後ろ。その箱の上ね。ビニールシート捲《めく》ると、三人に会える」

「おまえら二人が殺《や》ったんだなっ」

「そう。わたしとサッタル、ボスに世話になってる。だから、悪い三人殺したよ」

「もっと違う方法で始末できなかったのかっ」

見城は青いビニールシートを大きくはぐった。

次の瞬間、思わず跳《と》びのいてしまった。木箱の上に、三つの雁首《がんくび》が並んでいた。やはり、昨夜の中国人マフィアだった。

口髭のある男の頭部は、真ん中に置かれていた。右が青竜刀使い、左がネック・ブレイカーを操った男だった。三人とも両眼を刳《く》り貫《ぬ》かれ、舌を引き出されていた。とても長くは正視していられなかった。

見城は生首をビニールシートで覆《おお》い隠し、木箱から離れた。

「三人の目玉とペニスは、もう溶けて消えちゃったよ」

サッタルが言った。

「溶けた？」

「そう、溶けた」

「そこにある貯水槽みたいな箱には、硫酸クロムが入ってるのか⁉」

見城は呻いた。

「その通りね。硫酸クロムの液槽だよ。目玉もペニスも白い煙と一緒に消えてなくなったよ。胴体も液槽に十時間ぐらい浸《つ》けとけば、白い骨だけになる」

「てめえらはクレージーだ！」

「あんたもボスを怒らせたら、この三人と同じよ」

サッタルが言って、エルシャドと顔を見合わせた。

「おーい、もう上がってこいや」

小西が上から怒鳴った。

見城は二人のパキスタン人とともに一階に上がった。

小西がサッタルに目で合図した。見城は唐津と同じように両手首を針金できつく縛られた。

「こいつら二人をどうするかは今夜中に電話するさかい、逃がさんようにな。そのワルサー、貸したるわ」

小西が言って、瀬戸内とともに遠のいた。

「二人とも歩け」

エルシャドが見城と唐津に命令した。

二人は工場の外に連れ出され、窓のない錆《さ》びたコンテナの中に閉じ込められた。外錠が冷たく鳴り、エルシャドとサッタルの靴音が遠ざかっていった。

「おたくが、なんでこんな目に遭《あ》ってるんだ？」

暗がりの中で、唐津が小声で訊いた。

「唐津さんこそ、なんだって、こういうことになったんです？」

「おれは東洋建設工業の二件の殺しを本班に任せて、三協銀行梅田支店長爆殺事件を取材しはじめてたんだよ。企業テロをテーマに、連載コラムを書くことになったんでな」

「それで？」

「殺された富賀支店長が生田興業から六十二億円も回収したって話を聞き込んだんで、三宮に来たんだよ」

「なるほどね。おれのほうは生田隆信の愛人《レコ》と妙なことになっちゃって、構成員に取っ捕まったんです」

「ここまで来て、まだ空とぼけるのか。まいった、まいった！」

「ほんとの話ですよ」

見城は言い繕《つくろ》った。

「呆《あき》れたね。おたくみたいに喰《く》えない奴は世界中探したって、ほかにはいないんじゃないのか」

「信じてほしいな」

「まあ、いいさ。いまはスクープどころじゃないからな。おれたち、二人とも殺されるんじゃないのか」

「生田はその気なんだろうけど、何とかなるでしょう」

「呑気《のんき》だね、おたくは。こっちは恐怖に負けそうだよ」

唐津が長嘆息した。

「ピンチとチャンスは、いつも背中合わせだって言うじゃないですか」

「しかし……」

「坐って、針金を少しでも緩めましょうよ」

見城は先に床に胡坐《あぐら》をかいた。唐津が倣《なら》う。

縛《いまし》めは少しも緩みそうもなかった。

3

歯と歯茎《はぐき》が痛くなった。

唇も腫《は》れ上がっている。口の端は切れてしまった。

見城は縛《いまし》めから口を離した。両手首に喰《く》い込んだ針金は唾液《だえき》に塗《まみ》れ、ひどく滑りやすい。幾重《いくえ》にも捩《よじ》られた針金は、いっこうに緩まなかった。

鉄錆《てつさび》臭いコンテナの中に封じ込められてから、長い時間が流れていた。

暗くて腕時計の針は見えなかったが、もう真夜中だろう。もしかすると、すでに日付が変わっているのかもしれない。

「おたくは生命力があるねえ」

闇の底で、唐津が言った。

四十一歳の新聞記者は一時間ほど前から、床に仰向《あおむ》けになっていた。死を覚悟した様子だった。

「むざむざと殺されたくないですからね」

「それはおれだって、同じだよ。しかし、逃げ出せる可能性はもはやゼロに等しいじゃないか」

「唐津さん、諦《あきら》めるのはまだ早いですよ。さあ、また歯で針金の結び目を……」

見城は力づけた。

唐津が自分の運命を呪《のろ》いながら、むっくりと身を起こした。その直後、遠くから足音が響いてきた。複数の足音だった。

「二人のパキスタン人がおれたちを逆鉤に吊《つ》るす気になったのかもしれません」

見城は囁《ささや》いた。

「ああ、なんてことなんだ」

「嘆《なげ》いてたって、仕方ありません。奴らがスライドドアを開けたら、体当たりをして山林の中に逃げ込みましょう」

「そんなこと、おれにできるかなあ」

「逃げなきゃ、硫酸クロムの風呂《ふろ》に入れられるんですよ」

「わかった。死にもの狂いで逃げるか」

唐津が起き上がった。見城も立ち上がり、スライドドアの真横に身を潜《ひそ》めた。

足音が近づいてきた。

唐津が深く息を吸った。見城は息を殺した。

足音が熄《や》んだ。耳馴《な》れない言葉が交わされた。ウルドゥー語なら、接近してきたのはエルシャドとサッタルだろう。

外の鉄錠が解《と》かれた。

ほどなくスライドドアが横に滑りはじめた。見城は身を躍《おど》らせた。

ワルサーを左手に持ったエルシャドを肩で弾く。エルシャドがよろけた。

見城は横蹴《げ》りを放った。空気が唸《うな》った。

エルシャドが地べたに倒れた。

その瞬間、サッタルが気合を発した。何かが振り下ろされた。インディアン・トマホークだった。昔のインディアンが用《もち》いていた戦闘用の手斧《ておの》だ。斧は両側に付いている。ピッケル型の斧が風を切り、コンテナの鉄をぶっ叩いた。

火花が散った。

見城は右足刀《みぎそくとう》でサッタルを遠ざけ、体の向きを変えた。地を蹴って、左飛び蹴りの姿勢をとる。見城は左足の底で相手の顔面を砕《くだ》き、すかさず右足で水月《すいげつ》を蹴った。鳩尾《みぞおち》だ。二段蹴りは、きれいに極《き》まった。

サッタルがいったんのけ反《ぞ》り、大きく前屈《まえかが》みになった。

見城は前蹴りを浴びせた。サッタルが数度、後転した。インディアン・トマホークは吹っ飛んでいた。

手斧を遠くに蹴りかけたとき、エルシャドが跳ね起きた。

ワルサーの消音器から小さな炎が噴《ふ》き出した。発射音は、かすかだった。

放たれた銃弾はコンテナの屋根を鳴らした。

見城は中腰になって、前に出た。ほとんど同時に、二弾目が放たれた。それは、標的から大きく逸《そ》れていた。

見城は一気に踏み込み、回し蹴りを見舞った。

中段蹴りは、相手の脇腹に入った。エルシャドの体が横に泳ぐ。

「唐津さん、逃げましょう！」

見城は叫んで、林の中に走り入った。唐津が追ってくる。

二人は樹木を縫《ぬ》いながら、ひたすら走った。

少し経《た》つと、エルシャドとサッタルが追いかけてきた。たてつづけに二発、銃弾が放たれた。最初の弾丸は、唐津の頭上の小枝を弾き飛ばした。唐津が甲高い悲鳴をあげた。

二発目は、見城の足許の灌木《かんぼく》の葉を散らせた。近くの樹木の幹《みき》が音高く鳴った。

「唐津さん、頭を下げて」

見城は注意した。

二人は前屈《まえかが》みになりながら、ジグザグに走りつづけた。根株《ねかぶ》や下生えに幾度も足を取られそうになった。実際、唐津は一度派手にすっ転んだ。

立ち上がる間に、追っ手はだいぶ距離を縮めていた。

エルシャドが引き金を絞るたびに、思いのほか近い場所で銃口炎《マズル・フラッシュ》が瞬《またた》いた。

樹皮が飛び散る。土魂《つちくれ》も跳ねた。太い樹幹に銃弾がめり込む音が不気味だった。

「い、息が上がりそうだ。お、お、おたくだけ逃げてくれ」

唐津が駆けながら、切れ切れに言った。

「もう少し頑張ってください。敵の弾《たま》が切れるまで走るんです」

「駄目だ。おれは、もう走れないよ」

「仕方ない、少し休みましょう」

見城は唐津に走り寄り、近くにある熊笹《くまざさ》の中に引きずり込んだ。

二人は、じっと動かなかった。しかし、荒い息遣《づか》いは抑《おさ》えようがない。ことに唐津の呼吸音が高かった。ここに身を潜《ひそ》めていても、敵に見つかるのは時間の問題だろう。

「唐津さんは、ここにいてください」

「おたくは？」

「ちょっと陽動作戦をね。すぐに戻ってきますよ」

見城は言いおき、笹の繁《しげ》みから出た。

充分に離れてから、足と肩口で灌木を揺さぶった。すぐに横に走った。

予測通り、銃弾が灌木に撃ち込まれた。

見城は同じことを何度か繰り返した。すると、不意に銃声が熄《や》んだ。弾切れらしい。小西は予備のマガジンをエルシャドには渡さなかったはずだ。飛び道具さえなければ、なんとかなるだろう。

見城は、唐津のいる場所に引き返しはじめた。

数十メートル移動すると、頭の上で急に野鳥が羽ばたいた。数秒後、何か平べったい物が闇の中を泳いだ。例のブーメランに似た刃物だった。投げ放たれた武器は枝を裂き、近くの下草の中に落ちた。

見城はしゃがんだまま、静かに横に動いた。

エルシャドが母国語と思われる言語で、後方にいるサッタルに何か言った。サッタルが短い返事をし、工場の方に引き返していった。

電話で、小西や瀬戸内たちを呼び寄せる気になったのか。あるいは、工場で働いている外国人不法就労者を近くの宿舎から呼び集めるつもりなのかもしれない。

見城は足音を殺しながら、唐津のいる所に戻った。

「銃声が聞こえなくなったな」

「弾切れのようです。唐津さん、歩けますか？」

「ああ、なんとか」

唐津が肘《ひじ》を使って、起き上がった。

二人とも泥塗《どろまみ》れだった。服も鉤裂《かぎざ》きになっている。見城と唐津は、山の斜面を下《くだ》りはじめた。

数分過ぎると、エルシャドが何かをけしかける声がした。見城は耳に神経を集めた。

上の方から、動物の走る音がかすかに聞こえてきた。どうやら大型犬のようだ。

犬の嗅覚《きゅうかく》は鋭い。人間の数千倍とも言われている。

見城は立ち止まった。と、唐津が小声で問いかけてきた。

「どうしたんだ？」

「敵は猟犬を放ったようです」

「ええっ。猟犬に追われたら、逃げようがないじゃないか」

「風上《かざかみ》に逃げる時間はなさそうですね」

「どうすりゃ、いいんだ⁉」

「落ち着いてくださいよ、唐津さん！」

「そう言われても……」

「おれが追ってくる犬を始末しますよ。唐津さんは、先に麓《ふもと》まで逃げてください」

「おたくを置き去りにして、おれだけ逃げるわけにはいかないよ。さっきの借りもあるしな」

「妙な遠慮はしないでもらいたいですね。はっきり言って、唐津さんは足手まといなんですよ」

見城は言った。

屈折《くっせつ》した思い遣《や》りだった。相手に恩を着せるような真似《まね》はしたくなかった。そんなことはダンディズムが許さない。

「足手まといか」

「ええ。二人で一緒に逃げてたら、両方とも殺《や》られちゃうかもしれません。唐津さんもそうだろうけど、おれはまだ死にたくないんですよ。いい女をもっとたくさん抱きたいし、贅沢《ぜいたく》な生活もしてみたいしね」

「わかった、別行動を取ろうじゃないか。おれが無事に逃げ切ることができたら、必ず警察に連絡してやるよ。それじゃ、先に行かせてもらうぞ」

唐津が言い残し、斜面を下《くだ》っていった。

危なげな足取りだった。下山するまで、幾度も転がることになるだろう。見城は逆に斜面を登りはじめた。

数分後、いきなり上からドーベルマンが襲いかかってきた。

胴体に革のハーネスを装着し、槍《やり》を背負っている。カジキや鮫《さめ》の突きん棒ほどの太さだった。

第一次大戦中のフランス軍は、この種の殺人犬を多く飼っていたことで知られている。犬が背負う武器は剣や槍だけではない。パイプ銃、爆弾なども装着された。

ドーベルマンに括《くく》りつけられた鋭い槍が、見城の首すれすれのところを掠《かす》めた。一瞬、怯《ひる》んだ。背筋も凍った。

次の瞬間、見城は左の肩口に激痛を覚えた。

ドーベルマンの歯が喰《く》い込んでいた。その四肢《しし》は、見城の体にしがみつく恰好《かっこう》だった。

見城は縛られた両手首で、ドーベルマンの腹を強打した。

しかし、コルセット型のレザーハーネスに護《まも》られているせいか、大型犬は鳴き声ひとつ洩らさなかった。見城は両の拳《こぶし》でドーベルマンを持ち上げ、腰を大きく捻《ひね》った。

大型犬の後ろ肢《あし》がずり落ちた。だが、振り落とせなかった。

見城は肩と腰を振りつづけた。四度目で、ドーベルマンはようやく足許に落ちた。

大型犬が見城の左の脹《ふく》ら脛《はぎ》に喰《く》らいつこうとしている。

見城は右足を飛ばした。空気が躍《おど》った。

渾身《こんしん》の前蹴りはドーベルマンの喉笛を潰《つぶ》した。ドーベルマンが鳴き、背を丸める。

見城は斜面を駆け上がった。

高い位置にいたほうが何かと有利だ。ドーベルマンが後ろ肢《あし》を折って、高く跳躍《ちょうやく》した。

見城は槍の行方を目で追いつつ、縦拳《たてけん》で猟犬の眉間《みけん》をぶっ叩いた。

ドーベルマンが四肢を縮め、その場に落ちそうになった。見城は膝でドーベルマンを高く蹴り上げ、ふたたび強烈な前蹴りを放った。

狙ったのは頭部だった。骨の砕ける音が耳に届いた。ドーベルマンは背後の樹幹に全身を打ちつけ、根方《ねかた》にどさりと落下した。それきり動かなくなった。どうやら死んだようだ。

見城はドーベルマンに走り寄り、槍を固定している革のベルトを手探りで一つずつ外しはじめた。

ベルトは八つもあった。手首が利《き》かないので、動作はどうしても鈍《にぶ》くなる。

実にもどかしかった。五本目のベルトを解《と》いたとき、頬に風圧を感じた。奇妙な形の刃物が飛来したのだろう。

闇を透《す》かして見ると、そう遠くない場所にエルシャドらしい人影があった。

その右側に、もう一つの影が揺れている。サッタルにちがいない。

見城は息絶えたドーベルマンを引きずりながら、斜面を駆け降りた。かなり敵から離れてから、ふたたびハーネスの革ベルトを手探りで外しはじめた。

指先が縺《もつ》れる。焦《あせ》っている証拠だ。

見城は夜空を仰いで、焦りを鎮《しず》めた。

残りの革ベルトは次々に外れた。見城は槍を引き抜き、右手に握った。

大型犬から離れ、樹木の密生している場所に走った。木立《こだち》が濃ければ、エルシャドはブーメランのような武器を使えない。

二つの影が徐々に近づいてくる。

見城は敵の背後に回ることにした。中腰で、また斜面を登った。

大きく迂回《うかい》し、二人の後ろに回り込む。

手前の人影はサッタルだった。インディアン・トマホークを振り翳《かざ》しながら、一歩ずつ斜面を用心深く下《くだ》っている。

サッタルから片づけるか。見城は姿勢を低くしたまま、敵の真後ろに忍び寄った。

十数メートル先で、樹木と樹木の間に張られたワイヤーに足を掬《すく》われた。

見城は前にのめった。横受け身の要領で、衝撃を和《やわ》らげる。痛みは、ほとんど感じなかった。だが、右手から槍が零《こぼ》れ落ちてしまった。

それを拾い上げようとしたとき、サッタルが下から勢いよく駆け上がってきた。

見城は横に転がった。すぐに太い樹木に体がぶつかった。逃げ場を失った。

トマホークが上段から振り下ろされた。

見城は尻をスピンさせ、足刀《そくとう》でサッタルの右膝の斜め上を薙《な》ぎ払った。

サッタルがよろめいた。分厚い手斧が土中に深く沈んだ。サッタルがトマホークを引き抜く動きを見せた。

見城は突きん棒を想《おも》わせる槍を摑み上げ、敏捷《びんしょう》に跳ね起きた。槍を水平に構え、勢いよく突き出す。

サッタルが片手で左腿の裏を押さえ、凄まじい声を張り上げた。槍の穂先は、そっくり肉の中に埋まっていた。

見城は槍を乱暴に引き抜いた。

サッタルが唸りながら、肩から転がった。見城はサッタルを蹴りつけ、まだ地中に沈んだままのインディアン・トマホークを引き抜いた。

槍とトマホークを持って、ひとまず逃げる。

見城は両刃の手斧を両膝で垂直に固定し、縛《いまし》めの針金を擦《こす》りはじめた。金属の触れ合う音が不快だった。針金は次々に切れ、ほどなく両手首が自由になった。

見城は槍を右手に、手斧を左手に握った。

エルシャドが母国語と思われる言葉で声高《こわだか》に叫びながら、下から駆け上がってくる。見城は横に動きながら、エルシャドの右脚《みぎあし》めがけて短い槍を投げつけた。

狙《ねら》いは外さなかった。

エルシャドが声を放って、横に転がった。見城はトマホークを右手に持ち替え、エルシャドに走り寄った。槍は完全に太腿を貫《つらぬ》いていた。エルシャドは野太く唸りながら、もがき苦しんでいた。

「小西に電話したのか？」

見城は訊いた。

「し、してない。工場には誰もいないよ」

「おれたち二人を殺せと命じられたんだなっ」

「そう。でも、失敗してしまった。あなた、わたしたち、殺すのか？」

エルシャドが震え声で訊いた。

「おれの質問にちゃんと答えりゃ、殺しやしない」

「わたし、答える。命、大切ね。お金では買えないよ」

「東洋建設工業の桑名を縛って、奥多摩湖に投げ込んだのはおまえら二人だな！」

「そう。辻ときれいな女の人に頼まれた。桑名という男、女の人とセックスしてた。サッタルとわたし、男をベッドから引きずり落とした。二人で蹴って、それから縛ったね」

「その女の名前は？」

見城は訊いた。

「名前、わからない。辻に言われて、女の人のマンションに行っただけ。わたし、表札の漢字《チャイニーズ・キャラクター》読めなかった。だから、名前知らないね」

「まあ、いい。その女の見当はついてるからな。浅利博久も殺《や》ったなっ」

「その人、サッタルが撃った。生田興業のボスに頼まれたね」

「ブラジル製の拳銃は生田隆信に渡されたのか？」

「そう。それ、ほんとの話よ」

エルシャドがそう言い、槍を引き抜こうとした。しかし、すぐに手を止めた。激痛に見舞われたのだろう。

「生田興業に日系ブラジル人は、本当にいないのか？」

「いないよ、ひとりも」

「三協銀行の富賀支店長のマンションにプラスチック爆弾を仕掛けたのは、どこの誰なんだっ」

「ボスの組織《シンジケート》の人じゃない。ボス、東京の誰かに頼んだはず。自分で銀行の人を殺したら、警察に疑われる」

「そうだな。だから、生田隆信は交換殺人めいたことを思いついたんだろう。自分は犯行動機のない東洋建設工業の二人の社員を始末し、共犯者に富賀を爆殺してもらった……」

見城は呟いた。

おそらく共犯者は、『曙会』から総額で三十五億円を脅し取り終えた真鍋と千草だろう。その二人の後ろに、黒幕がいるとも考えられる。

「もう赦《ゆる》してくれ」

「ここに車はあるのか?」

「工場の近くに、白いアルファードがある。キーも付いてる。わたしとサッタルを病院に連れてってください」

「甘ったれるな。その程度の傷は、てめえで手当てしろ!」

「あなた、ボスのとこに乗り込むのか? それ、危険ね。ボス、マシンガン・ピストルを持った子分にいつもガードされてる。セキュリティーもパーフェクトね。ボスに近づいたら、あなた、殺される」

「心配してくれて、ありがとよ」

見城はインディアン・トマホークを横にし、エルシャドの腰に叩きつけた。エルシャドの腰骨が折れた。見城はサッタルの腰も同じように痛めつけ、両刃の手斧を遠くに投げ捨てた。目には、目をだ。

見城は山の斜面を駆け登り、工場に戻った。

人のいる気配は伝わってこない。工場の横に、アルファードが駐めてあった。埃《ほこり》だらけだったが、エンジンは一発でかかった。

見城はルームランプを灯《とも》し、左手首のコルムを見た。午前四時近かった。見城はアルファードを発進させた。

山道を下《くだ》りつづけると、国道四三号線に出た。阪神高速道路は使えなかった。唐津の身を案じながら、大阪に向かう。

直美のマンションに着いたのは五時過ぎだった。いつしか夜が明けていた。

見城は直美を締め上げる気だった。エレベーターを降り、ポケットからスペアキーを取り出した。

だが、直美の部屋のドアはロックされていなかった。

室内は妙に静まり返っている。居間が少し散らかっていた。寝室と和室を覗いたが、部屋の主はいなかった。

見城は、なんの気なしに浴室を覗《のぞ》いた。

その瞬間、足が竦《すく》みそうになった。直美は浴槽の湯の中に上半身を突っ込まれていた。

見城は、だらりと垂れている直美の右腕を取った。

脈動は熄《や》んでいた。誰かに溺死《できし》させられたことは疑いようもない。

生田隆信が直美の口を封じたのだろうか。それにしても、よくよく死体に縁があるものだ。気が滅入《めい》る。

見城は居間に戻った。

サイドテーブルの上に電話機があった。リダイヤル・ボタンを押すと、液晶ディスプレイに数字が並んだ。兵庫県のナンバーではない。東京の局番だった。

生田興業のボスは、直美とは愛人関係ではないと言っていた。それが事実なら、直美は自分のことを直接、生田隆信に密告したのではないのかもしれない。見城は、そう思った。

十数度目のコールサインの途中で、先方の受話器が外れた。

「はい、日下部でございます」

中年と思われる女性の声だった。

「…………」

「日下部でございますが、どちらさまでしょう？」

「すみません。間違えました」

見城は受話器を切った。多分、相手の女性は、日下部慎吾の妻だろう。

前梅田支店長の日下部は自分と企業舎弟の癒着を後任の富賀に探られることを恐れて、愛人だった直美をスパイに仕立てたのではないだろうか。直美は何らかの条件と引き換えに、新支店長の富賀の愛人になったのかもしれない。

見城は和室に入った。

ハンカチを使って、和簞笥《わだんす》の引き出しを開ける。数冊の預金通帳があった。毎月、東京の日下部慎吾から三十万円ずつ振り込まれている。

どうやら推測は正しかったようだ。日下部にとっても、生田隆信にとっても、富賀支店長は目障《ざわ》りな存在だった。二人は共謀し、富賀を葬る気になったのではないのか。

しかし、関西のやくざを実行犯に使ったら、たちまち自分たちが疑われることになる。そこで、生田隆信は従妹の千草に一種の交換殺人を持ちかけたのだろう。千草のほうにも、桑名と浅利を始末したい事情があった。

美人経営コンサルタントは恋人の真鍋に相談したのだろう。

真鍋はどこかで日系ブラジル人を見つけ出し、ロッシー社製の三十八口径の拳銃を入手させた。その拳銃は、ただちに生田隆信に送り届けられた。生田はブラジル製の拳銃をサッタルに渡し、東洋建設工業の総務部長を狙撃させたのではないか。

富賀支店長のマンションの部屋にプラスチック爆弾を仕掛けたのは、真鍋が雇ったプロの殺し屋にちがいない。ロッシー社製の拳銃をたやすく入手していることを考えると、爆殺犯は日系ブラジル人の可能性が高かった。

ただ一つだけ、謎《なぞ》が解けない。桑名や浅利を殺さなければならない動機が釈然としなかった。

千草と真鍋が談合の事実を材料に『曙会』から三十五億円を脅し取ることが目的だったとしたら、何も二人を殺す必要はなかったのではないか。おそらく、殺さなければならない事情が何か他にあったのだろう。

あの二人とは別に、もう一匹ぐらい悪党がいそうだ。東京に戻ったら、真鍋と千草を徹底的にマークしてみよう。

見城は電話機の指紋と掌紋《しょうもん》をハンカチで神経質なまでに拭《ぬぐ》い取り、あたふたと直美の部屋を出た。

4

レンズの焦点が合った。

真鍋の姿が鮮明になった。元エリート官僚のブラックジャーナリストは、池の畔《ほとり》のベンチに腰かけていた。

文京区にある小石川後楽園《こいしかわこうらくえん》だ。午後二時過ぎだった。

見城は植え込みの陰で、高倍率の双眼鏡を目に当てていた。

大阪から戻ったのは一昨日《おととい》だった。仮眠をとると、見城は千草に張りついた。しかし、彼女は真鍋とは接触しなかった。

きのうは早朝から深夜まで、紀尾井町のオオシタ・ホテルに張り込んでみた。だが、真鍋はホテルから一歩も出なかった。彼の部屋を訪れる者もいなかった。

見城はきょうも徒労に終わることを覚悟しながら、オオシタ・ホテルに出向いた。ところが、思いがけない展開になった。真鍋はホテルのグリルで昼食を摂《と》った後、タクシーでここにやって来たのである。

明らかに、人待ち顔だった。

真鍋は、ここで千草と落ち合うのか。それとも、黒幕を待っているのだろうか。どちらにしても、必ず誰かが来るはずだ。

見城は双眼鏡を左右に振った。

遊軍記者のことが頭を掠《かす》めた。二人がコンテナから脱出した夜、唐津は無事に下山し、地元署の警官とともに見城の救出に駆けつけてくれたらしい。

しかし、見城はその時刻にはアルファードで大阪の街を走っていた。唐津が見城の自宅マンションに電話をかけてきたのは、ちょうど仮眠から覚めたときだった。

遊軍記者は、見城の無責任ぶりをくどくどと詰《なじ》った。見城は平謝りに謝りながら、約束を果たしてくれた唐津に友情めいた感情を覚えていた。

真鍋が煙草をくわえた。

パッケージで、ダンヒルとわかった。英国煙草だ。真鍋がふた口ほど喫《す》ったとき、五十六、七歳の男がベンチに近づいた。紳士然とした男だった。豊かな銀髪が陽光にきらめいている。身なりも立派だ。

男は真鍋に頭を下げ、何か語りかけた。

真鍋がにこやかにうなずき、ライターを鳴らした。男は恐縮した表情で、くわえた煙草に火を点けた。

真鍋が男に何か言った。男は目礼し、真鍋のかたわらに腰を落とした。

初対面を装《よそお》っているが、二人の間には何か親しさが感じられる。

見城は双眼鏡を黒いスエードジャケットのポケットに突っ込み、反対側のポケットからカメラを取り出した。素早く望遠レンズを嵌《は》め、ズームアップする。

ベンチの二人は体をやや傾け、何やら談笑していた。

見城はシャッターを切りはじめた。被写体まで、四、五十メートルは離れていた。真鍋に気づかれる心配はなかった。

十数カット撮《と》ったとき、真鍋が男に何か手渡した。プラスチックの札《ふだ》の付いた鍵だった。コインロッカーの鍵だと思われる。

コインロッカーの中身は何なのか。

男は何者なのだろうか。仮に黒幕だとしたら、真鍋と千草が『曙会』の加盟企業四十三社から脅し取った預金小切手はコインロッカーの中に入っているのかもしれない。男が単なる共犯者だとしたら、中身は分け前だろう。

真鍋が立ち上がった。男に軽く手を挙《あ》げ、急ぎ足で出口に向かった。

男は坐ったままだった。十分近く池の鯉《こい》を眺めてから、おもむろに腰を上げた。男の正体を突き止める気になった。

見城は望遠レンズを手早く外し、カメラと一緒に上着の左ポケットに入れた。

男はのんびりとした足取りで、小石川後楽園を出た。

見城は慎重に尾《つ》けた。男は少し歩くと、車道に降りた。

タクシーに乗る気らしい。見城は自分の車に走った。

ローバーのエンジンを唸らせたとき、男の横に個人タクシーが停まった。黒っぽいクラウンだった。

タクシーが発進した。

見城も車を走らせはじめた。ルームミラーとドアミラーを見た。気になる車は目につかなかった。

　タクシーは外堀通りに出ると、新宿方面に向かった。

　東京理科大の前を通過したとき、自動車電話《カーフォン》が鳴った。見城は左手をコンソールボックスに伸ばした。

「おれだよ」

　発信者は百面鬼だった。剃髪頭《スキンヘッド》の悪徳刑事だ。

「大阪から東京に戻ったところを逮捕《パク》られたと聞いた総会屋の安川武志は、口を割ったのかな？」

「ああ、自白《ゲロ》ったらしいよ。安川は三協銀行の日下部慎吾に頼まれて、大阪の富賀のマンションに行ったそうだ」

「その目的は？」

「日下部って野郎は梅田支店長時代に企業舎弟やノンバンクに不正融資して、貸付金の一割をピンハネしてたんだってよ。そうして貯め込んだ銭《ぜに》で、日下部は妻名義で目黒に高級賃貸マンションを建てたって話だったぜ」

「汚《きたな》い奴だ」

「日下部は背任横領の証拠を富賀に握られてたようだな。富賀って奴はそのことをちらつかせながら、三協銀行の融資先に日下部を使って、滞《とどこお》ってる貸金を早く返済しろって働きかけさせてたらしいんだ」

「なるほど。そういうこともあって、富賀の貸金回収率が抜群に高かったわけか」

見城は納得した。

「そんなことで、日下部は生田隆信って奴と共謀して、富賀を消しちまう気になったみてえだぜ。実行犯についちゃ、安川も柿沼も本当に知らねえようだな」

「安川は富賀のマンションから、日下部の悪事を裏付ける証拠を盗み出せたんだろうか」

「いや、そいつはできなかったらしいぜ。だから、日下部って野郎はいまもびくついてるってよ」

「てめえの横領が露見すると危《ヤバ》いんで、日下部は直美も生田興業の者に始末させたんだろう」

「見城ちゃん、直美って女は誰なんだ?」

百面鬼が訊いた。

「日下部の愛人《レコ》だよ。日下部は後任の富賀に直美を宛《あて》がって、新支店長の動きを探らせてたんだ」

「その女のことは、見城ちゃん、ひと言も説明してくれなかったじゃねえか」

「そうだったっけ？　今度の事件《ヤマ》には大勢の人間が絡《から》んでるんで、つい直美のことを言い忘れちゃったんだろう」

「見城ちゃん、その女を抱きやがったな。当《ビン》たり《ゴ》だろ？　ちくしょう、うまくやりやがって。この女たらし！」

「そんなことより、日下部と安川の結びつきは？」

「去年から安川んとこの『誠友会』が、三協銀行の与党総会屋になってるんだってよ。安川は日下部に泣きつかれて大阪に行っただけで、事件《ヤマ》そのものにゃ噛《か》んでねえな」

「そう」

見城は短く応じた。事実、その通りにちがいない。安川の行動は無防備すぎる。

「日下部がキックバックで建てた目黒のマンションをそっくりいただいちまおうや。それでさ、各室にマブい女たちを住まわせて、見城ちゃんとおれが夜な夜な通うわけ。人生、愉《たの》しくなるぜ」

「百《どう》さん、そう慌《あわ》てるなよ。別の獲物を生け捕りにしてから、ゆっくりと分け前の配分を相談しよう」

「わかった。早いとこ、丸々と太った獲物を追いつめてくれや。ほんじゃ、また！」

百面鬼が明るく言って、電話を切った。

見城はステアリングを握り直した。前を行くタクシーは、いつの間にか靖国通りに入っていた。見城は追尾《ついび》しつづけた。

タクシーが停まったのは、西新宿七丁目にある東洋建設工業の本社ビルの真ん前だった。男は車を降りると、まっすぐ正面玄関に向かった。

見城はローバーを路上に駐《と》め、男の後を追った。一階ロビーに足を踏み入れたとき、銀髪の男はエレベーターのケージに吸い込まれた。

見城は受付に歩み寄り、模造警察手帳を若い受付嬢に見せた。

「いまエレベーターに乗ったロマンスグレイの男性はどなた？」

「常務の倉持周作《くらもちしゅうさく》です」

「そう」

「常務が何か？」

「いや、なんでもないんだ。すまないが、総務部の諏訪君に連絡してもらえないか。ちょっと訊きたいことがあるんでね。見城と言ってもらえば、わかると思うよ」

「承知いたしました」

受付嬢が電話機の内線ボタンを押した。

遣り取りは短かった。面会を求めた若い社員は、すぐに一階ロビーに降りてくるという話だった。受付嬢がロビーのソファを勧めてくれたが、見城はたたずんだままで待った。

数分待つと、諏訪がエレベーターホールの方から大股で歩いてきた。

「先日はどうも」

「ちょっと外に出られないかな？」

「ええ、いいですよ」

「それじゃ……」

見城は先に外に出て、諏訪をローバーの助手席に坐らせた。自分は運転席に腰を沈めた。

「この前、お渡しした脅迫者の音声はどうなりました？」

諏訪が訊いた。

「科警研の音声研究室の技官に二巻の音声の声紋を検《しら》べてもらったら、鑑定図《チャート》はほぼ一致したよ」

「それじゃ、脅迫犯は真鍋とかいう男なんですね？」

「ああ、多分。それはそうと、倉持周作常務のことを詳《くわ》しく教えてほしいんだ」

「うちの常務が事件に絡んでるんですか!?」

「その可能性がありそうなんだ」

見城は経緯《いきさつ》を手短に話した。

「倉持常務は五十七歳で、入社以来ずっと出世コースを歩んできました。ですが、一年ほど前に仕事上のちょっとしたミスをしてからは、一期後輩の現専務の馬場公盛に先を越されることになってしまったんです。それからは、あまり元気がありませんね」

「サラリーマンにとって、後輩に先を越されるのは大変なショックなんだろうな」

「人によると思いますよ。ぼくらの世代なら、たとえそんなことがあっても、さほどショックは受けません。ですけど、五十代後半のおじさんたちは仕事とポストがすべてみたいなところがありますからねえ」

諏訪が言った。言葉には、いくらか軽侮《けいぶ》のニュアンスが込められていた。

「馬場専務と倉持常務は職場で、もろにライバル意識を剝《む》き出しにしてるの？」

「ふだんは二人とも穏《おだ》やかに振る舞ってますけど、内心は微妙なものがあるんじゃないでしょうか」

「そうだろうな」

「馬場は専務になったとたん、一期先輩の倉持常務を君《くん》づけで呼ぶようになったんですよ。そう呼ばれるたびに、常務は何とも言えない顔つきになります。二人とも、妙に入社年度を意識してるみたいなんです」

「馬場専務は総務関係の最高責任者なのかな?」

見城は問いかけた。

「ええ、そうです。倉持常務は営業畑を取り仕切ってるんで、談合を受け持ってるんですよ。もっとも、談合の仕切りも最終的には馬場専務が統括《とうかつ》してるんですけどね。それより上の社長や会長は、役員たちの報告を聞いてるだけですから」

「それじゃ、馬場専務は現場のトップなんだな」

「そういうことになります」

「ところで、殺された桑名勉氏のことなんだが、彼は倉持常務に目をかけられてた?」

「そのへんのことはよくわかりませんけど、桑名さんが常務のお供《とも》でゴルフや磯《いそ》釣りに行ったという噂《うわさ》は聞いたことがあります。その話が事実なら、かなり目をかけられてたんじゃないのかな」

諏訪が呟き、控え目に腕時計を見た。

「忙しいときに悪かったね。もう間もなく、浅利さんを狙撃させた首謀者がわかると思うよ。実行犯はパキスタン人らしいんだがね」

「そうだったんですか」

「きみと未希さんは愛し合ってるようだな?」

「ええ。部長の一周忌が終わったら、ぼくら、婚約するつもりです」

「そうか。彼女を幸せにしてやってくれ」

見城は諏訪の肩を軽く叩いた。

諏訪は素直にうなずき、ローバーから出た。彼の後ろ姿が見えなくなると、見城は三鷹の桑名勉の自宅マンションに電話をかけた。受話器を取ったのは未亡人だった。

見城は捜査本部の捜査員を装って、未亡人に問いかけた。

「亡くなられたご主人が四谷の『ラッキーセブン』というカジノバーに通うようになったきっかけは何だったんです？」

「会社の倉持常務に連れて行かれたんですよ。その晩、主人は百万円ほど儲《もう》けたんです。それで、病みつきになってしまったようです」

「ということは、倉持常務は店の会員《メンバー》だったわけか」

「ええ、そう聞きました。その店で、常務さんにいろんな会社の偉い方を紹介されたとかで、主人が喜んでいた時期もあったんですよ」

未亡人がそう言い、一流企業や大手都市銀行の役員たちの名を挙げた。その中に、三協銀行の日下部慎吾の名前も混じっていた。

「倉持常務と三協銀行の日下部氏とは、何か特別に親しい間柄なんですか？」

「お二人は、同じゴルフクラブのメンバーらしいですよ」

「そうなんですか」

「夫を殺した犯人は、いつになったら……」

「奥さん、もう少し時間をください。われわれも不眠不休で捜査に当たってますので」

見城は言い訳して、先に電話を切った。

倉持常務はライバルの馬場専務の降格を狙って、桑名に談合の内部資料を社外に持ち出すことを巧《たく》みに唆《そそのか》したのではないだろうか。

桑名は、まんまと罠に嵌《は》まった。その結果、東洋建設工業を含めた土木建設業の大手・準大手四十三社が真鍋と生田千草に総額三十五億円の巨額を強請《ゆす》り取られた。

馬場専務が責任を問われることは、当然だろう。

これまでの事実の断片を繫ぎ合わせると、倉持常務が共犯であることは疑いの余地はない。共犯どころか、倉持は真鍋や千草を抱き込んだとも考えられる。さらに常務は利用価値のなくなった桑名を第三者に始末させた疑いも濃い。

倉持常務をマークしつづけるべきだろう。

見城はロングピースに火を点けた。

三十分ごとに車を少しずつ移動させた。変装用の黒縁眼鏡も、小まめに取ったり掛けたりした。同じ車に乗っているわけだから、単なる気休めに過ぎないかもしれない。

自動車電話《カーフォン》が電子音を奏《かな》でたのは午後四時半ごろだった。

「おれっす」

松丸勇介の声だ。見城は松丸に新国際ビルの近くで、千草のオフィスの盗聴をさせていた。

「ご苦労さん！　何か動きがあったんだな？」

「ええ。真鍋らしい男から電話がかかってきて、美人経営コンサルタントはこれから出かけるみたいなんっすよ」

「二人の落ち合う場所は？」

「千草がオオシタ・ホテルに出向いて、二人でどこかに行くようなことを話してたっすね。おれ、これから千草を尾行してもいいっすけど」

「松ちゃん、そこまでで充分だよ。本業に戻ってくれ」

「夕方までなら、平気っすよ」

「気持ちは嬉しいが、もうわざわざ千草を尾《つ》ける必要がなくなったんだ」

「それじゃ、事件の真相が……」

松丸が言った。

「ああ、大筋は見えてきたんだ。それから、役者もな」

「よかったっすね」

「だから、もう松ちゃんのほうも盗聴器探知の仕事に戻ってほしいんだ」

「わかりました」

「会ったときに、きょうの謝礼を払うよ」

見城はそう約束し、通話を切り上げた。

千草と真鍋は、単に密会をするだけではないらしい。ふと警戒心が湧《わ》いた。

二人は渥美杏子から、自分の本名や自宅を探り出すこともできる。誰かに渋谷のマンションを張らせていたとしたら、恋人の帆足里沙の存在にも気がつくだろう。

二人は犯罪のプロに命じて、自分の自宅マンションにプラスチック爆弾を仕掛けさせる気なのか。あるいは、里沙を人質に取るつもりなのだろうか。

そう考えはじめると、急に不安が募《つの》った。見城は里沙のマンションに電話をかけた。

スリーコールで、里沙が受話器を取った。見城は密《ひそ》かに胸を撫《な》で下ろした。

「仕事、忙しそうね」

「ちょっとな。里沙、これから仕事か？」

「ええ。ちょうど部屋を出ようとしたところだったの。今夜はパーティーが二つあるのよ」

「今夜と明日の二日間、マンションには戻らないでほしいんだ」

「えっ、なぜ？」

里沙が訊いた。

「今度の調査で、おれ、逆恨《さかうら》みされてるようなんだ。里沙に、とばっちりが及ぶことはないと思うが、万一のことを考えて大事を取ったほうがいいと考えたわけだよ」

「それなら、あなたがどこかホテルを予約しといて。一緒にいたほうが安心だから」

「そうしたいところなんだが、一両日、ぶっ通しの張り込みになりそうなんだ。だから、どこかホテルか友達の部屋に里沙だけ……」

「わかったわ。見城さんはひとりで大丈夫なの？　なんだったら、百面鬼さんに応援を頼んでみたら？」

「百《どう》さん、なかなか捕まらないんだよ」

「そうなの。なんだか心配だわ」

「大丈夫だよ。この仕事が終わったら、二人で旅行でもしよう」

「何か無茶なことを考えてるんじゃない？」

「無鉄砲なことはしないよ。それより、おっさんどもに尻《けつ》を撫でられないようにな」

見城は軽口をたたいて、通話を打ち切った。

それから、長い時間が流れた。

黒いチェスターコートを羽織った倉持常務が姿を見せたのは七時半ごろだった。見城は喫《す》いさしの煙草の火を灰皿の中で消した。

倉持は新宿駅の方向に歩きはじめた。急ぎ足だった。

見城は少し迷ったが、徒歩で尾行することにした。

倉持は新宿駅まで直行し、西口広場の近くにあるコインロッカーに進んだ。やはり、小石川後楽園で真鍋に渡されたのはコインロッカーの鍵だったらしい。

倉持は中ほどのロッカーに歩み寄り、ロックを解《と》いた。

取り出したのは黒革の鞄《かばん》だった。かなり重そうだ。中身は札束なのか。

倉持が鞄を胸に抱えたとき、隣のロッカーの向こう側から茶色のスポーツキャップを目深《まぶか》に被《かぶ》った若い男が飛び出してきた。彫りの深い顔だった。

見城は広場の円《まる》い支柱の陰から飛び出した。

男は、特殊な形をした刃物を手にしていた。細身の刀身の刃先は火箸《ひばし》のような形をしている。

倉持が立ち竦《すく》んだ。男は倉持に抱きつくなり、特殊な長細い短刀を左胸に勢いよく刺し入れた。

倉持が頽《くずお》れた。胸の一点が赤い。血だ。

キャップを被った男は黒革の鞄を奪うと、すぐさま身を翻《ひるがえ》した。瞬く間にロッカーの向こうに消えた。

見城は男を追った。

男は人の流れの中に紛《まぎ》れ込んだ。見城は追った。しかし、地下鉄丸ノ内線の改札口の前で見失ってしまった。

付近を捜し回ってみたが、とうとう見つからなかった。

見城は諦《あきら》め、コインロッカーのある所に舞い戻った。人だかりができていた。心臓をひと突きにされた倉持は、すでに死んでいた。

またぞろ屍《しかばね》か。もううんざりだ。

見城は説明のつかない憤《いきどお》りを覚えながら、野次馬の群れから離れた。

それにしても、鮮やかな刺殺だった。明らかにプロの手口だ。キャップの男は、真鍋か千草に雇われたにちがいない。

逃げた男が奪った黒革の鞄の中身は、おおかた札束だろう。

四、五千万円は入っていそうだ。その金が倉持常務の取り分のすべてだったとしたら、彼は主犯ではないだろう。

　見城はそう考えながら、自分の車のある場所まで引き返した。

　運転席のドアを閉めたとき、自動車電話《カーフォン》が鳴った。

「杏子です」

「こないだは、どうも！」

「ね、わたしのマンションに来て」

「ずいぶん強引だな」

　見城は苦笑した。

「なんでもいいから、すぐに会いに来てほしいの。お願い！」

「様子がおかしいな。誰かに脅されてるんじゃないのか？」

「……そんなことないわ」

　渥美杏子が一拍置いて、そう言った。声が震えていた。どうも様子が変だ。

「そこに、生田千草がいるんだな？」

「ううん、誰もいないわ。とにかく、あなたの顔を見たいの。会いたいのよ」

「そうまで言われたんじゃ、会いに行かないわけにはいかないな」

　見城は言って、カーフォンを強く耳に押し当てた。

杏子の背後に人のいる気配は感じられない。ただの疑心暗鬼《ぎしんあんき》なのだろうか。

「いま、どこにいるの?」

「新宿だよ」

「それじゃ、すぐわたしのとこに来て」

「オーケー」

「でも、きょうはラヴィ・シャンカールを聴きながら、ムートンの上に寝そべりたくなるような気分じゃないの」

杏子が謎《なぞ》めいた言い方をした。部屋に侵入者がいることを遠回しに教えてくれたようだ。現職刑事の百面鬼に協力を仰ぐべきか。見城は一瞬、そう思った。しかし、できるだけ親しい人間は巻き込みたくない。

「とにかく、行くよ」

「待ってるわ」

電話が切れた。

見城は罠の気配をはっきりと嗅《か》ぎ取っていた。真鍋と千草が杏子の部屋に押し入り、自分を誘《おび》き寄せようとしているにちがいない。

見城はイグニッションキーを捻《ひね》った。広尾に向かう。

杏子のマンションに着いたのは、およそ三十分後だった。

見城は堂々と玄関から入ることにした。インターフォンのボタンを押すと、白いスーツ姿の杏子が現われた。いつになく表情が硬い。笑顔も不自然だ。

玄関口に、客の靴は見当たらない。

だが、杏子がふだん使っている香水とは違う匂《にお》いがうっすらと漂っていた。千草の香水だろう。

見城はローファーを脱いだ。

玄関ホールに上がると、物陰から真鍋がぬっと現われた。両手でベレッタM84を握っていた。消音器が装着されていた。

「やっぱり、こういうことだったか」

「居間に行くんだ」

真鍋が命じた。

見城は杏子の後につづいた。居間には、生田千草がいた。ラヴェンダーのデザインスーツ姿だった。ジェニイか、フェレの製品だろう。

「あなた、見城豪という名だったのね」

千草が薄く笑った。美しい顔が一瞬、醜《みにく》く引き攣《つ》った。鬼女《きじょ》を連想させた。

「ごめんね、見城さん」

杏子が立ち止まって、小声で詫《わ》びた。

「この二人が代官山の店に押し入って、拳銃を突きつけたのか?」

「そうなの。わたし、怖くて逆《さか》らえなかったのよ。赦《ゆる》してちょうだい」

「気にするな」

「この人たち、あなたを殺す気みたいよ」

「らしいな」

見城は杏子に言い、ゆっくりと体を反転させた。

ベレッタM84の銃身は、小さく上下に揺れていた。弾倉《マガジン》は復列式《ダブルコラム》で、装弾数は十三発だ。予《あらかじ》め薬室《チャンバー》に初弾を送り込んでおけば、十四発まで収《おさ》まる。

拳銃そのものが六百四十グラムと重い。それにサイレンサーと実包の重さが加わるわけだから、扱い馴《な》れない者は銃口を静止させることが難しい。

「持ち馴れない物を持ちやがって。ほら、左のサブセーフティーがまだ掛かったままだぜ」

「えっ」

真鍋の視線が落ちた。

見城は左手でベレッタの銃身を掴《つか》み、右の裏拳《うらけん》で真鍋の顔面を砕《くだ》いた。真鍋が呻いて、顎を浮かせた。

見城は真鍋の腹を蹴り込んだ。

真鍋が不様《ぶざま》な恰好《かっこう》で引っくり返った。スリッパが吹っ飛ぶ。足の裏が見えた。

「勉強不足だな。このM84には両側に安全装置があるが、どっちか一方を解除すりゃ、そのまま使えるんだ」

見城は捥《も》ぎ取った自動拳銃を右手に握り、真鍋の胸に狙いを定めた。

「う、撃つ気なのか⁉」

「場合によってはな。新宿でキャップを被《かぶ》った男に倉持まで殺《や》らせたところをみると、あんたが絵図を画《か》いたってわけか」

「何を言ってるんだ？」

「あんたとじゃれ合う気はない」

「な、何をする気なんだ⁉」

真鍋が半身《はんみ》を起こした。顔面蒼白《そうはく》だった。

見城は真鍋の顎の関節を外し、荒っぽく俯《うつぶ》せにさせた。右腕を肩まで一気に捩《ねじ》上げる。腕の関節も外れた。真鍋は涎《よだれ》を垂らしながら、床を転げ回った。数分で、気絶した。

「よくも友達面《づら》して、このわたしを……」

杏子が千草に飛びかかり、捻《ひね》り倒した。

見城は黙って見ていた。千草はいったん杏子を組み敷いたが、すぐにまた杏子が優勢になった。女同士の摑み合いが開始された。

杏子は馬乗りになって、千草の両頰に平手打ちを浴びせた。小気味《こきみ》いい音だった。千草は悲鳴をあげながらも、大声で凄《すご》んだ。

「わたしは組長の娘なのよ」

「それが何だって言うの。ふざけんじゃないわよっ」

杏子が逆上し、浮かせた尻を勢いよく落とした。

千草が腹を押さえて、長く唸った。体を丸める。

杏子は飾り棚に走り寄り、鋏《はさみ》を引っ摑んだ。戻ってくるなり、ふたたび馬乗りになった。

「やくざが何よ。人間の屑《くず》じゃないの！」

杏子は言い募《つの》りながら、千草の髪の毛を無造作に切り詰めはじめた。

千草は金切り声を張り上げながら、必死に抗《あらが》った。しかし、杏子も負けてはいなかった。膝頭で千草の胴をホールドし、頭髪を数センチになるまで切りつづけた。

途中で千草は泣きはじめた。

見城は少し気が咎《とが》めたが、あえて制止はしなかった。杏子は何かに憑《つ》かれたように、次に千草の衣服を切り刻みはじめた。上着はもちろん、ブラウスやパンティーにも鋏を入れた。無残に切り裂かれた衣服は、リボンのようになった。

杏子は、それらを狂ったように引き千切った。やがて、千草は生まれたままの姿にさせられた。生唾《なまつば》の出そうな裸身だった。

「女は凄《すご》いことをやるな」

見城は杏子に声をかけた。

「この女が悪いのよ。見城さん、こいつが口から血を吐くまで内臓を蹴っ飛ばしてやって！」

「おれは、女には暴力を使わない主義なんだ」

「じゃあ、レイプして！」

杏子が憎々しげに言った。

「そういうのも、ちょっとな」

「性悪女《しょうわるおんな》なんだから、手加減することなんてないわ」

「後は、おれに任せてくれ」

見城は千草の横に片膝をつき、サイレンサーの先端を頰に軽く当てた。

千草が全身を強張《こわば》らせた。泣き声が熄《や》んだ。

「真鍋とつるんでやったことを何もかも話すんだ」

「喋るもんですかっ」

「強情張る気か。なら、仕方がないな」

「わたしを殴るのっ」

「そうじゃない」

見城はサイレンサーの先を千草の口中に捩《ねじ》入れ、豊かに張った乳房を交互にまさぐりはじめた。千草が怖い目をして、体を捩った。

見城は片手で愛撫しつづけた。

「セックスリンチってわけね。面白そう！」

杏子がソファに坐り、細巻き煙草に火を点けた。いつものヴォーグだった。

見城は性感帯の探索《たんさく》に取りかかった。

千草の乳首を揉む。と、息を弾ませた。脇腹の反応も鋭かった。身をくねらせはじめた。

見城は千草の体をさんざん撫で回してから、はざまに手を伸ばした。

その瞬間、千草が両脚をすぼめた。しかし、その拒絶反応は形ばかりのものだった。じきに腿《もも》の力は緩んだ。

見城は指を巧《たく》みに操った。

千草の口から、喘《あえ》ぎが洩れはじめた。見城は花弁と芽を同時に刺激した。千草が昂《たか》まると、意図的に愛撫を中断した。焦《じ》らしのテクニックだ。

「そろそろ喋る気になったかな?」

見城は訊いた。

千草は無言だった。見城は上着の内ポケットに忍ばせたICレコーダーのスイッチを入れてから、指で千草を絶頂寸前まで押し上げた。

千草がエクスタシーの前兆を示すと、指を静止させた。千草は焦れに焦れた。自分の手を股間《こかん》に幾度も伸ばそうとした。見城は、それを許さなかった。同じことを十数回、繰り返す。

すると、千草は真鍋と組んでやったことを切れ切れに白状した。見城の読みは、おおむね正しかった。

殺人シナリオの第一稿を書いたのは、東洋建設工業の倉持常務と三協銀行の日下部だったらしい。真鍋は生田隆信が富賀に個人的な恨みを抱いていることを知り、交換殺人めいた代理殺人のシナリオを練り上げたという。

「いずれ、日下部も消す気だったんだな？」

「ええ、近いうちにね。それは、リカルド鈴木《すずき》にやらせることになってたのよ」

千草が言った。

「そいつは、茶色いキャップを被ってる奴だな？」

「ええ、そう。彼は日本人とポルトガル系ブラジル人のハーフで、腕のいい殺し屋なの。真鍋さんがわざわざサンパウロに出かけて、リカルドをスカウトしてきたのよ」

「パキスタン人のサッタルが使ったブラジル製の拳銃は、リカルド鈴木が国際宅配便か何かで日本に送ってきたんだなっ」

「その通りよ。富賀のマンションに仕掛けたプラスチック爆弾のセットと一緒にね」

「リカルド鈴木は、どこにいるんだ？」

「オオシタ・ホテルに、カルロス白石《しらいし》って偽名で泊まってるわ」

「『曙会』から脅し取った三十五億円分の預金小切手は？」

見城は訊いた。

「三宮の従兄《いとこ》に頼んで預かってもらってるの。従兄には五億円あげて、わたしたちが残りの三十億を半分ずつすることになってたのよ」

「その三十五億円は、そっくり四十三社に返すんだな」

「そ、そんな！　あなたに、五億ぐらいあげてもいいわ」

千草が言った。

「おれは生まれつき正義感が強くてな。不正には目をつぶれない性質《たち》なんだよ。へへへ」

「真鍋さんと相談して、口止め料を十億払うようにするわ。それなら……」

「いや、それでも駄目だ。おれが全額預かって、各社に返しに行ってやるよ。断ったら、おれは警察に直行することになるぞ」

見城は内ポケットからＩＣレコーダーを取り出し、停止ボタンを押した。

「汚い奴！」

「その台詞《せりふ》をそっくり返すよ。あんたはきれいな面《つら》してるが、心は腐りきってる」

「あなた、殺されるわよ。それでもいいの！」

千草が喚《わめ》いた。

見城は千草の側頭部を思うさま蹴《け》った。千草が白目を剝《む》き、気を失った。

「きみには迷惑かけてしまったな。こいつらから、迷惑料をたっぷりふんだくってやるよ」

「よろしく！　こいつらの手足を縛ったほうがいいんじゃない？」

杏子が言った。
見城は大きくうなずいた。

エピローグ

インターフォンが鳴った。

見城は緊張した。自宅マンションの居間で、強請《ゆすり》の段取りを決めている最中《さいちゅう》だった。

真鍋と千草を痛めつけてから、五日が経《た》っていた。正午過ぎだった。生田隆信が殺人部隊を率《ひき》いて、乗り込んできたにちがいない。

見城はソファから離れ、まず逃げ場を確保することにした。ベランダ側のサッシ戸を開け、手摺《てすり》に脱出用のロープを巻きつける。

室内に戻ると、ふたたびインターフォンが響いた。

見城は室内を見回した。

あいにく得物《えもの》になるような物は見当たらない。やむなくフライパンを握った。抜き足で、玄関に向かう。

見城はドアスコープに片目を当てた。

一気に緊張がほぐれた。来訪者は毎朝日報の唐津だった。

見城は苦笑し、ドア・チェーンとシリンダー錠を解《と》いた。ドアを開けると、唐津がフライパンに視線を注《そそ》いだ。

「クッキングの最中だったのか」

「オムレツでも作ろうと思ってたんですよ」

「ちょっといいかな」

「ええ、どうぞ！」

見城は先に居間に戻り、サッシ戸を閉めた。フライパンを食堂テーブルの上に置いて、唐津をソファに坐《すわ》らせる。自分は長椅子《ながいす》のほうに腰かけた。

「今朝《けさ》、生田隆信《パク》が逮捕られたよ」

唐津が言った。見城は動揺を隠し、努《つと》めて平静に問いかけた。

「逮捕のきっかけは？」

「ずっと黙秘権を使ってたエルシャドとサッタルが生田に頼まれて、桑名、浅利、辻、中国人マフィアの三人を殺《や》ったことを自白《ウタ》ったんだ」

「そうですか」

「それからさ、生田興業の社長室に『曙会』会員企業四十三社が振り出した総額三十五億円の小切手があったよ。そいつは警察に押収された」

「ええっ」

見城は、つい冷静さを失ってしまった。

真鍋と千草が脅し取った巨額を四十三社に返すと言ったが、初めから、そんな気はなかった。三十五億円はそっくり横奪《どど》りするつもりだったのだ。

数秒、視界が翳《かげ》った。大声をあげそうにもなった。

「おたく、なんで急に表情が暗くなったんだ？」

「そんなふうに見えるのは気のせいですよ」

「そうかな。生田隆信は観念したらしく、自分が四十三社から三十五億円を脅し取ったとすんなり吐いたってさ」

唐津が言った。

どうやら生田隆信は従妹《いとこ》の千草を庇《かば》って、自分ひとりで罪を被《かぶ》る気らしい。

見城は煙草《たばこ》に火を点《つ》けた。深く喫《す》いつけると、いくらかショックが和《やわ》らいだ。

それにしても、逃がした魚は大きい。三十五億円もあれば、たいていの夢は叶《かな》う。低層マンションの数棟は手に入るだろうし、クルーザーも買えるだろう。里沙に億ションを買ってやることもできる。

「三協銀行の富賀は、広島《ひろしま》の元やくざに殺《や》らせたと供述してるんだ。それから、富賀の愛人だった小料理屋の女将《おかみ》は、生田が面倒を見てるバハラムってイラン人に殺させたと言ってるらしい」

「そうですか」

「おたく、どう思う？　生田隆信がすべての事件《ヤマ》を踏んだんだろうか？」

唐津が問いかけてきた。

「本人がそう自供してるんなら、そうなんでしょう」

「いや、そうじゃないだろうな。生田は、きっと誰かを庇《かば》ってるにちがいない」

「なぜ、そう思うんです？」

「生田が取り立ての厳しかった富賀を消したくなるのは、すんなり納得できるよな。しかし、生田興業と東洋建設工業をはじめとする『曙会』とは、なんの接点もないんだぜ。きっと生田には共犯者《レツ》がいるな」

「そうですかね。生田は遣り繰り《シノギ》が辛《つら》くなったんで、総会屋めいたこともしてたんじゃないんですか。それで、『曙会』の談合のことをどこかで聞きつけたんでしょう」

見城は言って、煙草の火を消した。

「おたく、共犯者が何者か知ってるんだろう？」

「なんで、おれが⁉」

「そろそろ手の内を見せてくれよ。多少だったら、社から謝礼を払うよう取り計《はか》らってもいい」

「唐津さん、いつも言ってるじゃないですか。おれは腹芸のできるような男じゃないって」

「よく言うな。おたくが生田興業の連中に取っ捕まったのは、一連の事件を調べてたからなんだろうが？　東洋建設工業の本社ビルの前や浅利の入院先でも、ばったり会ったじゃないか」

「そうでしたっけ？　最近、一段と物忘れがひどくなっちゃって」

「喰《く》えない奴だな、まったく。無駄な時間を使っちまったよ。帰る！」

唐津が憮然《ぶぜん》とした面持《おもも》ちで腰を浮かせた。

客が辞去すると、見城は千草のオフィスに電話をかけた。待つほどもなく当の本人が受話器を取った。

「側頭部はまだ痛むかな？」

見城は、のっけに言った。千草が驚きの声をあげ、電話を切ろうとした。

「おれと取引する気がないんだったら、そっちと真鍋は手錠の冷たさを味わうことになるぞ」

「目的はお金なんでしょ？　具体的な数字を示してちょうだいっ」

「指三本だ」

見城は言った。

「三千万ね？」

「ゼロが一つ足りないな。三億円だよ」

「そんな大金、無理だわ。従兄《いとこ》に預けた物は、そっくり押収されちゃったんだから。嘘《うそ》じゃないの」

「その情報は、おれの耳にも入ってる。しかし、そっちはカジノバーで、がっぽり儲《もう》けてるじゃないか。市谷の自宅だって、億ションなんだろ？」

「少し時間を貰《もら》える？」

「いや、それは駄目だ。今夜十時までに、三億円の預手《よて》を用意してくれ」

「銀行には八千万ぐらいしか預金がないのよ。有価証券なら、少しあるけど」

「種類は？」

「大手企業数社の株券と日本開発銀行の債券よ。両方併《あわ》せても一億円にはならないと思うわ」

「それじゃ、とりあえず八千万の小切手と有価証券をいただこう。残りは、億ションの売却金で払ってもらう」

「それじゃ、わたしは丸裸になっちゃうわ」

千草が悲鳴に似た声を放った。

「女は体ひとつで稼げる。そっちなら、高級娼婦《しょうふ》になれるよ」

「ばかにしないでっ」

「受け渡し場所は後で指定する」

見城はフックを押し、今度はオオシタ・ホテルに電話をかけた。

少し待つと、真鍋のおどおどとした声が流れてきた。

「関節の具合は、どうだい？」

「き、きさま！」

「今夜十時までに、三億円の小切手を用意しろ」

「無茶を言うな。金は、ほとんどないんだ。ここの支払いにも困りそうな状態なんだよ」

「出し惜《お》しみしてると、あんただけ刑務所に行くことになるぜ！」

見城は語気を強めた。

「本当に金はないんだ。倉持から奪い返させた四千万円も、リカルド鈴木の奴に持ち逃げされてしまったんだよ。あいつは信用できると思ってたんだが……」

「銭は後《あと》で集金してやってもいい。その代わり、あんたが握ってる政財界人や一流企業のスキャンダルをおれにそっくり譲れ！」

「そんな情報《ネタ》は持ってない」

「駆け引きする気なら、あんたからせしめたベレッタで頭をミンチにしちまうぞ」

「わ、わかったよ。スキャンダルの証拠写真や録音音声を用意しておく。で、どこに行けばいいんだ？」

真鍋が訊《き》いた。

「それは、後で連絡する」

「どうして、いま、決めようとしないんだっ」

「あんたに時間をたっぷり与えたら、こっちの身が危《ヤバ》くなるからな」

見城は喉《のど》の奥で笑って、受話器を置いた。

二人には午後九時過ぎに、落ち合う場所を電話で告げるつもりだ。見城は白いTシャツの上に洗いざらしのワークシャツを着て、ラムスキンの焦茶のブルゾンを羽織った。

下は、厚手の起毛のチノクロスパンツだった。こういう軽装なら、番犬どもと闘いやすい。

　見城は戸締りをして、そのまま部屋を出た。敵の奇襲を警戒する気になったのだ。

　地下駐車場のローバーに乗り込む。見城はグローブボックスの中にベレッタと消音器があるのを確かめてから、車をスタートさせた。

　参宮橋にある里沙のマンションに着いたのは三十分後だった。

　里沙は歓待してくれた。二人は談笑し、ベッドで求め合った。

　見城は午後八時過ぎに里沙の部屋を出た。今夜は里沙に仕事を休ませることになってしまったが、何らかの埋め合わせはできそうだ。

　見城は車を走らせはじめた。

　近所の燃料店に立ち寄り、赤いポリタンクと灯油を買った。同じ商店街の雑貨屋で、大きめのプラスチックのバケツを求めた。

　見城は代々木公園まで車を走らせ、公園の脇《わき》で時間を遣《や》り過ごした。

　百面鬼が電話をしてきたのは、八時五十分ごろだった。

「見城ちゃん、やったぜ！　日下部慎吾の野郎、二億円の小切手をあっさり切ったよ」

「不正融資のキックバックをがっちり貯め込んでたんだろう」

「そうなんだろうな。倍ぐらい吹っかけるんだったぜ。六千万、おれが貰っちゃっていいんだろう？」

「ああ。残りの一億四千万円は、浅利未希の名義で定期預金にしといてくれないか」

見城は言った。

「マジで言ってんのか!?」

「ああ」

「一億四千万だぜ。浅利が殺されたからって、何も見城ちゃんが自分を責めることはないんじゃねえのか？」

「他人《ひと》の銭で気持ちが楽になりゃ、一石二鳥だよ。一億四千万ぐらい惜しくもない」

「そうか、しこたま寄せる気だな。当たり《ビンゴ》だろ？」

百面鬼が探《さぐ》りを入れてきた。

「千草が用意できるのは八千万円だってさ。真鍋は文無しらしいよ」

「その話、真《ま》に受けたのか？」

「後は折をみて、集金するつもりなんだ」

「見城ちゃんよ、妙な仏心《ほとけごころ》持つなって。敵に足を掬《すく》われるぜ」

「そのへんは抜かりなくやるよ。今夜十時に、あの二人と会う予定なんだ」

「そっちのほうも三割くれりゃ、助《ス》けてやってもいいぜ」

「それじゃ、百《どう》さんの取り分のほうが多くなっちゃうよ。おれひとりで、きっちり片をつけるから、助《すけ》っ人《と》はいらない」

「そうかい。『沙羅』で先に祝杯あげてるから、後で会おうや」

「了解！」

見城はいったん通話を切り上げ、千草と真鍋に電話をかけた。

指定した場所は、東京湾の13号埋立地（現在のお台場《だいば》エリア）だった。湾岸道路の近くに、船の科学館が建っている。その並びにある岸壁で午後十時に会いたいと二人に告げ、すぐに電話を切った。

見城は環七通りをたどって、東京湾トンネルを潜《くぐ》った。トンネルを出ると、13号埋立地だ。

指定した岸壁に車を停《と》めたのは九時四十一分だった。

見城はベレッタに消音器を取りつけ、腰の後ろに挟んだ。トランクルームから灯油の入ったポリタンクと空のバケツを取り出し、倉庫の陰に身を潜《ひそ》めた。

十分ほど経つと、小豆《あずき》色のボルボが近づいてきた。

運転しているのは千草だった。真鍋は助手席に坐っている。まだ肩が痛むのだろう。

二人が車を降りた。

千草は大きなバッグを提《さ》げていた。不揃いの短い頭髪ではない。ウィッグを被っているのだろう。真鍋は胸にマニラ封筒を抱えていた。

二人は見城の車を覗《のぞ》き、ボルボの方を同時に振り返った。ボルボの後部座席のドアが静かに開いた。出てきたのは竜神会の高坂茂男だった。

高坂はリボルバーを手にしていた。コルト・パイソンだった。銃身は銀色だ。

やはり、付録と一緒だったか。

見城は左目を眇《すが》め、灯油のポリタンクのキャップを外した。

高坂が倉庫の反対側に向かった。千草と真鍋はボルボの前にたたずんでいた。

見城は、灯油を青いバケツに移した。八分目まで注ぎ、そっとバケツを持ち上げた。忍び足で、倉庫の角まで歩く。

少し経つと、高坂の靴音が近づいてきた。見城は出合い頭に、武闘派やくざにバケツの灯油をぶっかけた。半分ほどだった。

「わっ!」

高坂が立ち竦《すく》み、リボルバーを足許に落とした。撃鉄《ハンマー》は起こされていたが、暴発はしなかった。

見城はコルト・パイソンをアウトドア・シューズで横に払い、残りの灯油を高坂の上半身に振りかけた。首から下は灯油塗《まみ》れになった。

「この野郎！」

高坂がロングフックを放ってきた。右のパンチだった。

灯油の雫《しずく》が数滴散ったが、パンチは当たらなかった。空気が虚《むな》しく鳴ったきりだった。

見城はベレッタを引き抜いた。

「きょうこそ、てめえをぶっ殺してやる」

高坂が吼《ほ》え、腰に手をやった。刃物も持っているようだ。

「匕首《ドス》を抜いたら、火達磨《ひだるま》になるぜ」

「てめえ、本気なのか⁉」

「本気かどうか、試《ため》してみるんだな」

「くそったれが！」

「そのまま後ろに退《さ》がれ」

見城はベレッタの初弾を薬室《チャンバー》に送った。

高坂が後ずさりしはじめた。そのとき、千草と真鍋が車に乗り込む素振りを見せた。

見城はたてつづけに二発、威嚇《いかく》射撃した。二人の頭上を銃弾が掠《かす》める。千草が悲鳴をあげた。真鍋は身を屈《かが》めていた。

突然、高坂が身を翻《ひるがえ》した。逃げる気らしい。

見城は慌《あわ》てなかった。ブルゾンのポケットから、強風用のターボライターを抓《つま》み出した。

点火してボタンをロックしてから、高坂の背に投げつける。

数秒後、かすかな着火音が聞こえた。たちまち高坂は、橙色《だいだいいろ》の炎に包まれた。

千草が高い声を放った。真鍋は茫然《ぼうぜん》としている。

二人とも、バッグとマニラ封筒を落としていた。どちらも戦《おのの》きはじめた。

高坂が自ら転がった。

しかし、炎は小さくならなかった。錯乱した高坂は、真鍋にしがみついた。押し返され、今度は千草に抱き縋《すが》る。

「やめて、離れて！」

「火を消してくれ。熱い！　早く火を消してくれーっ」

二人は揉《も》み合ったまま、岸壁から転げ落ちた。派手な水音が聞こえた。

「撃たないでくれ。約束の物は、ちゃんと持ってきたんだ。千草も小切手と有価証券を……」

真鍋は震え声で言い、足から海に飛び込んだ。

岸壁の際には、千草が被《かぶ》っていたウィッグが落ちていた。クレオパトラカットの鬘《かつら》だった。三人は必死に立ち泳ぎをしている。

見城はベレッタを海中に投げ落とし、バッグとマニラ封筒を拾い上げた。

一応、要求した物は入っているようだ。株券や債券をいちいち数える時間はない。

見城はローバーに乗り込み、急発進させた。

渥美杏子には、五百万円の迷惑料を渡すつもりだ。里沙と海外旅行をし、思い切り贅沢《ぜいたく》をするのも悪くない。松丸には、少しまとまった酒代を与えてやろう。

見城は湾岸道路に出ると、アクセルを深く踏み込んだ。勝利感が心地よい。

アーク灯が美しかった。

著者注・この作品はフィクションであり、登場する人物および団体名は、実在するものといっさい関係ありません。

本書は、二〇一三年十一月に徳間文庫から刊行された作品に、著者が大幅に加筆修正したものです。

一〇〇字書評

奈落

切り取り線

購買動機（新聞、雑誌名を記入するか、あるいは○をつけてください）	
□（　　　　　　　　　　）の広告を見て	
□（　　　　　　　　　　）の書評を見て	
□ 知人のすすめで	□ タイトルに惹かれて
□ カバーが良かったから	□ 内容が面白そうだから
□ 好きな作家だから	□ 好きな分野の本だから

・最近、最も感銘を受けた作品名をお書き下さい

・あなたのお好きな作家名をお書き下さい

・その他、ご要望がありましたらお書き下さい

住所	〒				
氏名		職業		年齢	
Eメール	※携帯には配信できません	新刊情報等のメール配信を 希望する・しない			

この本の感想を、編集部までお寄せいただけたらありがたく存じます。今後の企画の参考にさせていただきます。Eメールでも結構です。

いただいた「一〇〇字書評」は、新聞・雑誌等に紹介させていただくことがあります。その場合はお礼として特製図書カードを差し上げます。

前ページの原稿用紙に書評をお書きの上、切り取り、左記までお送り下さい。宛先の住所は不要です。

なお、ご記入いただいたお名前、ご住所等は、書評紹介の事前了解、謝礼のお届けのためだけに利用し、そのほかの目的のために利用することはありません。

〒一〇一－八七〇一
祥伝社文庫編集長　坂口芳和
電話　〇三（三二六五）二〇八〇

祥伝社ホームページの「ブックレビュー」からも、書き込めます。

www.shodensha.co.jp/
bookreview

祥伝社文庫

奈落《ならく》　強請屋《ゆすりや》稼業《かぎょう》

令和 元 年 11 月 20 日　初版第 1 刷発行

著　者　南《みなみ》　英男《ひでお》
発行者　辻　浩明
発行所　祥伝社《しょうでんしゃ》
東京都千代田区神田神保町 3-3
〒 101-8701
電話　03（3265）2081（販売部）
電話　03（3265）2080（編集部）
電話　03（3265）3622（業務部）
www.shodensha.co.jp
印刷所　堀内印刷
製本所　ナショナル製本
カバーフォーマットデザイン　芥 陽子

Printed in Japan ©2019, Hideo Minami ISBN978-4-396-34585-3 C0193

〈祥伝社文庫　今月の新刊〉

岩室　忍

天狼　明智光秀　信長の軍師外伝（上・下）

光秀と信長。天下布武を目前に、同床異夢の二人を分けた天の采配とは？　超大河巨編。

今村翔吾

黄金雛《こがねびな》　羽州ぼろ鳶組　零

大人気羽州ぼろ鳶組シリーズ、始まりの物語。十六歳の新人火消・源吾が江戸を動かす！

新堂冬樹

医療マフィア

白衣を染める黒い罠――。大学病院の教授をハメる、「闇のブローカー」が暗躍する！

沢村　鐵

極夜2　カタストロフィスト　警視庁機動分析捜査官・天埜唯

警視総監に届いた暗号は、閣僚の殺害予告？　刑事隼野は因縁の相手「蜂雀」を追う。

辛酸なめ子

辛酸なめ子の世界恋愛文学全集

こんなに面白かったのか！　古今東西四十人の文豪との恋バナが味わえる読書案内。

柴田哲孝

Dの遺言

二十万カラット、時価一千億円！　戦後、日銀から消えた幻のダイヤモンドを探せ！

南　英男

奈落　強請屋《ゆすりや》稼業

カジノ、談合……金の臭いを嗅ぎつけ、一匹狼の探偵が悪逆非道な奴らからむしり取る！

樋口有介

変わり朝顔　船宿たき川捕り物暦

目明かしの総元締が住まう船宿を舞台に贈る、読み始めたら止まらない本格時代小説、誕生。

稲田和浩

女の厄《やく》払い　千住のおひろ花便り

楽しいことが少し、悲しいことが少し。すれ違う男女の儚い恋に、遣り手のおひろは……。